文春文庫

宇喜多の捨て嫁

木下昌輝

文藝春秋

目次

主な登場人物

宇喜多直家の家族

宇喜多直家（幼名・八郎）　梟雄の異名を持つ戦国大名。於葉の父。

富　直家の妻で中山〝備中〟信正の娘。

初　直家の長女で松田家に嫁ぐ。

楓　直家の次女で松田家配下の武将に嫁ぐ。

小梅　直家の三女で浦上松之丞に嫁ぐ。

於葉　直家の四女で後藤勝基に嫁ぐ。

宇喜多〝七郎兵衛〟忠家（幼名・虎丸）　直家の異母弟。備前福岡の川商・阿部善定の孫。

後藤家

後藤勝基　東美作を支配する大名で、於葉の夫。

天神山浦上家

浦上宗景　天神山城を拠点にする直家の主君。

浦上松之丞　宗景の嫡男。

島村〝貫阿弥〟盛実　直家の祖父を暗殺した武将。

中山〝備中〟信正　沼城城主で、直家の舅。

宇喜多家臣団

岡平内／長船又三郎
富川平右衛門（幼名・平介）
宇喜多直家の創業を支えた三家老。

岡剛介
男娼として潜りこみ敵将を暗殺した刺客。

室津浦上家

浦上政宗
室津浦上家の頭領で、宗景の兄。

江見河原源五郎
室津浦上家の重臣で、小鼓の名手。

赤松家

守護大名だが没落。浦上家の傀儡の置塩赤松家、対抗する龍野赤松家に別れる。

三村家

備中の大名で、毛利家と同盟し備前に進出する。

宇喜多家

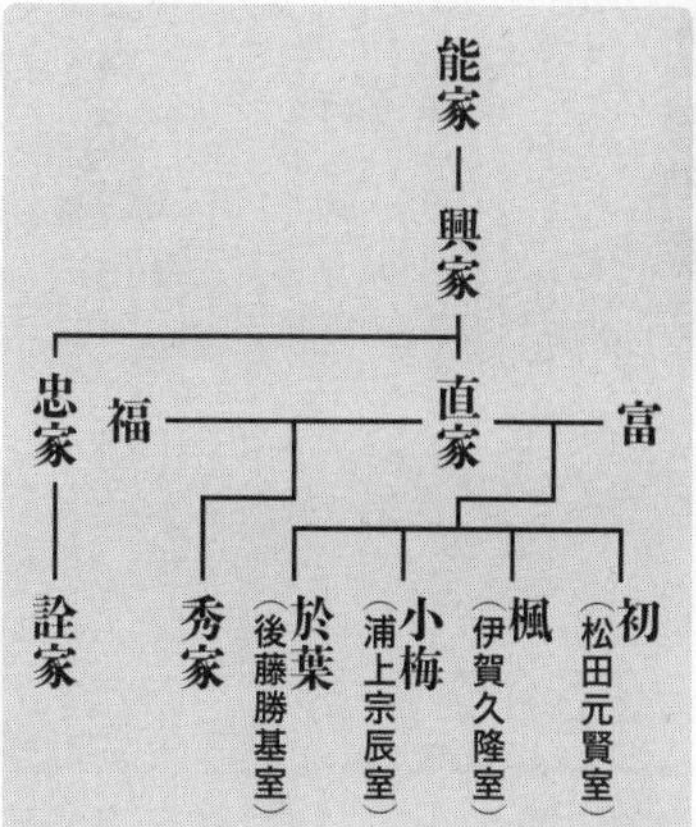

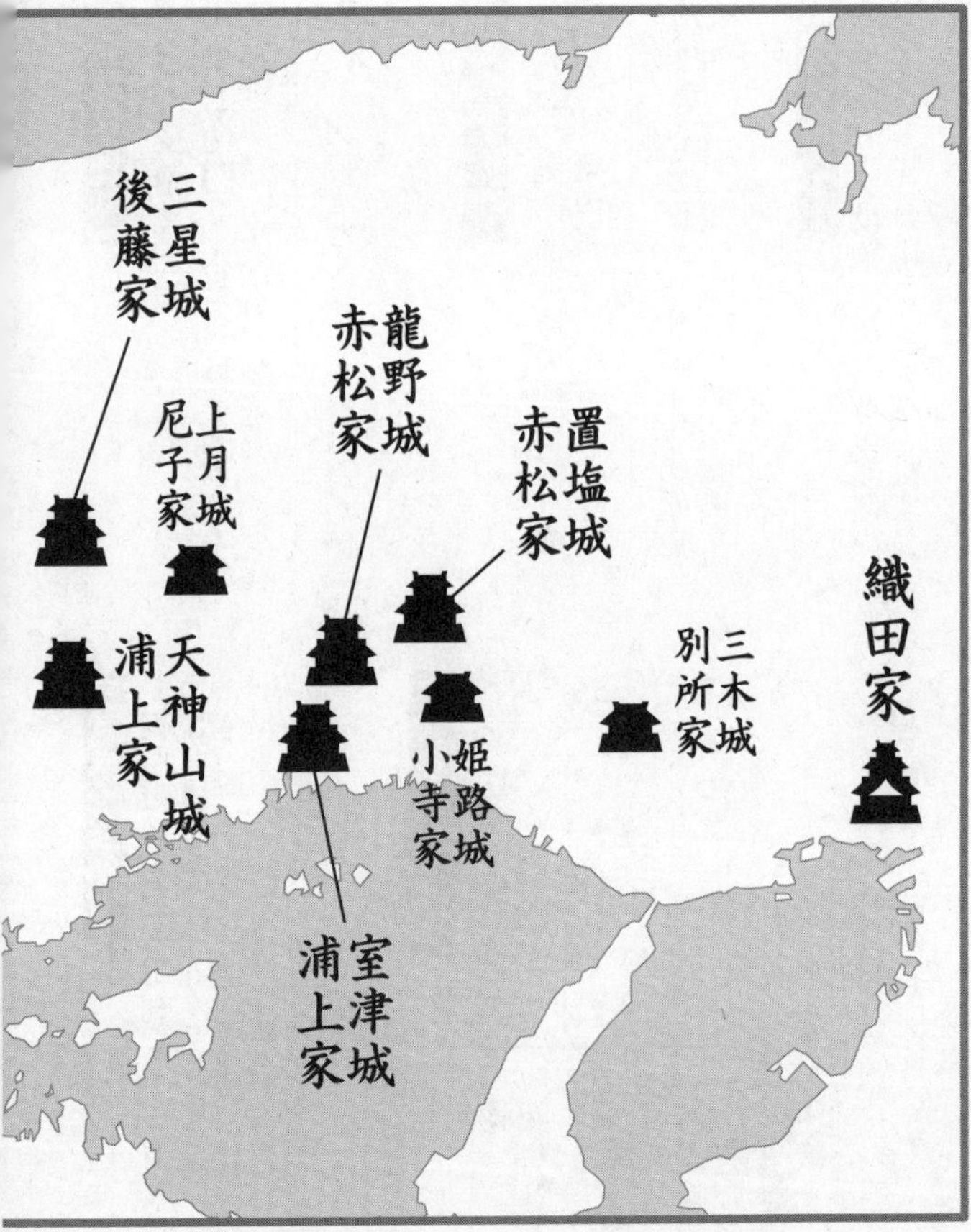
三星城
後藤家
上月城
尼子家
龍野城
赤松家
置塩城
赤松家
織田家
天神山城
浦上家
三木城
別所家
姫路城
小寺家
室津城
浦上家

中国地方地図
尼子家
松田家
三村家
宇喜多家
毛利家

備前地図
天神山城
浦上〝遠江守〟宗景
吉井川
沼城
中山〝備中〟信正
奈良部城
高取山城
島村〝貫阿弥〟盛実
砥石山城
浮田大和守
乙子城
宇喜多〝和泉守〟直家

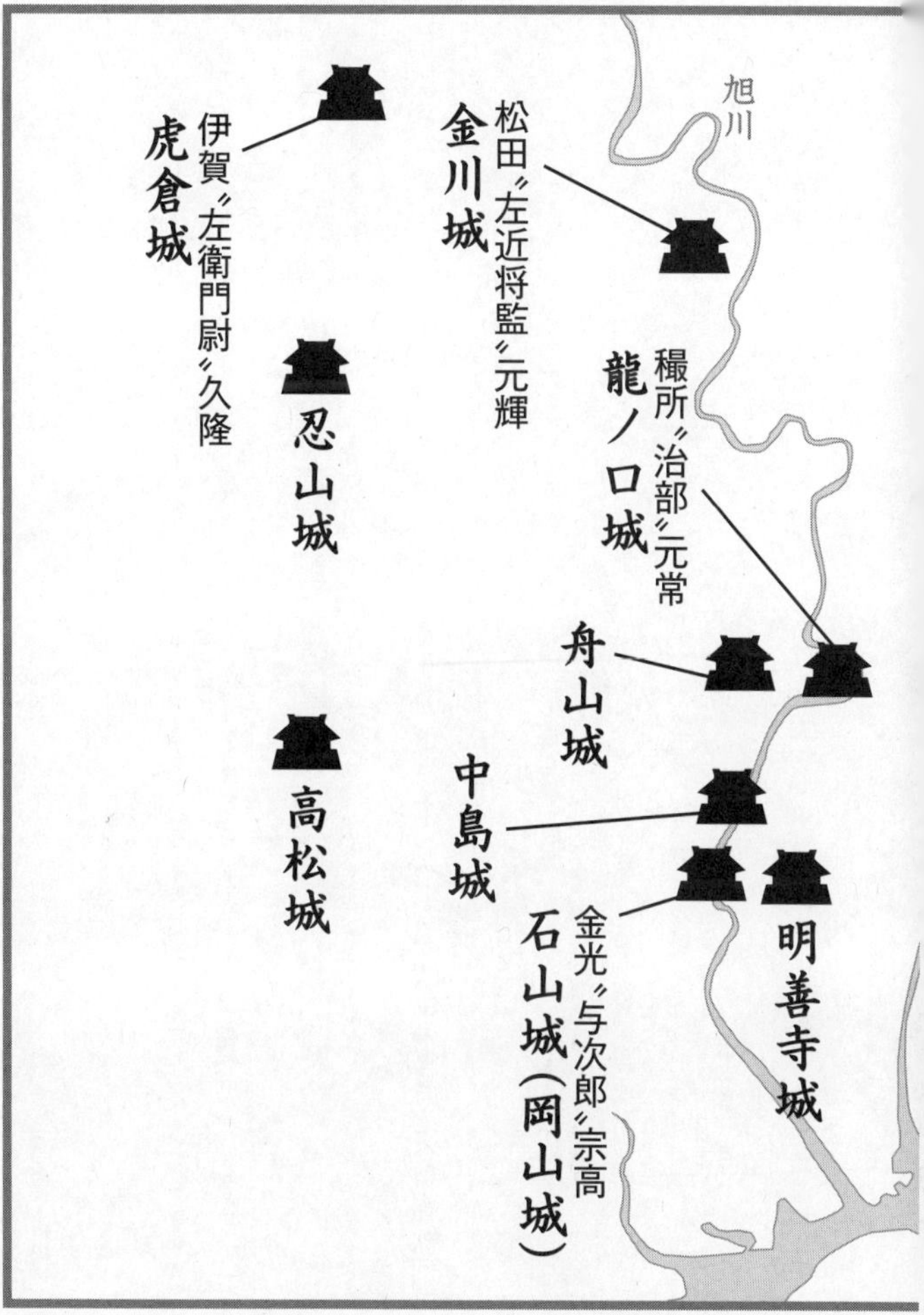
旭川
松田〃左近将監〃元輝
金川城
伊賀〃左衛門尉〃久隆
虎倉城
忍山城
龍ノ口城
穝所〃治部〃元常
舟山城
高松城
中島城
明善寺城
石山城(岡山城)
金光〃与次郎〃宗高

単行本　二〇一四年十月　文藝春秋刊

宇喜多の捨て嫁

（一）

「相手は宇喜多《うきた》の娘だ。それを嫁に迎えるなど、家中で毒蛇《どくじゃ》を放し飼いにするようなものぞ」

宇喜多家の居城・石山城《いしやまじょう》（後の岡山城）に、そんな言葉が響いた。

本丸にある庭で、木刀を振っていた於葉《およう》の太刀筋が乱れる。心地よく風を切っていた切っ先が、苦しげに呻いたように聞こえた。

於葉は動きを止めて、頬を伝う汗を袖で拭う。

声は大きくはなかったが、悪意は過分に含まれていた。まだ冬が明けたばかりの早朝の石山城内は静かで、嫌でも注意を向けずにはおられない。

「宇喜多の娘」と、先程の言葉を於葉は復唱した。体を心地よく湿らせていた汗が、たちまち違う質感を帯びる。

きっと昨夜到着した東美作《ひがしみまさか》を支配する後藤《ごとう》家の嫁取奉行《よめとりぶぎょう》の声だろう。随分と年かさを感じさせる声質である。まさか、その宇喜多の娘が庭で木刀を振っているとは思いもしなかったのか。〝表裏第一の邪将、悪逆無道の悪将〟の異名をとり、毛利や織田にも恐れられる宇喜多〝和泉守《いずみのかみ》〟直家《なおいえ》の居城で言い放つなど、命知らずにもほどがある。あるいは、於葉がいると知っての上での発言だったのか。そう考えると、於葉の体が外気と同じ冷たさに侵される。

父・直家によって無惨に仕物《しもの》（暗殺）された者たちの名前を思い浮かべた。

——中山《なかやま》〝備中《びっちゅう》〟信正《のぶまさ》。

——島村《しまむら》〝貫阿弥《かんあみ》〟盛実《もりざね》。

——穝所《さいしょ》〝治部《じぶ》〟元常《もとつね》。

——金光《かなみつ》〝与次郎《よじろう》〟宗高《むねたか》。

そして、顔を覚える前に自害した母・富《とみ》の名が、まるで寺鐘のように頭の中で木霊《こだま》する。

嚙むようにして、木刀を握った。

息をひとつ長く吐き、於葉は木刀を構える。かるさんという洋風袴に覆われた足を前後に大きく開き、両腕を振り上げた。先程の言葉をかき消すように、木刀を打ち下ろす。

頭によぎるのは、父の謀略の犠牲になった姉たちの姿だ。自害した長女の初《はつ》、気がふれてしまった次女の楓《かえで》。そして、主家に嫁いだ三女の小梅《こうめ》も浮かんでくる。木刀を打ち下ろすたびに彼女たちの姿が現れ、また打ち下ろすたびに消えていく。

「姫様、そろそろ対面のお支度を」

疲れさせるためだけに振っていた木刀の動きを止めたのは、老侍女の声だった。まさか、宇喜多家の娘が、稽古着姿で後藤家の嫁取奉行と会うわけにもいかない。かといって、打掛《うちかけ》や小袖で身を飾るのにも違和感があった。己のことを「毒蛇」と罵った悪意と正対することを考えると、甲冑《かっちゅう》に身を包みたい気分だった。

部屋へ戻る途中、腐臭が鼻をついた。口に布を巻いた侍女たちが、盥《たらい》に血と膿《うみ》で汚れた衣服を詰めて運んでいる。

歩くたびに異様な空気が流れ、朝の新鮮な涼気が穢《けが》されていく。

父である宇喜多直家の寝衣を旭川《あさひがわ》に捨てにいくのだ。

宇喜多直家は、尻はすという奇病にかかっている。体に刻みこまれた古傷が腫物に変じ、そこから血と膿が大量に滲《にじ》みでる奇病だ。衣類は数刻もすれば乾燥した血膿で固まるほどであった。穢れた血膿を噴き出す様子が排泄する尻を連想させるために、尻はすという奇妙な名で呼ばれている。

直家の汚れた着衣を旭川へと捨てるのが、石山城の侍女たちの仕事である。彼女らの苦労に於葉は同情した。役目を終えると、腐臭が半日近くこびりついてぬぐえないほどだという。

もっとも彼女たちも、政略の道具とされる於葉に同情、いやもしかしたら軽蔑さえしているかもしれない。於葉が、自害した母の富や姉の初、気がふれた楓のようにならない保証はない。宇喜多家にとって嫁入りとは、殉死に等しい行為なのだ。

於葉は館の窓から、城下を見た。城の横には旭川が流れており、鏡のような水面が空を映している。遠い川岸には、枯れ木と破れ筵《むしろ》でできた流民たちの住み処もある。黒点のような人影が見えた。噂では、父の汚れた寝衣を洗って売り物にする乞食の老婆がいるという。〝腹裂《はらさ》きの山姥《やまんば》〟という醜悪な名で呼ばれている。身を穢し生計をたてる老婆と姦雄《かんゆう》の娘として蔑《さげす》まれる自分、一体どちらの生き様がよりましであろうかと考えた。

（二）

宇喜多家の姫らしく、於葉はいくつもの色小袖を重ねて着こむ。花鳥の紋様がほどこされた帯を締めて、最後に柿色の打掛を羽織った。裾と袖のあたりに申し訳程度に扇の柄があしらわれた質素なものだが、着ると於葉の心はなぜか落ち着く。稽古のために後ろで輪にしていた髪はおろして、丈長《たけなが》と呼ばれる和紙の髪飾りで結んだ。

あとは老侍女の背中についていくだけだ。

歩きながら後藤家の嫁取奉行のことを考える。宇喜多の家中で軽々しく於葉のことを毒蛇よばわりするのは、どんな侍であろうか。よほどの硬骨の士か、あるいはただのうつけか。

そういえば、名前は何と言っただろうか。於葉は、自分の父である宇喜多直家の言葉を思い返す。猜疑心を発酵腐敗させたような父は、確か嫁取奉行の名を安東相馬《あんどうそうま》と呼んだだろうか。後藤家の中でも重鎮として知られ、飛び出た釘のように厄介な男とも宇喜多直家は毒づいていた。

やがて、ひとつの座敷へと出た。畳が床一面に敷き詰められ、いぐさの薫りが立ち込めている。その上にひとりの男――後藤家の嫁取奉行が平伏していた。

異様な姿だった。手足は座敷の畳に這うようにしてあったが、顔は床ではなく斜め前を向き、於葉を見つめていた、否、睨《にら》んでいた。

仮にも備前《びぜん》半国の主・宇喜多直家の娘である於葉を、後藤家の一臣下が直視するなどあってはならない。本来なら、許しがあってから顔を上げるべきである。

於葉をさらに戸惑わせたのは、安東相馬が全く悪びれずにそんな態度をとっていたことだ。頭髪は半分以上白くなっている。左頰には古い火傷の痕が広がっていた。肉付きはそれほどでもないが、年不相応に引き締まった体をしている。

碁打ちの名手で、武者働きよりも帷幕《いばく》の中で謀《はかりごと》を巡らすのが得手だと聞いたことがあった。しかし、決して戦場働きができない男ではないのだろう。汗と手垢が滲んだ刀の柄は、於葉の眼から見ても実によく使いこまれていた。

「嫁取奉行を務めまする後藤家家臣、安東相馬」

於葉は目眩《めまい》を感じた。名乗る男の声は、庭で聞いたものと全く同じだったからだ。自分が歓迎されざる花嫁であることを、今更ながら強烈に思い知らされる。

「宇喜多家、後藤家が手をとりあわば、主家である浦上《うらがみ》家の繁栄も間違いなし。毛利、織田などは、もはや敵のうちに入らず」

　安東相馬は、老いてはいるが呆けてはいない眼を於葉に向けたまま言上を続けた。

〝主家である浦上家〟という言葉が、ことの外軽い。於葉の父である宇喜多直家、そして嫁入りする後藤家はともに浦上家が主筋《しゆうすじ》だが、その忠誠は形式以下のものである。事実、父の宇喜多直家は数年前、浦上家に弓をひいたことがある。形勢不利ですぐに講和し形だけは再び臣従したが、いつまた戦端が開かれるか予断を許さない。

　同じく美作の後藤家も、何度か浦上家に弓をひいたことがある。主家である浦上家が背いた家臣らの帰参を許すのは寛大だからではない。西に毛利家、東に織田家が圧力をかけている今、彼らの力――特に宇喜多家の力なくして独立は不可能だからだ。

「安東殿は碁の名手とか」

　於葉は、ふてぶてしく平伏する安東相馬に声をかけた。いや、投げつけたというべきか。下剋上を生きた女たちは、薙刀《なぎなた》で武装せざるをえない状況も少なくなかった。於葉は実戦で得物《えもの》（武器）を握ったことはなかったが、宇喜多家では女ながらに剣術上手として知られている。まだ数えで十七歳の娘にしかすぎないが、悪意を持つ相手と談笑するような生き方は送ってはいない。

「備中、備前、美作はまつろわぬ国々です。碁にて、三国の形勢を教えていただけぬか」

　自分の声に安東相馬を試す悪意が隠しきれていないことを自覚しつつ、於葉は「碁の用意を」と侍女に声をかけた。

「碁盤は不要です」

於葉が振り返った時、すでに安東相馬は平伏していなかった。懐から碁石袋を取り出していた。普段から碁石を持っているとは、よほど碁が好きなのだろう。

「盤がなければ、碁もうてないでしょう」

「姫がおられる備前も、我ら後藤家がいる美作も、碁盤のように四角くはありませぬ」

碁石袋を開き、白石をひとつ取り出した。畳の目へと打ちこむ。畳の目ひとつが、碁盤の一目ということだろうか。

「ここが宇喜多家のおわす備前、そしてこちらが我が後藤家の美作」

白石を上下にふたつ打った。その間隔から一畳を碁盤と見据えているようだ。

「まず北に尼子《あまご》」

備前と美作を示す二つの白石の上に、黒石をひとつ置いた。さらに「西に三村《みむら》、毛利」と口にして、黒石を左に二目。

「東にかつては赤松《あかまつ》、今は織田」と右に一目。中央にある備前、美作の白石ふたつを、黒石が囲みきってしまった。

西の毛利、北の尼子は謀略でのしあがった下剋上の代名詞ともいうべき戦国大名。東の織田家も、守護代家臣から成り上がった勢力だ。そして、於葉の父宇喜多直家の形式上の主家・浦上家も、主君を傀儡《かいらい》とすることでのし上がった過去を持つ。今、中国の覇権を争う大名たちはみな、主家を血祭にあげてきたのだ。

於葉のいる中国ほど下剋上の激しかった地はない。尼子、陶《すえ》、毛利、浦上、宇喜多の謀略を上手とする大名が鎬《しのぎ》を削り、そこに新興の織田が苛烈な圧力をかけてきた。結果、国が最も乱れたのが後藤家のいる美作だ。大勢力が何度も大兵で乱入し、その度に周辺土豪の旗幟《きし》が乱れた。〝境目《きょうもく》の国（国境線のある地）〟とも呼ばれるゆえんだ。

何気なく置かれた碁石だが、毛利、尼子、宇喜多と呼んで打ちこまれると、白黒の石から禍々しい臭気が立ち込めてくるようだった。

「もはや尼子は滅び、三村は弱体化し、毛利、織田、浦上、宇喜多が争っております。要となるのが浦上家と、その家臣である宇喜多家」

安東相馬は、備前の白石の位置を右手の人差し指と中指で微かに調整した。

「中でも宇喜多家が、中国十五ヶ国の争乱の鍵となりましょう」

安東相馬の目が妖しく光り、「沼城《ぬまじょう》、高取山城《たかとりやまじょう》、龍《たつ》ノ口城《くちじょう》、金川城《かながわじょう》」と口にしながら次々と白石を備前の周辺に打ちこんだ。十数個の白石が一畳の中に広がる。

「まず、中山信正《備中》の沼城」

一番最初に置いた備前の石の左下の白石をとり、めくった。

「あっ」と於葉は小さく声を出した。

ただの碁石ではなかった。白石を裏返すと鮮やかな朱色に彩られていたのだ。

「次に島村盛実《貫阿弥》、高取山城」と口にして、沼城の下方の白石を裏返す。また、目に鮮やかな朱石。さらに安東相馬が続ける。

「続いて、龍ノ口城の稲所元常《治部》」

「さらに金川城、松田親子《与次郎》」

「そして石山城、金光宗高」

一旦、安東相馬の手が止まった。白石の中に、鮮やかな朱色の石が何個も混じっている。白壁についた血痕を見ているかのようだった。

　於葉は感情が顔に現れないように苦慮した。今、安東が口にした名前は、全て父である宇喜多直家が仕物した武将たちである。

　それもただの仕物ではない。下剋上でのしあがった侍たちが唾棄するような、卑怯な方法であった。最初の沼城・中山〝備中〟信正は宇喜多直家の妻の父、つまり於葉の実の祖父にあたる。宇喜多直家の妻、つまり於葉の母の富は、夫が父を仕物したという凶報を聞き、自害してしまった。

　そして、金川城・松田家と、その部下である虎倉城《こくらじょう》・伊賀《いが》久隆《ひさたか》は、於葉の実の姉二人の嫁ぎ先である。まず宇喜多直家は娘婿の伊賀久隆を籠絡《ろうらく》して、彼に主筋であり同じ宇喜多家の娘を娶《めと》った松田元賢《もとかた》を攻めさせたのだ。姉妹が敵味方として戦ったのである。滅びた松田家に嫁いだ長女の初は自害し、滅ぼした伊賀久隆に嫁いだ次女の楓は精神を失調し錯乱してしまった。

　自分の娘を道具のように扱う謀略は、敵はもちろん味方や家臣からも忌み嫌われていた。

後藤家の嫁取奉行が、なぜこのような不吉な名前を列挙するのか。

「後藤家は宇喜多直家の娘である於葉を歓迎しない」という、明確な意思表示だ。

「それにしても宇喜多直家《和泉守》様の調略は凄まじいの一言」

ほとんどの碁石が朱色に変わった畳の上を見て、安東相馬が重々しく言葉を発した。値踏みするような視線が、於葉の体にまとわりつく。於葉は己の動悸を必死に隠して、その眼を見つめかえす。

「碁に捨て石という考えがありもうす。一石を敵に与えて、それ以上の利を得るというもの。あるいは将棋の捨て駒。血のつながった娘を嫁がせ、油断させた上で寝首をかく宇喜多直家《和泉守》様のご手腕は、まさにこの捨て石や捨て駒のごとき考え」

於葉は、この老人にひるんでいる己を自覚した。

「そう、正室や己の血のつながった娘さえも仕物に利用する。これを言葉にするならば、捨て石ならぬ……」

安東相馬が仰々しく天井を見て、一拍置いた。

「捨て嫁」

罠にかかった獣の息の根を止めるような、ゆっくりとした言葉遣いだった。べったりと侮蔑の意思が込められている。それは於葉の心胆を貫くに十分な威力を持っていた。

足が震えている。

もしかしたら、後藤家の家臣、小者、侍女、妾、そして夫となる後藤〝左衛門尉《さえもんのじょう》〟勝《かつ》基《もと》らはみな、於葉のことを〝捨て嫁〟と呼んでいるのかもしれない。そう考えると天地が揺れたかのような不快感が全身を襲う。

於葉がこの場を逃げ出さなかったのは、踏みとどまったのではなく、身がすくんでしまったからだった。

「おお、そういえば浦上家のご嫡男の奥方——確か小梅様も姫の姉君では」

わざとらしく安東相馬が手を打ってみせた。

浦上家に対して叛旗を翻した宇喜多直家だったが、あっけなく下克上は失敗した。あろうことか、無様にも謝罪して投降。誠意の証しとして、自分の娘の小梅を主君の嫡男に差し出したのだ。

——次に宇喜多直家が狙うのは三女の小梅が嫁いだ浦上家か。

——それとも四女の於葉が嫁ぐ後藤家か。

そう安東相馬は皮肉を述べているのだ。

於葉は、後ずさろうとする体を必死に押しとどめた。三女の小梅は、於葉にとって特別な存在だ。母とふたりの姉を失った幼い於葉を何かと面倒を見てくれたのが小梅だった。気遣いは於葉に対してだけではなかった。翁《おきな》や媼《おうな》の能面をつけて、いつも皆を笑わせて、場を明るくしようと心を砕いていた。

「安東様、あまりにも無礼がすぎますぞ」

後ろに控えていた侍女が、たまりかねて口をだした。

「いや、これは失礼。老人の妄言、気になさるな。ただ、自害され気の病に倒れた二人の姫と母御の末路を考えると」

白々しく語尾を濁して、安東相馬は悪意のある笑みを顔面に貼りつける。左の火傷痕が蠢動《しゅんどう》していた。

（三）

褌の奥から腐臭が漏れていた。

於葉は、先日よりもその臭気がわずかばかり濃度を増していることに気づく。

「捨て嫁とはよく申したものだ」

褌の奥から聞こえてきた獣のような低い音色は、漂う腐臭がかすむほど気味が悪かった。奥にいるのは、於葉の父である宇喜多〝和泉守〟直家だ。

「これほどの無礼を父上は聞き流すのですか」

於葉は褌の奥の人物に声をかけた。不思議と安東相馬への悪意は、言の葉には乗らなかった。無論、安東の無礼を許すつもりはない。それよりも、実の娘を平気で調略の道具とする父・宇喜多直家への嫌悪感の方がはるかに強い。姉たちがこうむった有形無形の苦しみを、この父に少しでも味あわせてやりたい。

剣撃を打ちこむような気合を乗せ、捨て嫁の言葉を父に教えたのだ。

「ふん、我が娘ながら、雄々しい申しようだな」

直家の声は笑っている。まるで猟犬の成長を楽しむ猟師のようだ。

「確かに手討ちが相当だろうな」

寝返りでも打ったのだろうか、腐臭が襖の隙間から大量に漏れでた。於葉は顔を背けそうになるのを必死にこらえる。そんな挙動さえ、父への敗北と感じてしまいそうだった。

「安東相馬めは、捨て駒よ。ここで奴を斬れば、浦上家の中で宇喜多家は孤立する。あやつめ、わざと手討ち相当の暴言を吐いたのよ」

笑声が襖から漏れる。娘には決して向けたことのない心底からの笑い。宇喜多直家は、生死のやりとりをする謀略にこそ楽しみを見出す。家族よりも殺し合いを愛する男だ。

「もっとも、安東めが我が諱《いみな》を口にすれば、儂もさすがに手討ちにせずばならなかった。奴め、それだけは口にせなんだろう」

諱とは武将の本名のことだ。本名を口にするのは不吉とされ、和泉守や左衛門尉などの官名や通名で呼び合い名乗るのが普通だった。

宇喜多直家でいえば〝直家〟が諱にあたり、和泉守という役職で呼ぶ。ちなみに安東相馬は、通称が相馬で諱は安貞《やすさだ》と言う。

安東相馬のふてぶてしい口から、直家という諱が発音されることを想像すると、於葉の背に冷たいものが流れた。父親への冒瀆だけでなく、口にした安東相馬とそれを聞く於葉自身が禁忌を犯すという意味もある。呪詛に等しい行為だ。

「安東相馬の倅《せがれ》は、器量骨柄《きりょうこつがら》の優れた若武者と聞く。隠居がわりの捨身の暴言よ。謀の得意な奴らしい考えよ」

「父上、嫁ぐ娘にかける言葉ではございませぬ」

鍋が煮えるような笑い声を、宇喜多直家は漏らした。濁った空気が攪拌《かくはん》される。

「そなた、もし儂が浦上家に弓ひき、後藤家と干戈《かんか》を交えれば、いかがする」

孫に謎解きを出題する老人のような声だった。宇喜多直家にとって於葉の輿入《こしい》れは友好のためではなく、敵を油断させるための謀略であるという意味を濃く滲ませている。最初から娘の命など、塵芥《ちりあくた》ほども思慮の中にいれていない。

「於葉、おぬしは富や初、楓のように、婚家に殉ずるか」

母と姉二人の名前を呼ばれて、於葉は自身の体が怒りで熱くなるのを感じた。

「父上、私はもう宇喜多の娘ではありませぬ。後藤《左衛門尉》勝基様の妻です」

一度も目にしたことがない花婿・後藤〝左衛門尉〟勝基の名を口にした途端、於葉の中の石のように固かった覚悟に鋭さが増した。砥石で研がれた凶器のごとき鋭利さ。自分さえも傷つけかねない両刃の覚悟だ。

「では、母や姉と同じように殉ずるのだな」

於葉は首を横に振った。その気配は、襖ごしの父にも確かに伝わったようだ。

「父上と戦います。後藤家の妻として、最後まで戦い、そして勝ちます」

於葉の体が静かな力に満たされていく。宇喜多の娘とも捨て嫁とも呼ばせない。調略の道具でもないことを、於葉は自分自身の行動で証明する。父が己の意思で肉親を駒のように扱い謀殺を繰り返したように、於葉は己の意思で父と戦い勝利することを誓った。

「命知らずの娘だ。家臣、肉親といえど、儂にそのような口をきくものはおらん。そう、主家の浦上家の殿様とてな」

荒い咳が聞こえてきた。

「それに、儂の腐臭を嗅いで顔色ひとつ変えぬは、於葉ぐらいよ」

思わず於葉は辺りを見回した。壁にかかっていた般若《はんにゃ》の面が目に入ってきた。墨の飛沫のような染みは、血を拭き取った跡である。まだ尻はすが軽症の頃、父は戦に出る時は必ず般若の面をかぶっていた。幼かった頃、面の奥の瞳を覗き見ようとしたことがある。父の冷酷な瞳が記憶の中から甦り、かすかに肩が震えた。

その時、襖を揺らすほどの宇喜多直家の笑い声が響いた。於葉は眉をひそめる。忍びの者を天井か床下に潜ませて、娘の様子を伝えさせていたのだろう。

「儂がこの様《ざま》では、於葉と戦場でまみえることは叶うまい。だが、刀や槍をあわせるだけが戦にあらず」

於葉は戸惑った。娘を敵として断じた宇喜多直家の声に、どういうわけかほのかな温かみのようなものが感じられたからだ。

「考えてみれば、宇喜多直家の血を、あるいは我が祖父である宇喜多能家公の血を、誰よりも濃く受け継いでいるのはお主かもしれんな」

於葉は息をのんだ。鼓動が乱れる。父が、直家、能家《よしいえ》とふたつの諱を軽々しく口にしたからだ。いや、それだけではない。宇喜多能家は、於葉の曾祖父の名前だ。調略と武勇で浦上家を繁栄させた功労者だが、それが仇となり主君によって暗殺された。

於葉は、曾祖父の諱を聞き、自分の中の何かが揺らぎそうになるのを感じた。

「狡兎《こうと》死して走狗《そうく》烹《に》らる」の喩えを持ち出すまでもない。裏切りを繰り返す宇喜多直家の行動も、烹られた走狗たる祖父の復讐と見れば、酌量の情が湧かないわけではなかった。

「於葉よ、捨て嫁なる声に打ち勝ってみよ。我が祖父と宇喜多直家の血を濃く継ぐお主なら、またそれも可能だろう」

腐臭とともに届く声に、於葉は父の知らぬ一面が滲んでいるように感じた。

（四）

駕籠《かご》が国境を越え、美作に入ったのだろう。外の空気が変わった。狭い駕籠の中で、於葉は息苦しさを覚える。

宇喜多と後藤の士が交わっているようだ。ピリピリと空気が震えている。慶《よろこ》びの心も寿《ことほ》ぎの気も微塵も感じられなかった。ただ、警戒と憎しみ、殺気が充満している。

やがて、宇喜多の徒士《かち》の聞き慣れた足音が遠ざかる。於葉の周囲を取り囲んだのは、後藤家の士の重々しい足取りであった。

「姫、もう少しで宿所へつきます」

耳に馴染んだ老侍女の声に、於葉は息をついた。これからは備前から同行する一部の者以外は、新しい侍女たちと心を通わせなくてはいけない。宇喜多直家の娘として備前にいたころでさえ壁があったというのに、果たして可能であろうか。

やがて揺れていた駕籠が止まる。大地の堅牢さが、駕籠の底から伝わってくる。扉が開き、夕陽が射しこんだ。淀んだ空気が於葉よりも早く、外へと逃げた。

庄屋の屋敷に立ち寄ったようで、蔵に囲まれた中庭だった。屋敷の奥からは男たちの声がかすかに聞こえてくる。旅装を解いているのか、あるいは嫁入り道具を屋敷の中にしまっているのか、せわしなく体を動かす物音も耳に届く。

於葉の周りを侍女たちが囲んでいた。ほとんどが新しく見る顔である。ゆっくりと全員を見回した。みな伏し目がちに俯《うつむ》いている。安東相馬のような反抗的な眼がないことを確認して、於葉は誰にもわからないように安堵の息をついた。

ふと視線を感じて、於葉は顔を向けると、一人の侍女が見つめていた。知らない顔である。於葉とほとんど同年代のようだ。空の色を思わせる浅葱《あさぎ》色の小袖がよく似合っている。俯く首の角度が浅い。大きな丸い瞳が、キラキラと輝いている。

かつて於葉は、こんな目で姉たちの婚列を見送ったことを思いだした。四歳上の三女・小梅とともに松田元賢とその部下伊賀久隆に嫁ぐ初と楓の姉二人を見送ったのは、十二年前の数えで五歳のときだ。まだ、あのころは姉がどういう立場で婚家へ送られるかなどは理解していなかった。きっと目の前の侍女のような無邪気な好奇心とともに送り出したのだろう。

目を移すと、蔵の裏手にある山上に小屋が見えた。

「あれは何です」

きっかけづくりの軽い気持ちで、於葉は口を開いた。備前の老侍女が首を横に傾け、かわりに美作の老侍女が遠慮がちに前へと出た。

「陣鐘《じんがね》小屋です」

家族に語りかけるような気安さに満ちた声質に、みなが一斉に首を動かした。一歩前に出た美作の老侍女も困惑とともに振り返る。

大きな瞳を輝かせて、浅葱の小袖を身にまとった若い侍女が顔を向けていた。

「これ、玉菊《たまぎく》」と、美作の老侍女がたしなめた。

「いいのです。玉菊とやら、陣鐘ということは、戦で使うための小屋ですか」

玉菊が頷いた。頬が赤らんでいる。興奮しているのだろうか。頭の中にあふれる言葉を整理しきれないという風情だ。

玉菊を遮るようにして、老侍女が説明する。

「山が多い美作では、あのように峰や尾根に陣鐘小屋を置いて、狼煙《のろし》がわりにしています」

確かに山の移ろいやすい天気や立ち込める霧のことを考えると、狼煙よりも陣鐘の方が連絡には適しているのかもしれない。

「では、もし不届きものが美作に兵を繰り出せば」

「たちどころに鐘が鳴り継がれます」

老侍女が誇らしげに答えた。

今から百年ほども前、広大な領土を持つ山名《やまな》一族が美作に攻め込んだことがある。北は因幡《いなば》、伯耆《ほうき》、東は播磨《はりま》、南は備前、西は備中など六路から兵を繰り出したのだ。

「四方八方から陣鐘の音が美作に乱れ鳴りました。鐘の音はもちろん、山あいに生まれた木霊も響きあい、それはそれは不吉な音だったとか。〝文明《ぶんめい》の乱鐘《らんしょう》〟と、古老たちが今も語り継いでおりまする」

老女の生まれる遥か前の出来事だ。しかし、語る目におびえの色が滲んでいる。大勢力に蹂躙《じゅうりん》され続けた美作の人々にとっては、陣鐘の音色は無条件に恐怖を駆り立てるものなのだろう。

於葉が辺りを見回すと、もう一つ別の尾根に陣鐘小屋らしき影があった。また、目を移せば、別の山にも陣鐘小屋らしきもの。きっと美作中の山々に、陣鐘網が張りめぐらされているのだ。次にこの鐘が鳴らされるときは、どの方角からだろうか。毛利のいる北、あるいは西からか。もしくは織田のいる東か。それとも父である宇喜多直家のいる……。

その時、鐘の音が聞こえた。

低く長い音調。

於葉は、思わず体を固くした。

「陣鐘」と小さく叫ぶ。

方角は、北でも、東でも西でもない。於葉たちが駕籠でやってきた南から聞こえてくる。意味するところは、ひとつしかない。於葉は、平衡感覚を失いそうになった。

侍女たちがポカンとしている。やがて、玉菊と呼ばれた若い侍女が一歩前へと出る。

浅葱色の着物が於葉の視界を大きく占めた。

玉菊は笑いをかみ殺しながら、「あれは寺の鐘です」と口にした。

また、ひとつ鐘の音が鳴った。

「えっ、まあ」

恥ずかしさで、於葉は自分の頬や耳たぶが熱くなるのを感じた。玉菊が肩を震わせている。美作と備前の老侍女たちも俯いて、必死に手を握りしめて何かをこらえている。

笑いだしたのは、於葉が最も心を許している備前の老侍女だった。一座で最も貫禄のある女が笑ったことが、免罪符となった。皆も口をあけ、笑い声をあげる。

「無礼であろう。笑うとは」

於葉は、拗《す》ねているふりをしてみせた。美作と備前の侍女が肩を抱き合って笑っている。

「花嫁を侮辱するのは許せぬぞ」

言いながらも、ほころんだ口元のため、語尾を上手く発音できなかった。

おかしかった。聞き慣れた鐘の音を、どうして間違えたのだろう。玉菊などは目尻に涙をためて笑っている。

ふと、こんなに無邪気に笑ったのはいつ以来だろうと於葉は考えた。まだ存命であった姉たちと貝あわせをして笑った記憶は、もう昼前の霧のように虚ろにしか覚えていない。

また寺の鐘が響いた。

夕焼けの空に、鐘の音と女たちの笑い声が沁みていく。

（五）

婚礼用の白帯に脇差を差した給仕人が、於葉の前にみっつの膳を置いた。勝栗《かちぐり》、熨斗《のし》鮑《あわび》、昆布、川魚が並べられている。同じように於葉の横にいる花婿にも膳を並べた。

白被衣《かずき》の下から、於葉は首を動かさないようにして祝言の場を観察する。座敷の一角には純白の暖簾と魔除けの鏡が飾られており、その様子は間違いなく婚礼のものだが、居並ぶ家老たちに寿ぎの空気などは微塵もなかった。

刀を帯びた給仕人は、恐る恐る膳を運んでいる。さすがに本差ではないものの、かなり長い脇差だ。緊張しているせいだろうか、膳を運ぶたびに鞘《さや》が不吉な音をたてる。左右に居並ぶ侍たちも同様で、すぐ近くに置いてある二刀をしきりに確かめていた。給仕人が膳とともに近寄ると、あからさまに身構えるものもいる。閉じ込めた殺気と警戒が充満していることは、女の於葉の眼にも明らかだった。

事実、数ヶ月前にも、後藤家に軍監《ぐんかん》として来ていた宇喜多家の侍二人が宴会中に殺される事件が起こっている。美作では決して珍しくもない凶行だった。酒や料理の味を楽しもうという気は誰もないようだ。それどころか、もし誤って杯を落とせば、そのまま決闘へと雪崩《なだ》れこみかねない雰囲気だった。

そのため、首ひとつ動かすのにも苦労を強いられた。今、横にいる婿の後藤〝左衛門尉〟勝基の姿は、大きな白被衣で見えない。ただ三徳兼備の良将と呼ばれる男の息遣いと鼓動、ほのかな体臭だけを感じる。

もっとも婿である後藤勝基自身も、於葉の顔を満足には見ていないはずだ。溜息を押さえるのに必死だった。侍女たちと笑いあった昨日の出来事が何年も昔のことのように思える。侍女たちは、家臣の家族が多い。彼女たちの伝聞により於葉への誤解も解けるかと期待もあったが、それは遠い未来の話のようだ。

「こたびは、まことにめでたい」

一人の老臣が銚子を片手に進みでる。口にした瞬間から、言葉が薫風に吹かれてどこかへと消えていった。

一月ほど前に、顔をあわせている。左頰の火傷痕が朽ちた木の年輪を思わせる。後藤家の謀臣・安東〝相馬〟安貞だ。一座の中で、この老人だけが異様だった。皆、緊張で体を固くしているなか、一人悠然としている。かといって、花嫁と花婿を祝う気持ちがあるようには見えない。いや、一座の誰よりも薄いことは明らかだった。

「宇喜多直家《和泉守》様のご息女を娶られたこと祝着至極《しゅうちゃくしごく》。兵乱の極みにある美作も、これにて安泰。後藤家も益々、繁栄するでしょう」

安東相馬の膝を打つ音が白々しく響いた。

花嫁を前にした露骨な皮肉に、一座の者もさすがに顔を見合わせる。何人かが咳払いをして安東相馬に注意を促《うなが》すが、老臣はわざとそれを無視する。いたたまれない空気を楽しむ風情で、左頰の火傷痕を引き延ばすような笑みを見せつけていた。

その時、具足《ぐそく》のこすれる音が響いた。追いかけるように、「ご注進にございます」という大音声が婚礼の場に侵入する。

全員の顔色が一瞬で変わった。恐怖を気負いで上塗りした表情で、声がする方へと勢いよく顔を向ける。いつのまにか、列席する全ての士が片膝だちになっていた。

現れたのは、小具足姿の若武者だった。年の頃は、二十歳になるかならぬか。総髪《そうはつ》に鉢巻、陣羽織《じんばおり》、手足に巻きついた籠手《こて》と脛当《すねあ》てが艶やかに光っている。走ってきたのだろうか、息は荒く陣羽織が上下にせわしなく揺れていた。

若武者は敷居の前で膝をつき、礼をする。安東相馬と同じく、頭こそは下がったが目は決して於葉から逸らさなかった。

「郷左衛門《ごうざえもん》、何事だ。無礼であろう」

一喝するように問うたのは安東相馬だった。

「父上に火急のお知らせ」

若者は、糸をまっすぐに張りつめたような心地よい声で応えた。

もう弾んでいた息は平常になっている。

安東郷左衛門――宇喜多直家が安東相馬には器量骨柄の優れた息子がいると言っていたのを思い出した。

「祝言の場を乱してもか」

安東相馬の問に、安東郷左衛門は間髪《かんはつ》いれずに頷く。

「備前に忍ばせていた間者の報せです」

一座がどよめいた。備前で変事が起こるとすれば、宇喜多直家しかいない。安東相馬が於葉へと振り向いた。試すような目つき。ニヤリと笑って、「わかった。すぐ退座する」と若者に声をかけた。

「いえ、ここで結構です」

気づけば於葉は口を開いていた。皆が再びざわめく。祝言の場で、花嫁が言葉を発するなどありえない。

「気遣いは無用です。もう、宇喜多の娘ではありません」

安東親子を見つめる目に力がこもるのを止められなかった。

若者は初めて年相応の戸惑いを顔に現した。対照的に安東相馬は落ち着いている。

「姫が、そうおおせだ。郷左衛門、言上しろ」

於葉は唇の内側を周囲に知られぬように咬《か》んだ。心臓が祭の乱れ撥《ばち》のように胸を打っている。

「宇喜多直家殿、和泉守《いずみのかみ》、ご謀反」

顔から血の気がひいた。右手で左腕を摑み、震えを無理矢理止める。

「浦上家の天神山城《てんじんやまじょう》を宇喜多勢が包囲中」

まるで水中に閉じ込められたように息が苦しい。

「宇喜多は美作も攻めるつもりか」

「毛利はどうした」

「宇喜多だけではあるまい。合力しているのは、どこの大名だ」

「まさか織田家か」

「いや、尼子、赤松の残党では」

左右の家臣たちが口々に騒ぎ立てるが、於葉の耳には入らない。

床に音をたてて両手をついていた。立ち上がろうとして、姿勢を崩してしまったのだ。一瞬静かになる。家臣たちが正気に戻る。そして、場違いな花嫁を凝視した。いや、ひとり、安東相馬だけは冷静すぎる眼光を射るように向けている。於葉は、視線を受け止めきれない。しかし、聞かねばならないことがある。

「浦上松之丞《まつのじょう》様は……、姉の……」

姉・小梅の婿の名前をなんとか口にすると、全員があっと声をあげた。

唇が激しく震える。於葉は、美作後藤家へと旅立つ数日前に天神山城の松之丞に嫁いだ小梅から手紙が届いていたことを思い出す。婚礼の直前まで読んでいた姉の字が頭に浮かんできた。

若武者・安東郷左衛門の顔に躊躇《ちゆうちよ》の色が浮かぶ。

「教えてさしあげろ」

善意を装った安東相馬の声が響く。

「松之丞様は、直家殿の手にかかりました。噂では招かれていた石山城内にて毒を盛られたとも、あるいは最後に一太刀斬りつけるも及ばなかったとも」

和泉守《かみ》

絞りだすように若武者は答えた。於葉は眼で、その先を促した。もう、声帯を動かす気力さえ残っていない。郷左衛門は於葉が何を問いたいかを素早く察したようだ。

「奥方様は、噂では浦上松之丞様に殉じ、自害されたとのことです」

於葉の体を支えていた肘が曲がった。

視界が大きく傾《かし》ぐ。体が床に打ちつけられようかというとき、於葉の体は宙に浮いた。たくましい腕が回されていた。薄れる意識の中で、その太い腕がずっと以前から於葉の体を支えていてくれたことに気が付いた。

一度も聞いたことのない男の声がした。太く低い声。きっと、婿である後藤勝基にちがいないと思いながら、於葉は気を失う。

（六）

襖の隙間から腐臭が漏れていた。於葉は刀を握って、にじり寄る。横の壁にかけている般若の面が睨みつけていた。

「於葉か」と、父・宇喜多直家の弱々しい声がした。

頷きながら、襖に手をかける。それだけで腐臭がまとわりつくのがわかった。

「斬りにきたか」

頷くかわりに、於葉は襖を開いた。夜着と呼ばれる寝具が盛り上がっている。一歩足を踏み入れると、かすかにお香の匂いがした。

夜着が小刻みに揺れている。

「後藤勝基が妻、於葉」

短く名乗り刀を抜くと、「やめろ」と悲鳴が飛んだ。

構わずに声の元へ切っ先を突き刺す。

切り口が滲む。血ではなく黄色い膿でたちまち変色する。

寝具の隙間からも膿が漏れ流れる。

於葉の足元も湿り、腐臭がせりあがる。ふくらはぎ、膝、太もも、腰、腹、胸、喉へと這い上がってくる。

夜着をはぎとった。

宇喜多直家はそこにはいなかった。

左頰に火傷痕のある男がうずくまっていた。

白眼を天井に向けて、口から血膿を吐いて倒れている。

白眼がギョロリと動いた。淀んだ黒目が瞼《まぶた》の下から現れる。ムカデが石陰から這い出るように。

「やはり、宇喜多の捨て嫁よ」

安東相馬の声が合図だったかのように、天井から暗闇が滴ってくる。

それは空間だけでなく、寝具に伏す安東相馬や於葉の肩や腕さえも塗りつぶした。

やがて視界が真っ暗になり、天地もわからなくなる。

どれくらい、たっただろうか。

何かがこすれ当たる音がかすかにして、視界に異変が生じる。

墨のような闇に、少しずつ陰影ができていく。

於葉は気づくと、夜着を肩までかぶり寝ていた。燭台《しょくだい》の小さな火が、頼りなげに揺れている。壁には婚礼で着ていた白無垢が掛けられていた。起き上がり顔を動かすと、熊のように大きな男の背中が見えた。白い寝衣を着ている。何かを手でいじっているのか、カチカチと音がしている。肩甲骨が動いて、背中にできた影も生き物のように蠢動する。

身を起こした。心身がぐったりと疲れていることを自覚させられる。

せわしなく動く広い背中をぼんやりと眺めていた。やがて、背の主が振り返った。思いのほか童顔だったが、蓄えられたあご髭が威厳を醸《かも》している。年齢は、数えで三十七歳と聞いている。

「後藤……左衛門尉さま」

呼びかけられて男は、大きな表情で笑った。髭が狼の毛並のように動く。

「大変な祝言であった」

芝居の様子を語るような花婿の口調だった。

「さすがにお床入《とこい》りの儀式は控えねばなるまい。まあ、この事態だ。宇喜多直家《和泉守》殿もお目こぼししてくれよう」

眉を下げて語る表情は武人らしくない。

「あの、こたびの」

父の行為を謝罪しようとすると、後藤勝基は手で遮った。指の付け根にまめができている。人差し指の付け根にはなく、中指は薄く盛り上がり、薬指は少し厚く、小指には分厚いまめ。刀を振り続けた男の手だ。於葉も剣術をしているからわかる。剣術は、小指の遣い方が肝だ。達人になれば人差し指や中指にはほとんどまめができない。かわりに、小指に碁石のようなまめができる。

於葉は自分の左の掌をそっと撫でる。後藤勝基と同じように、小指や薬指に厚いまめができていた。

「下剋上の世だ。侍は流れもの。誰にも覚えがあろう」

後藤家もかつては尼子の部下だった。尼子家が衰退後、時に毛利に、時に浦上に、時に織田について、乱世を乗り切ってきたのだ。

「それより許せ。勝手に開けた」

後藤勝基が両手を差し出した。大きな手には貝あわせの貝が乗っていた。於葉の嫁入り道具だ。いや、実母と姉の形見と表現するほうが適当かもしれない。貝の裏には色鮮やかな絵があり、ふたつ一組となっていて、絵柄をあわせて遊ぶ。

後藤勝基が床の上に貝を並べ始めた。

「あの、何をなされるのですか」

「幼きころ、一度だけ姉君と貝あわせで遊んだ。懐かしいと思ってな」

「まさか、今、ここで」

於葉は、並べられた貝と自分の顔を交互に指さした。

「それとも祝言の続きか？　於葉殿はあれから丸一日以上伏せておったのだぞ」

そういえば、お腹も空いていることに今さらながら気づいた。

「貝あわせは一度しかやったことがない。女々しいと父上に叱られたゆえな」

貝は並べ終わった。

「さあ、いざ勝負」

後藤が手を叩いた。「では」と口にして、貝に顔を近づける。於葉の目の前で、大きな頭が動いている。つむじがふたつ見えた。

「威矢《いや》」と剣術稽古のような気合とともに貝を開く。

川辺で歌を詠む貴人の絵だった。対岸には村人たちが集って、宴を開く様子も描かれている。

「ううむ、またしても、この絵柄か」と言いつつ、もう一枚の貝をめくったが外れだった。

「先程から、この絵柄の対になるものがなかなか当たらんのじゃ」

後藤勝基は髭をつまみつつ首をひねった。当たらないのも当然だ。川辺で歌を詠む貴人の絵柄は、ひとつ欠けている。於葉姉妹と母の富はかつて浦上家の天神山城で人質として生活していたが、そのときに失くしてしまったのだ。

「次は於葉殿だ」

後藤勝基の目が、早くめくれと言っている。

「お話があります」

　後藤勝基の眉が下がった。

「後藤家は、浦上家につくのですか。あるいは宇喜多家につくのですか」

　眉だけでなく目尻も下がった。

「わからん」と頭をかいた。

「浦上を助ければ、織田を敵に回す。宇喜多を助ければ、毛利を敵に回す」

　腕を組んで首をひねるが、考えているというより、ただ困惑しているだけにしか見えない。腕を解き、於葉の目を覗きこんだ。

「もし浦上につくならば、於葉殿は必ず備前の宇喜多家へ送り届ける。安東相馬にも指一本触れさせません」

「それでは、宇喜多家から妻を迎えた意味がないではありませぬか」

　政略結婚は血の繋がり以上に、人質を確保するという意味が強い。もっとも、父の宇喜多直家が於葉の命を惜しむなどは万に一つもないだろうが。

「ほお、後藤家と宇喜多家が敵同士になっても当家に残ると申すか」

「もう宇喜多の娘ではありません」

　後藤勝基が目を細めた。

「何も後藤家に殉ずる必要はないのだぞ」

「殉ずるのではありません。共に戦うのです」

「見事な女武辺《ぶへん》。さすが、直家殿《和泉守》の血をひくだけのことはある」

於葉は自分の表情が歪むのを自覚した。

「まるで、お父上と戦いたがっているかのような口ぶりじゃな」

於葉は何も言い返すことができない。

「こういう世だ。薙刀や刀を握らざるをえない女人も多い」

溜息と一緒に口にしながら、後藤勝基は貝をふたつひっくり返した。川辺で歌を詠む貴人と桃の節句を祝う姫の絵柄。また、外れだ。

「於葉殿は女ながらに剣術上手と聞く。だが女が戦場で得物を握らねばならぬぐらいなら、城を明け渡す」

於葉にとっては信じられないような弱気だった。

「たとえ首がはねられるとわかっていてもでございますか」

「まるで我が父のように叱責する」

後藤勝基は苦笑した。

「もしや、お父上に刃向うことが、母君や姉君の供養と考えているのではないか」

於葉は即答することができなかったが、後藤勝基は眼を床に落とし静かに言葉を待ってくれた。

「念仏を唱えて成仏できるとは思えませぬ」

小さいがはっきりした声で、己の心のうちを伝えていた。

後藤勝基が首を傾げて呆れる。

「いやはや、御辺《ごへん》の気の強さには敵わん。宇喜多家は、大変な嫁を送ってきたものよ」

「御辺っ」

空気を飲み込むようにして於葉が復唱した。御辺とは、男性に使う言葉だ。

「御辺と呼ぶくらいがちょうどよかろう」

言葉とは違い瞳と表情に邪気はない。猿が毛づくろいするようにあご髭をつまみながら、於葉を見ている。

「うんうん、さあ、御辺の番だぞ。さあ、めくれ。めくらぬなら、それ、こうだ」

そう言って、貝をまたふたつ開いた。桃の節句を祝う姫の絵が二つ、当たりだった。

（七）

寝所にうっすらと朝日が差し込む中、於葉は貝あわせの貝を手にとった。桃の節句を祝う姫の絵柄と、川辺で歌を詠む貴人の絵柄だった。後藤家に来て初めて勝基と貝あわせをした時よりも塗料が剝げている。青かった川や色づいた桃には、斑点のように貝の白地が見えていた。

横には寝息をたてる後藤勝基がいた。初めて会った時は黒かった髪には、白いものが何本か混じっている。

天神山城を宇喜多直家が襲ってから四年がたった。宇喜多直家は主君である浦上宗景《むねかげ》を追放したが、いまだに各地で浦上の残党が跋扈《ばっこ》している。彼らを支援しているのが、後藤家だった。表では宇喜多家と協力するふりをしながら、亡命する浦上家の侍を受け入れている。

宇喜多家も後藤家の二面相反する行動は知り尽くしている。宇喜多直家も毛利と織田に対して綱渡りのような両面外交を展開しており、今は後藤家を敵に回すことは避けたいのだ。

表面に薄い友好の紙を貼りながら、裏では両家は憎悪をたぎらせている。その空気が、嫁入りしてから四年たった今も於葉を悩ませた。

寝所の扉の向こうに、侍女が控える気配がした。

「奥方様、稽古の用意が整いました」

「ありがとう」と小さく声をかける。横で眠る後藤勝基を起こさぬように、静かに立ち上がり、寝衣から稽古着に着替えた。

朝の涼気の中、木刀を振るうのが後藤家へ来てからも変わらぬ於葉の日課だった。川や海に近かった備前と違い、山がすぐ近くにそびえる美作・三星城《みつぼしじょう》の空気には木の香りが濃厚に混じっている。城もみっつの峰からなり、それぞれに本丸、東丸、西丸となっている。本丸から東と西の出丸へ行くには稜線沿いに登り降りしなければいけないのも、かつていた宇喜多家の石山城と勝手が違う。

梅雨が明けて、久々の晴天だった。かるさんと麻の小袖に身を包んだ於葉は木刀を持ち、本丸から東丸の広場へと下りた。曲輪《くるわ》が階段状に三方に伸びており、出雲街道が通る平野を眺望することができた。眼下に見える家々からは、炊煙が細く立ち昇っている。

ひとつ伸びをして、於葉は目の前の街道を断つようにして、木刀を打ちおろした。固かった体がほぐれ関節が軽快に旋回する頃になって、於葉は人の気配を背中ごしに感じるようになった。まるで誰かに見張られているかのようだ。

「まただ」と口の中だけで呟く。

後藤家の三星城へ来てから常に視線のようなものがまとわりついているが、今日はことのほか強い。

葉擦《はず》れの音がした。手を止めて、耳を澄ます。於葉は音のする方へと足を向けた。草むらのむこうに人影が見える。

目を細めた。総髪をなびかせる男の背中だった。

木刀を握る手に力をこめる。

人影は道なき斜面を歩いていた。於葉は必死について行く。やがて三星城のふもと——家老屋敷や侍女たちの長屋がある広場まで来た。人影が素早く米蔵の角を曲がる。その先は分かれ道で、見失う可能性があった。

勢いよく走りだした時、視界に入ったのは浅葱色の小袖を身にまとった若い侍女だった。

「まあ、於葉様」と、玉菊が大きな瞳を輝かせた。

籠を両手で抱えており、中には土や朝露のついた胡瓜や茄子がいっぱいに入っている。

「玉菊、男を見ませんでしたか」

「さあ、井上の爺様なら一緒に畑で野菜をとっていましたが」

人影の様子は老人のものではなかった。

「また、何者かの気配を感じたのですか」

玉菊が於葉の顔を覗きこむ。

「ええ、気のせいとは思えぬのです」

日を追うごとに、感じる視線は濃く強くなっていた。

「於葉様も畑仕事をしてはどうですか。我が兄も土いじりが好きです。俗世や武家のしがらみを忘れられると言っていますよ」

黒く艶光りする茄子を於葉の前へと掲げてみせた時、また視線を感じた。於葉は今度は振り向かなかった。玉菊と話しながら、自然なふりをして体の位置を移動させる。

「あら、郷左衛門様」

於葉が確認するより早く、玉菊が声を出した。

蔵の横に、総髪を風になびかせた安東相馬の嫡男が立っている。

郷左衛門が、於葉に目をやったまま頭を下げた。

美作の侍は、貴人が相手でも決して礼で目をそらさない。裏切りや暗殺があまりにも多いために、自然とそのような仕草が日常となってしまったという。挨拶されるたびに凶相と呼ばれる三白眼《さんぱくがん》を向けられ、於葉は不吉な気分になった。

ただ、品格は嫌でもにじみ出る。器量骨柄に優れたと評判の安東郷左衛門の礼は皆と同じではあるが、こちらを労わる気持ちが伝わってきた。父である安東相馬の敵意ある眼差しとは全く違う。

「これは大きな茄子ですな」

人好きのする顔で安東郷左衛門が近寄り、左手で野菜を取り上げた。馬手《めて》と呼ばれる右手をほとんど使わないのも美作の侍の特徴だった。特に相手から物を受け取る時は、必ず弓手《ゆんで》と呼ばれる左手から先に伸ばす。相手に近づく時も左足をまず前にだす。逆に退く時は、右手や右足が先である。闇討ちに遭った時に、利き腕や利き足を守るためのものだ。まるで野良犬が恐る恐る人間の手から餌をもらうような所作だが、安東郷左衛門が同じことをやっても奇妙な品格があるのが不思議だった。

「所領の山口屋敷でも母が畑をやっていますが、なかなかこのようには育ちません。まあ、矢竹の方は蔵の屋根を超すまでに成長しましたが」

宝物でも見るような目つきで、しきりに感心している。

談笑に割って入ってきたのは鐘の音だった。

今まで聞いたことのない音色だったので、於葉は首を傾げる。

「郷左衛門殿、どこの寺の音ですか」

於葉とは対照的に、安東郷左衛門と玉菊の表情は険しくなった。郷左衛門が左手をあげて、於葉の言葉を制し、耳を澄ます。

「陣鐘です」

さらに鐘の音が響いた。山肌から跳ね返った木霊が乗り、反響する。

「南だ」

於葉の顔から血の気がひいた。朝の冷気と肌が同化するような感覚。

まだ眠っていた三星城が、たちまち喧噪に包まれた。寝衣姿の男が手に刀を持ち、屋敷から飛び出してくる。やがて、城にある陣鐘がけたたましく鳴りだした。於葉の体を叩くかのようにして襲う乱鐘。郷左衛門がチラリと見る。口を開きかけて、閉じた。籠の上に野菜を左手で置いた。指についた朝露をペロリと舌で舐めとる。

「南ということは、宇喜多家の軍勢でござろう。厳しい戦になりましょう」

また遠くで鐘が鳴る。合わせるように三星城の陣鐘が大きく響いた。鐘音が北へと逃げていく。

「屋敷の矢竹を刈り取るにはうってつけの兵事《へいじ》。失礼いたす」

三白眼の美作下剋上の礼とともに、安東郷左衛門が去る。後にはただ、朝の空気を震わせる鐘の音が残っているだけだった。

（八）

陣鐘が木霊する中、於葉は歩く。額には白い鉢巻、身には晴れた夜空を思わせる紺糸威《おど》しの甲冑、腰には備前から持ってきた柿色の打掛を巻きつけた。戦支度で忙しい家臣たちも思わず立ち止まり、その姿を見入る。

本丸の評定部屋には、ひとり後藤勝基が座っていた。祝言の夜のようにうずくまって、何事か作業をしている。違うのは寝衣ではなく籠手、脛当てをつけた小具足姿であることだ。兜と胴は身に着けていない。

「お館様、何をされているのです」

問いかけて覗きこむと、足元に甲冑があった。武骨な手には色鮮やかな威し糸が握られている。威し糸は鎧の鉄片同士をつなぐ紐だ。実用以外にも意匠としても使われた。甲冑の表面を威し糸で孔雀の羽のように飾るのだ。朱や藤、萌黄《もえぎ》、濃紺など様々な威し糸を使うことで、武者たちは己の姿を彩る。死にゆく前に、その色彩を敵の記憶に刻みこむように。

後藤勝基は、新しい威し糸を慣れた手つきで甲冑に通していた。合戦中に威し糸がほどけることも多い。刀の手入れと同じように、武士であれば身分にかかわらず誰でも威し糸を結わえる技術は持っており、それほど珍しい所作ではない。が、後藤勝基の節くれだった指で操られる柔らかい糸は、武具というより装飾品のようだった。

生き物のように動く紐を見て、於葉はふと祝言の夜に楽しそうに貝あわせに興じる後藤勝基の姿を思い出した。

「お館様、そのようなことは人に任せては」

後藤勝基が振り向いた。そして於葉の姿を上から下まで眺めてから、顔をしかめた。

「御辺は、なんという恰好をしておる」

呆れた声を出したが、すぐに目を落として作業を再開した。

「甲冑、得物の類を身に着けることは許さん」と、手元に視線を落としたまま強い調子で言い放つ。

「後藤家の妻として戦います」

手が一瞬止まる。宙で紐が揺れている。

「我が意を聞けぬなら、宇喜多家へ送りかえす」

「従いませぬ」

「力ずくで送りかえす」

短刀で威し糸を切り、端部を結わえた。

「いかに剣術上手でも女の身。雑兵一人倒せぬことは、御辺自身が知っておろう」

全ての糸を威しおえて、後藤勝基は甲冑を着こむ。いつもの癖で、於葉はつい夫の手伝いをしてしまった。肩ひもを固定してやる。

「織田や宇喜多では南蛮胴らしいな」

鉄砲戦用の厚い鉄で覆われた鎧が、織田家や宇喜多家では主流だ。

「あれは好かん。実用に過ぎて、雅が欠ける」

威し糸に覆われた胴丸を手で撫でさする。まるで彫りあげた彫刻を愛でる職人のような手つきだった。

「ほお、奥方様、勇ましい姿をしておいでですな」

老いてはいるが、ハリのある声が響いた。於葉と後藤勝基が振り返る。火傷痕のある左頬を吊り上げて笑う老人が立っていた。戦支度で忙しい城中にありながら、この男だけは若草色の涼しげな小袖姿だった。

「殿、奥方様だけではありませぬぞ。城中の侍女も勇ましく甲冑を身にまとっています」

誇らしげに安東相馬が語るのと、後藤勝基の眼に険が宿るのは同時だった。

「誰が命じた」

静かだが、怒気に満ちていた。

「いや、皆、後藤家のことを思い、己の考えで……」

「ならぬ」と、安東相馬に最後まで言わせなかった。

「三星城で女どもが得物を手にし、甲冑を着こむことは禁ずる。犯せば城から追放する」

安東が於葉へ目を移した。批難の色が含まれている。

後藤勝基は、於葉へ向かって語りかけた。

「そなたは侍女たちを統《す》べる後藤家の正室だ。よく言い聞かせよ」

勝基は、人がいるところでは於葉のことを御辺とは呼ばない。

於葉は返事をしないことで、拒否の意思を示した。

「戦いたくば飯を炊け。城壁にしがみついた兵に振りかける湯を沸かせ。ほつれた鎧の糸を威し直すのも戦さだ」

「一理あれど、士気に水をさす行為かと」

反論したのは安東相馬だった。不覚にも於葉は同意しそうになる。

「相馬、常山城《つねやまじょう》の鶴姫《つるひめ》のことは知っておろう」

宇喜多家の仇敵である備中の三村家は、於葉が嫁入りした直後の四年前に滅ぼされている。最後まで戦ったのは、常山城主に嫁いだ三村家の娘・鶴姫だった。甲冑と薙刀で武装した鶴姫と侍女たち数十人は、ことごとく命を落とした。

「三星城が落ちることあろうとも、決して女は戦わせぬ」

後藤勝基は、於葉と安東相馬に叱りつけるように言い放った。

（九）

また於葉は視線を感じた。首を左右にふる。かがり火が曲輪《くるわ》を照らしている。しかし、明るいとは感じない。ゆれる炎が、さらに物陰の闇を濃くしているような気がした。何人かの侍が具足をすりあわせながらすれ違い、於葉に目礼を返す。

かがり火の間に、人影が見えた。総髪の若い男が闇に消えかかっている。陣羽織を着込んでいるようだ。まるで於葉の視線から逃れるように、離れていく。

於葉は同じように暗闇に飛び込んだ。耳をすまし、具足のこすれる音をたよりに影を追う。懐に手をやり、勝基に唯一所持を許された短刀をしまった場所を確かめる。総髪の男の背中が見えた。時々、左右を露骨に警戒しながら歩く。

やがて闇に眼が慣れてきた。雲も流れて、星明りがさす。若々しい肌と精悍な目鼻。安東郷左衛門だった。

どんどんと人気のないところへ向かって歩いている。

なにか、やましいことでもあるのだろうか。いつも身にまとっている闊達な空気がほとんど感じられなかった。やがて、荒石の積まれた石垣の角を曲がる。この先は行き止まりのはずである。攻め手にも守り手にも無意味な空間があるだけだ。

於葉は息をひそめ、ゆっくりと歩を進める。胸を打つ鼓動が疎ましい。

岩間から覗き込むと、人影がぼんやりとふたつ見えた。

風で雲が散ったのか、星明かりがさらに増す。安東郷左衛門が、膝をついていた。若い肩が、遠くから見てもわかるぐらいに揺れている。もうひとつの人影にすがりついている。浅葱色の布地が見えた。於葉も見慣れた色の着物だ。玉菊の膝に安東郷左衛門がすがりついていた。玉菊の細い手が、郷左衛門の頭をなでている。

今まで見たこともない玉菊の顔だった。尼のように落ち着いた態度で、郷左衛門をなだめている。

「死にたくない」と、誰かが呟いた。声の正体が一瞬わからなかった。

「生きたい」と涙に濡れた声が続いて、それが安東郷左衛門から発せられたことに於葉は気づいた。凜々しい若武者の姿は、どこにもなかった。

ただ、弱いひとりの人間がいるだけだ。

無意識のうちに於葉は岩陰から身を出す。

俯いていた玉菊の顔が上がる。やはり、見知った玉菊ではなかった。於葉の知る無邪気で好奇心あふれる侍女の面影はない。いつもは大きく見開かれている目は眠たげな半眼で、視線を於葉に送る。

泣いているのか笑っているのかわからない表情で、玉菊は於葉に会釈した。

達観と諦念。三星城にいる誰もが、宇喜多家に勝てるとは思っていない。後藤勝基はもちろん、於葉や玉菊でさえも。味方となる毛利家は織田家と交戦中で援軍を送る余裕はないだろう。後藤家は独力で、備前を支配する宇喜多家と対抗しなければいけない。

ふと、ある日の朝も於葉は玉菊と郷左衛門に出会ったことに気づいた。もしかしたら、ずっと前からふたりは心を通わせていたのかもしれない。

玉菊は、安東郷左衛門の頭を包み込むようにして抱く。郷左衛門のうめき声が、玉菊の胸の中に閉じ込められた。

（十）

三星城のふもとの広場に、将兵がひしめいていた。家老屋敷や長屋、米蔵が、彼らを囲んでいる。後藤勝基は、城の本丸に続く道の途中から群衆を見下ろす。三星城より三里（約十二㎞）離れた勝間山《かつまやま》に、宇喜多軍は砦を築いていると報告が入ってきたばかりだ。総数は三千と物見は言う。総大将は延原《のぶはら》〝弾正《だんじょう》〟景能《かげよし》、副将は備前の六花《ろっか》武士の一人、花房《はなぶさ》〝助兵衛《すけびょうえ》〟職之《もとゆき》。対する後藤家は一千に満たない。

後藤勝基が大きな体を動かして声を張り上げている。左右に安東相馬や難波《なんば》利介《りすけ》、柳沢《やなぎさわ》太郎兵衛《たろうべえ》、井上山兵衛《やまべえ》・十兵衛《じゅうべえ》兄弟らの重臣が並び、後ろには於葉や侍女が控えていた。

「中山信正《備中》、島村盛実《貫阿弥》、穝所元常《治部》、金川城・松田親子」

宇喜多直家に仕物された士の名前を列挙する。後ろに控える於葉は、平静には聞けない。手を握りしめて、乱れる感情を押さえつける。対照的に三の丸を埋める群衆の興奮は増していく。於葉の姉・小梅の婿である浦上松之丞の名を後藤勝基が口にし、続いて兵を鼓舞する文句を謳《うた》い上げた時、群衆が雄叫びで応じた。

後藤勝基が群衆を見回す。右手を突き上げると、声がピタリと止む。視線が——約二千の瞳が一点を凝視する。

「今、この場に不埒《ふらち》な行いをする者がいる」

来た、と於葉は思った。群衆の沈黙に戸惑いが混じる。濃く、広く、急速に。群衆たちがお互いの顔を見合わせた。先ほどの熱狂が急激に冷めようとしている。

変転極まりない美作では、敵と味方が銭の裏表のようにひっくり返った。隣で肩をすりあわせる同僚と、数年前に殺しあったという例も珍しくない。逆心、裏切りと聞いて、思い浮かぶ顔が彼らにはあまりにも多すぎた。

「安東郷左衛門、前へ出よ」

どよめきが広がった。やがて、群衆がひしめくある部分から、急速に人がいなくなる。ポツンと一人の若武者が取り残された。風に揺れる総髪に陣羽織を着た安東郷左衛門が立っていた。

「殿、誤解です」

弁明する郷左衛門に、後藤勝基が怒声をかぶせた。

「黙れっ」

重臣たちの列から、震えながら一人の老父が出てくる。よろけるような足取りに、いつもの老獪さは感じられない。安東相馬の左頰の火傷痕が、今日はやけに大きく見える。

「お館様、何かの、何かの間違いでは」

歯を鳴らしながら、老父が息子を弁護するが、勝基は安東相馬を無視した。

「郷左衛門、これから申す名を聞いても、とぼけるか」

「天地神明に誓って潔白なり」

安東郷左衛門が声を張り上げた。父相馬と違い、両脚は大地をしっかりと踏んでいる。

「山下左衛門《さえもん》が妹、玉菊」

アッと声をだし、安東郷左衛門の顔が一気に真っ赤になった。耳も火照《ほて》っている。

「玉菊？　山下が妹と倅と何の関係がある」

安東相馬のうろたえに、さらに拍車がかかった。於葉はその様子を見て、さすがに心苦しくなった。いつのまにか侍女たちの列は一歩さがり、浅葱色の着物を着た玉菊だけが郷左衛門と同じように取り残されている。

「見ろ、弁明できまい」

言いよどむ郷左衛門に後藤勝基が言葉を投げつけると、群衆に動揺が広がる。うろたえる若い男女ふたりと老父を見て、於葉はいたたまれなくなった。勝基の背後まで歩み寄って、「お館様」と囁いた。

後藤勝基と目があい、頷く。少し段取りが早くなってしまった。

後藤勝基は咳払いをひとつした。

「よく聞け、皆の衆、この安東郷左衛門と山下左衛門が妹・玉菊は、あろうことか城中で心を通わせておった」

ざわめきがピタリと止んだ。

「心通わす……」

群衆と安東相馬が呟いた。

「仇敵を目前に控えながら、町人のように女にうつつをぬかした罪は重い」

群衆に戸惑いが広がる。

「泥棒のごとく、ふたり密会しておったのも言語道断」と、腕を振り上げて叫ぶ。

「よって」と、一拍置いた。

「二人には、祝言をあげることを命じる。夫妻《めおと》ならば隠れて会う必要はあるまい」

ペタリと玉菊が座りこんだ。まだ誰も意味を正確に理解できない。

「玉菊が兄の山下左衛門にも相談したところ、異存はないとのこと。幸い、安東、山下両家は長年にわたり後藤家を支えた柱石で、家格も申し分ない。あとは……」

後藤勝基は老父へと目を移した。呆けたように、主君を見上げている。

「安東相馬の心ひとつ。まさか、否とは——儂の顔を潰すようなことは言うまいな」

念を押すと、観念したように相馬は頷いたが、まだ事態を完全には理解していないようだ。

「すまぬ、相馬、遊び心が過ぎたようだ」

それでも、まだ安東相馬は口を半開きにしたままだ。後藤勝基が手を叩き合図を送る。

「惜しいことに、戦陣の中。二人を祝う気持ちはあれども、その暇もなし。よって、略式でこの場にて祝言をあげる」

於葉と侍女が広場まで下りて、祝杯を乗せた膳を運ぶ。さすがに群衆全てに杯は回せないので、最前列の何人かに渡すにとどまった。杯を全て配り終えたところで、於葉は後藤勝基に合図を送る。

「ここにいる全ての士が見届け人なり」

いつのまにか郷左衛門と玉菊が並んでいた。

「この祝言に異議あるものは声をあげろ」

場は静まりかえった。

「では、この祝言に賛同するものはいるか」

鯨波《とき》の声があがった。群衆が籠手や得物を打ちつける音が続く。甲高い音色が広場に反響した。祝騒《しゅくさい》の中心には、二人の若者がいる。

安東郷左衛門と玉菊がよりそい、いつまでもお互いを見つめ合っていた。

（十一）

またあの夢を見た。

般若の面が睨みつける控えの間を抜け、父・宇喜多直家の寝室へ忍び込み、剣を突きたてる。いつもと違っていたのは、夜着をめくりあげてからだった。そこには宇喜多直家はいなかった。安東相馬もいない。

若い二人の男女が横たわっていた。総髪の男と浅葱色の着物を着た女。安東郷左衛門と玉菊が、於葉の剣によって串刺しにされている。

二人の体から流れた血が、混じりあい、溜り、溢れ、畳に沁みる。

於葉は震えながらも、ふたりに顔を近づけた。

半眼に開いた二人の瞳がギョロリと動く。於葉を睨みつける。

「宇喜多の捨て嫁が」

ふたり同時に声をだした。男女の重奏で、「捨て嫁が」と叫ぶ。

於葉は、荒い息とともに寝床から体を起こした。汗をぬぐうと、隣に後藤勝基がいないことに気が付く。めくられた夜着に手を触れると、まだ暖かかった。

釣られた蚊帳《かや》ごしに、ぬるい風が入ってきた。

襖ごしに控える侍女に声をかけると、言いよどむ気配が伝わってきた。さらに強く尋ねると、人が会いにきたと答えた。

「誰なのです」と重ねて問う。侍女はしばらくの沈黙ののち、東丸の陣屋にいるはずの侍女の名を告げた。

嫌な予感がした。東丸の陣屋は、安東相馬の持ち口である。先日、略式の祝言をあげた玉菊は本丸の館を辞し、安東相馬、郷左衛門親子のいる東丸陣屋へ移っている。数日後には、玉菊だけ安東家の所領である山口村へ退去する手筈になっていた。侍女が告げた名前は、玉菊の世話をさせるために一緒に東丸陣屋へ送った侍女だった。

先ほど見た夢の内容が頭によぎる。

気づけば蚊帳を跳ねあげていた。

制止する侍女をふりきって、後藤勝基の元へと向かう。

薄暗い評定の間に、後藤勝基と一人の侍女がいた。燭台には蛾がまとわりつき、化け物のような異形の影を壁や床に落としている。

平伏する女は震えていた。尋常でない用事なのは明らかだ。寝衣姿の後藤勝基は、だらしなく足を組んでいる。勝基の膝元には、二通の書状があった。

於葉の気配を察して、後藤勝基が顔を向ける。生気の抜けた目で於葉を見る。無言で、書状を於葉へ渡した。差し出された書を手にとると、於葉の背に悪寒が走った。一通の筆跡には見覚えがあったからだ。その変化を、後藤勝基は素早く感じ取ったようだ。

「やはり宇喜多直家《和泉守》の筆跡に違いないか」

もう一通の筆跡はわからない。

「そちらは安東相馬の筆よ。奴の字を見間違うはずもない」

後藤勝基は燭台を手にとり、於葉の近くへと運んだ。

書状の細かい字まで判別できるようになって、手の震えがさらにました。

本領安堵《ほんりょうあんど》、降参、五箇村《ごかそんか》加増《ぞう》。

そんな文字が次々と目に飛び込んでくる。〝内応委細承知《ないおういさいしょうち》〟の文字が、安東相馬の書に刻まれていた。

「奇妙とは思っていた。郷左衛門と玉菊との祝言の場で、安東相馬めの取り乱し様は尋常ではなかった」

取り乱すというよりも、怯えるという方が適当かもしれない。確かにあの態度はおかしい。しかし、これで合点がいく。実は、安東相馬自身が本当に宇喜多家と通じていたのだ。

「宇喜多の捨て嫁」という言葉がよぎる。

爪が食い込むほどに手を握りしめていた。頭が締め付けられるように痛む。

嫁取奉行として宇喜多家で対面した時から、安東相馬の態度は失礼千万だった。それは、後藤家へ移ってからも変わらなかった。慇懃《いんぎん》無礼に悪意を言葉や態度に貼りつけて、ことあるごとに攻撃してきた。

なぜ、そんなことをしたのだろう。

於葉を利用したのだ。於葉に辛く当たることで、親毛利派と思わせるため。宇喜多と戦さになれば最先鋒で戦うに違いないと皆を油断させ、その裏で敵と手を結ぶ。後藤家中のものを騙すために、於葉を利用したのだ。誰にも怪しまれずに三星城を落とし、後藤勝基を仕物するために。無念のうちに己の喉元に刃をつきたてた母の富と姉の初、小梅を、捨て嫁と罵り穢したのだ。心を病み今も暗い精神の牢獄に幽閉される姉の楓を、嘲笑したのだ。

ただ、己が疑われぬために。

於葉の目尻から熱いものが零れそうになった。

手が震えている。感情が、決壊しそうになっていた。

「今すぐ東丸陣屋へ帰り、この書状を相馬めに知られぬように戻しなさい」

於葉の口から漏れたのは、滾《たぎ》る内面とは真逆の冷たい言葉だった。水滴が頰を伝うのがわかった。心が怒りで焦げれば焦げるほど、口から出る言葉は冷たく鋭くなる。

後藤勝基が虚ろな目で於葉を見る。侍女も困惑した顔を向けている。

「内通者は相馬だけではありません」

於葉は書面を指さした。〝難波利介殿らはいまだ承引《しょういん》せず〟の文字があった。

「誰にも知られてはなりません。相馬の罪状は明らか。手討ち相当の許されざる行い」

言葉を継げば継ぐほど、場の空気が冷えた。蛾がつくる影が、於葉や後藤勝基の白い寝衣の上を這いずり回る。

「安東相馬をおびきだし、討ち取るのです。返り忠の報いを家中に知らしめれば、城を持ちこたえることも容易」

言葉を発するたびに、己の中の充たされぬ部分に何かが注がれていくのを感じた。

宇喜多の捨て嫁でないことを証明するには、これしかなかったのだ。蠟燭の火が揺れて、油が焦げる臭いが鼻をつく。

血膿にまみれた父・宇喜多直家の腐臭を、なぜか思い出していた。

（十二）

若草色の小袖姿の安東相馬に続いて、小具足姿の安東郷左衛門が座敷に現れた時、於葉は目眩を感じた。安東相馬はともかく、郷左衛門だけは手にかけたくはなかった。玉菊の哀しむ顔は見たくない。とは言っても、予想しなかったわけではない。安東相馬に息子の郷左衛門が侍《はべ》ることは多い。器量骨柄の優れた若武者は、身辺警護という意味でも相談役という意味でも安東相馬の信頼を勝ち得ていた。

安東相馬が平伏し、三白眼の美作下剋上の礼をする。於葉とも目があう。かつて向けていた敵意がすっかり抜け落ちている。内応の計画が順調に進んでいる安堵のためだろうか。あるいは返り忠が成功し宇喜多の臣となった時のことを考え、未来の主君の娘に媚びでも売っているのだろうか。

於葉は着ていた柿色の打掛を撫でた。袖と裾のところに、扇の模様が控えめに入っている。姉からは、これは母の形見だと聞いている。後藤家滅亡の時は、於葉は生きながらえるつもりはない。母や姉と同じように刃を喉に食い込ませる覚悟はできている。それができなければ伊賀久隆へ嫁いだ姉の楓のように、精神を蝕んで自分自身によってゆっくりと殺されるだけだ。

安東相馬は平伏したまま、先日の祝言の礼を述べた。こうして見ると、ただの人の好い老人のようだった。

父親の言上を聞いて、後ろに控える郷左衛門の顔にはこぼれんばかりの笑みが浮かぶ。不思議なもので、その輝く瞳が玉菊に似ていた。長く夫婦一緒になった者たちは自然と顔つきが似てくるというが、若武者の郷左衛門にはかすかだが確かに玉菊の面影が見えた。

於葉は、郷左衛門の顔だけは視界に入らないようにした。できるだけ不自然にならないように。

座にいるのは、後藤勝基ら数人。親子のように年の離れた井上山兵衛、十兵衛兄弟は、〝井上の老兄《ろうけい》、井上の若弟《じゃくてい》〟の異名で他家にも鳴り響く豪のものだ。そして於葉。今回の謀を知るのは、この四名のみ。本来なら足軽たちに部屋を密かに囲ませるところだが、内通者が多いであろう後藤家では大きく動けば必ず敵に悟られる。腕もたち、信頼も寄せることができ、かつ気安く後藤勝基らと同席できる人間は井上兄弟しかいない。

さらにいまひとり、見知らぬ青年がいた。

「紹介しよう」

後藤勝基が青年へ顔を向けた。

「もと浦上家家中におった仁木《にき》源太《げんた》殿だ」

「おおぅ」と、安東相馬が顔を跳ね上げた。

「仁木源太殿といえば、碁の名手」

後藤が頷き、仁木と呼ばれた青年は手だけで謙遜する仕草をしてみせた。

「仁木源太殿が、安東相馬が碁の名手と聞き、手合せを望んでおる。儂も〝備前の源太、美作の相馬〟と呼ばれた碁打ち巧者二人の試し合いを、ぜひ見届けたいと思ってな」

安東相馬の顔に笑みが広がった。茶飲み友達を見つけた老人のような表情だ。

「それは面白うござる。拙者も源太殿とは、一度手合せするのが夢でござった。では、宇喜多の大軍を引き受けてのこたびの合戦を、盤上に再現するというのはいかがか」

言いつつ、もう安東相馬は懐から碁石袋を取り出していた。

「なるほど、ただの勝負よりも面白い趣向かもしれんな」

後藤が仁木を見ると、備前の若き碁打ち名人は自信あり気に頷いた。

於葉が手を叩く。襖が開き、侍女が碁盤を持って現れた。

「相馬殿、まさか、以前のように畳に石を打ちこむ気ですか」

皮肉が言葉に乗らないように注意しながら於葉が指摘すると、「それは失礼」と安東相馬が大げさに、しかし心底から笑った。左頰の火傷痕がせわしげに揺れる。

笑い終わると、好々爺《こうこうや》の面影は消えていた。

「では、こたびの戦に、相馬には秘策がひとつありもうす。それを盤上にて披露いたす。安東相馬めの決死の策、遺言がわりにしかと受け取っていただきたい。仁木殿、くれぐれも手合せでは手加減無用で」

振り向いて倅の郷左衛門を見て頷いた。仁木源太がまず黒石をとり、丁寧に、しかし激しく打ち込む。心地よい音が響いた。

やがて盤が、中央に置かれた。

於葉は侍女に呼ばれて部屋をでる。襖を開けると、安東相馬を密告した女が立っていた。震える手で懐から書状をだす。目だけで頷いて、於葉は受け取る。宇喜多直家への内応の証拠を懐へとしまい、再び碁打ちの決戦場へと戻った。

きっと、これが安東相馬最後の碁となるだろう。

（十三）

黒石の仁木源太優勢のまま、序盤から中盤へといたろうとしていた。後藤勝基、刺客である井上兄弟も見入るほどの好勝負だった。

今回の備前軍有利の合戦を再現するためだろうか、安東相馬は序盤は悪手を放ち、故意に劣勢に回ったようだ。そこからの巻き返しは見事と言うほかない。いや、それだけではない。盤上の勝負所が、三星城を取り巻く美作諸城の位置関係と実によく似ていた。

優勢の仁木が顔を険しくして、黒石を打ちこむ。その黒石ひとつが宇喜多勢で、打ちこまれた要所が三星城の砦と考えると、後藤、井上も勝負に引き込まれざるをえない。

本丸とも言うべき、白石の安東の陣地に黒石が打ちこまれ、それを巧みな一手で退けた時には、「なるほど」と後藤勝基が膝を打つほどであった。

於葉は、咳払いをひとつした。

「昨夜は、とても月が綺麗でしたこと」

証拠の書状が確かに懐にある、という符丁《ふちょう》を口にした。

後藤、井上兄弟の顔色が変わる。ちなみに、仁木源太は本当の碁打ちの勝負だとしか聞かされていない。ただ、盤面を決死の表情で睨んでいるだけだ。

「宇喜多の士も同じ月を愛でたかと思うと感慨も深い」

決行しろ、という意味の符丁を後藤勝基が口にした。

井上兄弟が、膝行《しっこう》でにじり寄る。勝負をより盤の近くで見届けたいという風情でもって。

その時、予想もしなかったことが起こった。

若武者・安東郷左衛門が動いたのだ。所作は何気ない。盤上の検討で、視点を変えるために移動したような、殺気も害意も微塵も感じさせない動き。だが、郷左衛門が着座した時、刺客の井上兄弟が於葉の眼にもわかるぐらい狼狽していた。

郷左衛門が、安東相馬、井上兄弟の中間あたりに位置したからだ。それだけではない。腕を伸ばし抜刀すれば、後藤勝基を斬れる場所でもある。井上兄弟と後藤勝基を同時に制することができる要所。王手飛車取りの角打ちの如き、絶妙な動き。

井上兄弟の動きが完全に止まった。

果たして、安東郷左衛門の意識の上での行動だろうか。盤面を見入る若武者の顔には、こちらの害意をくみ取ったような様子は見えない。しかし、それは見えないだけで、老獪な安東相馬のように胸中に隠しもっているだけかもしれない。意識しての行動ならば、仕物を実行すれば間違いなく後藤勝基と井上兄弟は返り討ちにあう。

井上兄弟が、後藤勝基を見る。

躊躇したのち、勝基は首を小さく横に振った。

於葉は手を叩いていた。

音が響き、しばらく後に襖が開き、侍女が顔を出す。

「菓子をお持ちしなさい」と言いつつ、柿色の打掛を脱いで腰に巻きつけた。小袖の胸の部分が上下しているのがわかったので、静かに呼吸を整えた。着衣の上から、懐にしまった短刀の場所を確かめる。

やがて侍女が菓子盆を持ってきた。

「戦支度で忙しいでしょう。私が皆にお渡しします」

後藤勝基の眼に動揺が走った。於葉は碁に熱中する二人に悟られぬように頷く。口の動きだけで、後藤勝基はよせと言ったが無視した。

菓子盆をもち、ゆっくりと碁盤へと近づく。安東相馬と仁木源太、そして安東郷左衛門は盤上を注視している。菓子盆を静かに床に置き、手を放す。

於葉は懐に手をやった。後藤勝基の眼が血走り、瞳が苦しげに歪む。於葉の手が懐の中で固いものに触れた。激しい心音が手に伝わる。チラリと安東相馬が於葉を見た。勝負師の眼だった。

於葉は触れていた短刀から指を放し、懐紙を取り出した。

紙の上に、菓子を取り分ける。

手が汗ばんでいた。小指の根元のまめも濡れている。

安東相馬の上半身が跳ね上がった。後藤勝基と井上兄弟の肩も跳ね上がる。

「今、盤上は勝負どころにございます」

高らかに宣言した。

於葉の顔から血の気がひく。

「ここを逃せば、敗着間違いなし」

本当に碁のことを言っているのだろうか。

左頬に火傷痕を持つ老人は、全ての謀を知っているのではないか。

安東相馬が、懐の碁石袋から白石をひとつ取り出した。

人差し指と中指の二本で、石を持つ。風が吹けば石が落ちるのではないかと思うほどの必要最小限の力。ピンと伸びた指が美しい。

ゆっくりと右手が動いた。さすがの安東も碁を打つときは利き手を使うのか。

於葉は決心した。懐紙を持っていた両手が動く。うっすらとまめができた掌が、安東相馬の腰へ向かう。

白石が盤面に打ち込まれた時、於葉の手は安東相馬の腰にあった脇差を握っていた。

「狼藉者」

安東相馬が叫んだ時、すでに於葉は老人の脇差を鞘から抜き放っていた。

相馬の腕が本差しへと動く。日に焼けた老人の指が柄を握る。

本差しが半ばまで刀身を現した時、於葉の振り下ろした脇差が安東相馬の胸を切り裂いた。

いや、正確には肋骨のちょうど下から柔らかい下腹へと向かって縦一文字に。

於葉の手に、脆弱な臓腑を切り裂く感触が伝わる。

抜刀半ばで止まっていた安東相馬の手が、柄から離れた。

ポトリと碁石袋が床に落ち、白石がばら撒かれる。相馬が両手をついた。うめき声が口からこぼれ落ちる。やがて、敷き詰められた白石を血滴《ちしずく》が朱に染めはじめた。

狂声があがった。火縄銃を向けられた狼のごとき声。若武者・安東郷左衛門が立ち上がり、抜刀しようとしていた。

血走った眼は、於葉を捕えている。剣を振り上げた時、風が薙《な》いだ。

あるいはこの時、安東郷左衛門が於葉でなく後藤勝基に斬りかかっていれば、結果は違っていたかもしれない。郷左衛門は勝基と井上兄弟を斬り伏せる場に座してはいたが、於葉に対してはそうではなかった。

後藤勝基が居合で斬りつけていた。斬撃を受けて郷左衛門の剣は揺れて、於葉のすぐ横の菓子盆を切り裂く。

井上兄弟が躍りかかる。狂声の二重奏、凶々しき声明《しようみよう》。若弟・井上十兵衛の剣を郷左衛門はよける。拍子に勝基から受けた傷が広がり、血が辺りに飛び散った。

構わず、血まみれの郷左衛門は気合とともに若弟・十兵衛の胸に突きをいれた。肋骨が砕け、切っ先が背中を貫く音が響く。

背後から老兄・山兵衛が剣を振り上げる。郷左衛門が体を反転しようとした刹那、誰かが郷左衛門の剣を握っていた。抜き身の部分を。若弟・井上十兵衛だった。郷左衛門が両手に力をいれ刀を抜こうとする。井上十兵衛の指が漬物のように、二本、三本、四本と床に落ちた。

若弟・井上十兵衛の体から剣を引き抜いた時、井上山兵衛の太刀の残像が、若武者の頭上で閃《ひらめ》いていた。

老武者の剣撃が安東郷左衛門の額を割る。血が飛びちり、於葉の頬と柿色の打掛を穢す。余勢で、安東郷左衛門の体が床に叩きつけられた。

一拍遅れてから、胸を貫かれた井上十兵衛の体も崩れ落ちる。

安東相馬はまだ息があった。獣のように四つん這いになって、倒れまいとしている。魂が漏れるような不気味な息遣いが、部屋を支配した。

若草色の小袖の背中が激しく上下する。

安東相馬は顔を上げようとするが、半ばで止まった。三白眼で於葉を見る。

於葉は左手のみを使って、懐から書状を取り出す。右手はしっかりと脇差の柄を握っている。いや、恐怖で指が固まり、放せないでいた。掌のまめは、柄に牙をたてるように食い込んでいる。

「申し開きすることはあるか」

「無念」

「逆心、間違いないか」と強い調子で問うたのは、震える手の動揺を隠すためだ。

安東相馬は、於葉には答えなかった。

「お館様、我が首を、裏切り者として門前に掲げられよ」

後藤勝基が怪訝な顔をした。安東相馬の言葉の意味を計りかねた。それは於葉も同じだった。

「後事は、難波利介に託してあり……」

語尾が淀んだ。難波は直家の書状にも書かれている後藤家の重臣の名だ。内通の使者は送っているが〝いまだ承引せず〟と記されてあった。

「奥方様よ」と、安東相馬が穏やかな声で語りかけた。

「見事な女武辺。それでこそ後藤家の妻でござる」

於葉を見る目に、害意も敵意もなかった。

「倅は……」

全員が倒れ伏す安東郷左衛門に顔を向ける。

「息はある」と、苦々しく答えたのは老兄・井上山兵衛だ。両手で弟の体を支えている。

垂れ下がった若弟の手足の様子から、もう絶命したのは誰の眼にも明らかだった。

一方、郷左衛門の胸は、かすかに上下していた。うめき声とともに、手足も痙攣している。

「倅は無関係、手当てを所望する」

於葉は眼をつぶった。覚悟していたからと言って、心痛が和らげられるわけではない。

「承知した」

勝基が短く答え、人を呼んだ。広間に近づく足音を聞いて安心したのだろうか、安東相馬は息をひとつ吐いた。

「無念」と、最後にもう一度呟いて倒れ伏す。白石の中へと。そのほとんどが、もう朱に染まっていた。

後藤勝基が於葉のもとへと近づく。背中ごしに手を回されて、於葉は自分の右手がまだ脇差を握っていることに気が付いた。武骨な指が柄ごと於葉の手を包み込む。そして、於葉の指を一本、一本、柄から解放した。威し糸を巧みに結わえた時のように、ゆっくりと丁寧に。

貼りついていた小指のまめが、一番最後に柄から引き剝がされた。

（十四）

　血糊が完全に拭ききれていない広間に、重臣・難波利介が座っている。壁には、一際多くの血が飛び散り濃く変色していた。すでに安東相馬と郷左衛門はいないが、部屋にある血の痕跡を見て全てを悟ったようだ。難波は白鬢《はくびん》を刀傷だらけの手で撫でつけてから、後藤勝基、刺客・井上山兵衛、於葉と順番に睨みつけた。

「山兵衛、お前が手討ちにしたのか」

　井上の老兄こと山兵衛は首を横にふる。

「では、お館様か」と聞かれて、後藤勝基は於葉を見た。

　難波利介は眼を見開き、「なんという皮肉」と絶句した。

「この書状にあるように、相馬めの返り忠は明白」

　後藤勝基が書状を広げる。しかし、難波の顔に動揺の色はない。

「安東相馬は、誠の忠臣だ。逆心などは偽り」

「難波、見苦しいぞ。その方も同罪であろう。言い逃れをするな」

　井上山兵衛が声をはりあげた。

「口を慎め、山兵衛」

　白鬢が逆立つほどの難波利介の気合だった。

「では、相馬が逆心が誤りであるという証を見せよ」

後藤勝基が命令すると、難波利介はゆっくりと手を懐へとやった。井上山兵衛が柄に手をかけ、尻を浮かす。

取り出したのは一通の書状だった。それを、後藤勝基に差し出す。宇喜多勢の総大将、延原〝弾正〟景能からの書状のようだ。於葉も覗きこむ。

「安東相馬殿」という文字が見えた。

内応の手筈、所領の安堵と加増の詳細などが書き連ねてあった。

「見ろ、やはり逆心は真よ」

「最後まで読まぬか」

後藤勝基は激昂する井上山兵衛と難波利介を一瞥して黙らせた後に、折り畳まれた書状の最後の折りを開いた。そこには敵将延原の自筆の署名があった。

『延原』と姓を記し、続いて官職名である『弾正』と書いていた。そして慣例どおり、次に諱である『景能』が墨書されていた。

あっと皆が声をあげた。

景能の文字の部分が、十文字の形に切り裂かれていたからだ。さらに横には血文字でこう記されていた。

――敵将延原弾正、安東相馬安貞が太刀にて討ち取ったり

――四月十六日、寅の刻

書を持つ後藤勝基の手が震えだした。

諱は〝忌み名〟に通じる。名乗りや紹介で決して、己の諱を軽々しく口にしないように、名前には霊験が込められていると信じられていた。諱を口にされれば凶事がふりかかり、口にしたものにもそれが及ぶと考えられている。その諱を刃物で切り裂いていた。

「安東相馬は、諱を切り裂くほどの覚悟で反間《はんかん》の謀を進めていた。もし、宇喜多に内通して後藤家を滅ぼしたとしても、この書が敵将延原に見つかればどうなるか」

呪詛行為として、間違いなく死罪になるだろう。

「今宵、安東相馬は密かに延原めと城外の寺にて会う手筈であった」

勝基が書を握りつぶした。

「わが難波家の豪勇の士もあわせて二十人ほどを寺へ忍ばせ、延原めを謀《はか》り討ちにする計略であった。が、それももう無理であろう」

部屋の外からは、変事に気づいた侍たちの声が響いていた。

「なぜ、お館様に謀を知らせなかったのです」

於葉は思わず叫んでいた。難波は悲しそうな目をした。

「お館様の周辺には、宇喜多に心を通わす者も多い。そう思っておりました」

於葉には、それが誰に向けた言葉か理解するのは容易だった。

獣の咆哮のような声があがった。井上山兵衛が、喉がつぶれんばかりに声を張り上げている。血を拭い切れぬ壁がかすかに揺れるほどに。

「難波殿、では、こたび、一番利を得たのは誰なのじゃ」

「命冥加《いのちみょうが》は、勝間山に陣取る総大将の延原景能《弾正》。そして最も運に恵まれしは、宇喜多直家《和泉守》。安東相馬の計略がなっていれば、美作略取の野望も潰えたはずであろうに」

於葉は、己の体が空っぽになりそうな感覚に陥った。

「宇喜多直家《和泉守》の凶運、恐るべし」

誰が呟いた言葉なのかは、もう於葉はわからなかった。

陣鐘が鳴った。南の空から、鐘の重奏が届く。以前よりも、大きく長く不吉に。後藤家の面々を嘲笑うように。

於葉と後藤勝基が、鐘の音の意味を知るのは数日後のことであった。宇喜多家の重臣・宇喜多〝左京亮《さきょうのすけ》〟詮家《あきいえ》がさらに六千の加勢を率いて、勝間山の砦へと向かっていたのだ。

一万近い兵卒があげる炊煙が、美作の空を濃く覆うことになる。それは、三星城の東丸や本丸からもくっきりと見えるほどに濃く太かった。

読経と抹香《まっこう》の中で、於葉は思う。あの、陣鐘こそが、後藤家の弔鐘《ちょうしょう》ではなかったかと。

黒い尼装束に身を包み、経を唱える。

於葉は、肉が落ち細くなった己の手を見た。数珠が縛鎖《ばくさ》のように手首に絡まっている。三星城落城から三年がたった。刀を握ることのなくなった手のまめは消え去ってしまい、完全な尼の手になっている。

白い吐息が口から漏れ、目の前の闇に溶ける。その奥には、鈍色《にびいろ》に浮かびあがる仏像があった。様々な人の面影が、仏の顔と重なる。

まず浮かんできたのは、自害した長女の初と三女の小梅。次に、次女の楓。

精神を失調していた次女の楓は、もういない。二年前に父宇喜多直家によって嫁ぎ先の伊賀久隆が滅ぼされた。その時に、戦火に焼かれたと聞く。

左頬に火傷痕のある安東相馬の顔も浮かぶ。仏像の眉と鼻が老臣のものとよく似ていた。あの後、城門にさらされた相馬の首のおかげで、変心を考える家臣たちの気持ちも引き締まった。家中一丸となり、一時は宇喜多勢を倉敷村《くらしきむら》まで退却させるほどの攻勢を見せた。安東相馬があえて逆心の汚名を引き受けての捨て身の一手であった。

後藤勝基の顔が続いて浮かぶ。安東相馬の死から半月後、三星城は落城。妻や女たちを逃がしてから、勝基は大庵寺《だいあんじ》で命を絶った。享年四十二。

難波利介ら家臣は、皆、延原〝弾正〟景能へ降った。降人《こうじん》十分ノ一法により所領の九割を没収されたが、命は永らえた。ほとんどの者が帰農したと聞く。

唯一、降参が許されなかったのは、安東家だ。安東相馬捨て身の計略、そして諱を切り刻む蛮行を知った延原は、安東家を攻め滅ぼした。所領の山口村で玉菊とともに療養していた郷左衛門らの安否は不明だ。

安東家の血をひく隠し子が、百姓の家で養育されているという噂がある。それが安東相馬の隠し子なのか、短い間に郷左衛門と玉菊との間にできたかもしれない子なのかはわからない。

ただ、そうであって欲しいと於葉は願うだけだ。

扉が開いたのか、冷たい空気が大量に流れこんできた。振り向くと、〝井上の老兄〟と呼ばれた、かつての豪傑が控えていた。頭を丸めた入道姿。眉は雪のように白くなり、樹皮を思わせる皺が目の周りに刻まれていた。太い杖を横に置いて跪《ひざまず》く。

「旭川に流れる衣類が、ここ数日止まったとのことです」

於葉は、目を閉じた。

旭川は、宇喜多直家の居城石山城のそばを流れる川だ。血膿で膠着した直家の寝衣を、旭川に捨てるのが侍女たちの日課だった。その衣類が、ここ数日、流れてこない。

それが意味するところは、ひとつしかない。

井上山兵衛が、脇差を持ってきた。安東相馬が、最後の碁打ち勝負で腰にさしていた刀。於葉は鞘から抜き、鏡面のような刀身に己の姿を映す。

晩鐘《はんしょう》の音が、かすかに耳に届いた。

無想の抜刀術

（一）

八郎——、八郎よ、こっちを向け。

お前は、母の膝にうずめていた顔をあげて虚空を見る。燭台《しょくだい》で照らしきれぬ天井の隅が、夜の闇で黒ずんでいるだろう。一匹のムカデが蠢《うごめ》いているのが、かろうじてわかるはずだ。お前は不思議そうに首を傾《かし》げた。懐に抱いた玩具の刀がカタリと鳴って、色紙で化粧された鞘の鯉口《こいぐち》が緩む。

「八郎、どうしたのです」

山吹色の打掛を羽織った母が、お前の顔を覗きこんだ。大きな眼は目尻が少し上を向いていて、引き絞った弓を連想させる。一本の線を引くように縦に通る鼻梁《びりょう》とともに、意志の強さを感じさせるだろう。

「母上、誰かが呼んだのです」

母は首を傾げた。笑うと目が細まって、上弦の月のような美しい曲線を描く。柔らかい指が、お前の顔を撫でた。八郎、お前はその滑らかな母の指に肌をゆだねる。

笑い声がした。祖父である宇喜多《うきた》〝前和泉守《さきのいずみのかみ》〟能家《よしいえ》と、父・宇喜多〝久蔵《きゅうぞう》〟興家《おきいえ》が頬を緩めているぞ。

「八郎、良き武士になるのですぞ。爺爺《じいじい》様を超える立派な侍大将になりなされ」

母が耳元を撫でる。

「おい、実の父の儂を忘れるな。それでは、儂が無能者のようではないか」

父の冗談が、さらに場を和ませた。

「母上、爺爺は強いのか」

お前の問いに答えたのは、母でなく祖父の行動だった。懐から手で隠れる程度の短刀を取り出す。キラリと光ったかと思うと、風が顔の前を吹き抜けた。燭台の火が一瞬だけ猛る。

見ると、お前の足下へはい寄ろうとしていたムカデが床に縫い付けられていた。

「老いてもこれくらいは容易《たやす》い」

祖父の言葉に、父の久蔵は申し訳なさそうに頭をかく。ふと、祖父の目線がお前をとらえた。

「八郎、いつ刀を抜いた」

いつのまにかお前は玩具の刀の柄を握り、色紙で彩られた鞘から半ばまで引き抜いていた。

「短刀を放った儂の気を感じとったのか。ならば、それこそが〝無想の抜刀術〟ぞ」

「ムソウノバットウジュツ」と、お前は呟く。

「うむ、なんでも秦《しん》の始《し》皇帝《こうてい》や三国魏《ぎ》の曹操孟徳《そうそうもうとく》ら、乱世の英傑が遣った技じゃ」

お前はすぐに興味を失い、祖父にやっていた目線を母へと送る。

「ねえ、母上、八郎が爺爺より強いお侍になったら嬉しいか」

母の口から零《こぼ》れたのは返事ではなく、笑みだった。山吹色の打掛の襟が揺れている。柔らかい掌が、またお前の頰を撫でる。お前は言の葉ではなく、肌の温かみで母の欲するところを知る。

きっと祖父よりも立派な侍大将になれば、己を撫でる母の肌はもっと柔らかくなるだろうと思ったはずだ。八郎よ、その滑らかな肌を記憶に刻みつけるのだ。朗らかな談笑を鼓膜に覚えさせるのだ。父と祖父を見て笑う母の姿を網膜に焼き付けろ。

それは儚《はかな》い一瞬の思い出だからだ。

ほら、八郎、聞こえないか。具足の擦れ合う音が、刀や槍が葉に当たる音が。

そうか、八郎よ、お前は眠いか。

無理もない。まだ数えで六歳になったばかりの童だから、その異音に気づいていたとしても、それを祖父や父に知らせなかったのはお前の落ち度とまでは言い切れないだろう。

（二）

城の本丸にある館や櫓《やぐら》が燃えている。男たちの持つ刀や槍が、炎を反射していた。八郎、お前の頭上を矢が閃《ひら》めいているぞ。よく見ろ。母とお前が隠れる板塀を矢尻が貫いているではないか。花弁を思わせる平べったい形をしていないか。

それは平根《ひらね》と呼ばれる矢尻だ。侍が敵の大将を射るときに使うものだ。八郎、よく見てみろ。月明かりにすかして、矢尻を凝視するのだ。花弁のような矢尻には『備前國《びぜんのくに》島村盛実《しまむらもりざね》』と彫られているはずだ。

いいや、それよりも矢尻がグラグラと揺れている方が気になるか。それは〝緩めの矢尻〟と呼ばれるものだ。矢尻の固定が緩いために、刺さった矢を引き抜くと体内に残される。そして討ち手の諱《いみな》を刻んだ矢尻は毒に変じ、肉を腐らせ死に至らしめる。

宇喜多能家が仕える浦上《うらがみ》家中において、この緩めの矢尻を知らぬものはいない。お前の祖父能家と並び、浦上家の二柱と称される島村盛実の矢尻だからだ。

板の向こうへ顔を出し、矢尻と反対側についている矢羽《やばね》も見てみろ。そうだ。大丈夫だ、お前はまだ死なない。三枚の黒い羽化粧《はねけしよう》がついているだろう。黒鷹の三枚羽の矢羽は、浦上家でも島村盛実にしか許されていない矢羽化粧《やばねけしよう》だ。浦上家がひとたび戦をおこせば、敵の名だたる兜武者が黒鷹の羽飾りを持つ矢でその体を射抜かれる。体内に矢尻が残ることを恐れ、矢を抜くこともできず敵は骸《むくろ》と化す。

覚えておけ、八郎よ。それがお前の祖父を仕物《しもの》（暗殺）した男の持つ矢だ。後のことは覚えておかなくてもよい。父が一戦もせず無様に逃げたこと、殺される家人たち、家財道具を略奪する雑兵たち、皆、ささいなことだ。

ただ、八郎よ、お前は己の手首を摑む母の硬い掌だけは忘れることがないだろう。お前の腕をもげんばかりに引っ張る、母の必死さだけは生涯覚えているだろう。

（三）

山道を走る父の背中が小さくなる。左右から手を伸ばすように、木々は尖った枝を茂らせていた。父の肩が当たるたびに鞭のようにしなり、後方にいるお前たち母子に襲いかかる。母の腰に巻かれた山吹色の打掛は、ほどけて落ちそうになっていた。

「あなた、待ってください」

お前を引きずるようにして走る母が懇願しても足を緩めないどころか、父はさらに足を速める。周囲から落ち武者狩りと思しき一団の喚声《かんせい》が聞こえ、それがどんどんお前たち親子へ近づこうとしているからだ。やがて、立派な屋敷の前で立ち止まる父の姿が見えた。そびえ立つ大きな門扉に父が手をつき、肩で息をしている。

「ここまでくれば、大丈夫だ」

追いついたお前たちに教えるというより、自分に言い聞かせるように父は口にした。

「おおい、阿部《あべ》っ。阿部善定《ぜんじょう》。儂じゃ。久蔵じゃ。宇喜多久蔵じゃ」

父が勢いよく門を叩いた。遠くで鳥が爆《は》ぜるようにして飛び立ち、お前たち親子を覆う喚声はさらに密度を濃くしていく。やがて、門がゆっくりと開いた。

「てておま」と叫んだのは、お前よりも門の向こう側の方が早かったはずだ。

「ててさま」と、また舌足らずの声がした。門の隙間から、やっと立てるようになった程度の幼な児が、ヨタヨタと歩いてきたのだ。

「おお、虎丸《とらまる》。もう歩けるようになったのか」

恐怖でひきつっていた父の顔に笑みが広がった。父は足下に歩み寄った虎丸と呼ばれた幼な児を抱き上げて、頬を擦り付ける。

「ててさま、いたい」

「もう痛いと口にできるか。賢いのぉ。八郎が同じ年のときはろくに話せなんだのに」

事態を飲み込めぬお前と母を取り残して、父は門の中へと入ろうとしている。その父に歩みよるひとりの女人がいた。父の胸の中の虎丸が「ははさま、ははさま」と口にして、小さな両手を伸ばした。

「久蔵様、ご無事で何よりでした」

寄り添った女が額を父の肩へとすりつけた。

「あなた、これはいかなことですか」と叫んだ母を、日に焼けた初老の男が遮る。

茶色の頭巾をかぶり、南蛮渡来の羅紗《らしゃ》地の胴服《どうふく》を身にまとっていた。

「これは宇喜多久蔵様の奥方様でございますか。拙者、備前は福岡で舟商いをしております阿部善定と申します。あちらの女人は我が娘で、ご存知なかったかもしれませんが久蔵様のご寵愛を頂戴しております」

初老の男が頭を下げた。八郎よ、お前の目線なら男が胴服の下に、鎖帷子《くさりかたびら》をつけていることがわかるだろう。商人と言っても、海賊が横行する備前で財をなしただけはあり、面構えは武士のように逞しいではないか。

「久蔵様のお胸に抱かれる虎丸と申す童が、拙者の孫、いや久蔵様のご次男と説明した方がよろしいでしょうか」

やわらかい口調とは正反対の鋭い眼光で、阿部善定はお前を睨みつける。

「おい、早う婿殿を、館の中へ入れろ」

阿部善定はお前たち母子を睨んだまま、背後に控える家人たちに命令した。

薄く開いた扉の中に、虎丸を抱いた父が吸い込まれていく。

「待って」とお前が叫ぶと、父は少しだけ肩を跳ね上げる。だが、お前の顔はついに見ることなく館へと逃げ込んだ。

板切れ一枚がやっと通る程度の隙間になるまで門が狭められた。外に残されたのは、お前たち母子と阿部善定の三人。

「さて、奥方様」と、阿部善定が門のわずかな隙間を埋めるように立ちふさがる。

「婿殿のことは心配ご無用。拙者もかわいい孫を、てて無し子にはしとうありませぬ」

阿部善定が頬を釣り上げて笑った。

「それとは別に思案していることもございます。孫のために婿殿を命懸けでお匿《かくま》いするのは当然として、奥方様や八郎様にそこまでする価値、いや失礼、義理があるのかと」

握る母の手から温もりが急速に失われる。

「阿部家を守るためにも、奥方様と八郎様は館にいれるな、と申す家人もいます」

また叫び声が聞こえてきた。さっきより、ずっと近くから。

「とはいえ女人と幼子をこの乱世に放つのは、死ねと言うに等しい行為。そこでじゃ、奥方様と八郎様にある条件を呑んでいただければ、門の中へお招きしようと思います」

「何でもします。この子が助かるなら、どんなことでもします」

母が深く頭を下げると、阿部善定は満足そうに頷いた。

「宇喜多久蔵様は、堺《さかい》の親戚から紹介された入り婿として匿うと決めております。その入り婿に正室や嫡男がいるというのも妙なもの。よって、奥方様と八郎様には、今のご身分を捨てていただく。入り婿に雇われた端女《はしため》とその連れ子ということにして、当家で養わせていただこうかと思っております」

「えっ」と口にして、母は顔を上げる。

「無論、敵の目を欺《あざむ》くために、普段から下女と同じ待遇で接させていただきまする」

阿部善定の両頰が下品に持ち上がった。

「くれぐれも言葉はお慎みなされよ。阿部家の婿殿に親しく口をきくなどもっての外」

母の体が小刻みに震えている。

「条件が呑めぬなら、どこぞへと好きなところへ落ち延びなされ」

阿部善定は、人ひとりが身をよじれば入れる程度に門扉を開けた。また背後で悲鳴があがり、数十羽の烏が空を覆う。母が唇を強く嚙んでいる。拳を握りしめたので、お前の指がきしみ「痛い」と悲鳴を上げただろう。もはや聞こえるのは喚声だけではない。刀剣が激しく打ち合わされる音も耳に届く。

母の唇から朱が一筋流れ出した。

「わかりました」

お前がやっと聞き取れるぐらいの声だったが、阿部善定の耳にも確かに届いたようだ。母は身をねじるようにして門の中へと入っていく。腰に巻いていた山吹色の打掛が厚い門扉に当たり、泥だらけの地面に落ちた。拾おうと思った八郎の腕は引っ張られ、すかさず扉が閉められる。

隙間からかすかに覗いた打掛は、もうただのぼろ布にしか見えなかった。

（四）

縁の欠けた茶碗にわずかに盛られた雑穀飯を見て、お前は犬の餌かと疑ったはずだ。かつて館にあったような膳はなく、ただ床に茶碗と皿が置いてあるだけだった。皿の上にある変色した漬物には、蠅が一匹止まっている。

家の中は土間がほとんどで、板間は母子ふたりが体を横たえる程度の広さしかなかった。無論のこと祖父の城にあったような畳などはない。

遠くから届く笑い声に、父のものが混ざっている。お前が首を伸ばすと、父と虎丸、阿部善定、その娘が笑いながら夕餉《ゆうげ》を食べているのが見えるはずだ。談笑とともにお前の鼻孔に侵入するのは、炊いた米の香り、甘い味噌の匂い、焼けた魚の薫香だ。乾いた口が、唾液で虚しく潤うだろう。

「母上、魚が食べたい」

茶色に変色した麻の小袖を着ている母が、目を吊り上げる。腰に巻きつけられた帯は紐のように貧相だった。

「黙りなさい」

「こんなもの食べたくない」

お前が箸を投げ捨てた時だった。

「八郎」と母が叫んで、手が飛んできた。お前の視界は揺れて、左頰が熱を帯びる。思わず転んだ板間の固さに耐えるほどの強さは、まだお前にはなかった。

「泣いてはいけませぬ。侍の子でしょう」

ほら、八郎、目をあけろ。お前の視界の隅に、振り上げる母の手が見えるだろう。

（五）

お前たち母子の住む長屋を照らすのは、月明かりだけだ。

お前は寝具がわりの筵《むしろ》にくるまって、幽《かす》かな明かりの下で針仕事をする母を見ている。

幼子のお前でもわかるくらい母の手つきはつたなく、針が皮膚を何度も傷つけている。

八郎、油が焼ける異臭がしないか。外から誰かが灯りを持って近づいてくるぞ。

「旦那さま、どちらへ行かれるのですか。そちらは婿様の下女の住む小屋ですぞ」

「フフフ、ついてくればわかる」

阿部善定の野太い笑い声がした。

「旦那さま、もしや端女に手をつける気でございますか。酔狂にもほどがあります」

「婿殿があれほどウツケとは思わなんだ。しかも病に倒れて、薬代だけでも馬鹿にならん。少しはもとをとらんとな」

「それにしても、あんな身分の低い女を」

「馬鹿め、貴様、あの女を婿殿の下女と本当に信じているのか」

「で、では」

「よせ、詮索すると首が飛ぶぞ」

声に凄みを乗せて、従者を黙らせた。

「おい、入るぞ」と声がしたのは、入口の戸が完全に開かれてからだった。羅紗地の胴服に身を包んだ阿部善定が立っていた。

「阿部様、何用ですか」

大股で歩み寄る阿部善定に、母は強い声で問いただす。

「ふん、端女のくせに勇ましい声を出す」

問いには答えず、板間へと上がりこんだ。

「最近、海賊どもの無法のおかげで、舟戦《ふないくさ》ばかり。体は無論、心も疲れておるのじゃ」

母の視界を塞ぐように、阿部善定が座った。従者が床に灯りを置いて、下品な笑みを浮かべつつ小屋から出る。

「申し訳ありませぬ。まだ針仕事が残っております」

「病に伏す婿殿の薬代も馬鹿にならん」

母の言葉を無視して、阿部善定が母との間合いを詰める。陽に焼けた太い指が母の腕を握ろうとした時だった。

「無礼者」と、母の一喝が飛んだ。

「ほう、婿殿より、そなたの方がよほど武士らしい睨《にら》み方をするではないか」

一喝されたにもかかわらず、阿部善定には母の反抗を楽しむ風情があった。

「そうそう、気疲れの原因は海賊だけでない。浦上家の詮議も、最近厳しさを増してのぉ」

母を摑み損ねた手で板間の床を叩いた。

「つい、先日も舟の荷下ろしをしておると、島村様という大身の侍に声をかけられた。知っておろう、〝緩めの矢尻〟の島村様じゃ。『怪しいものは匿っておるまいな』と、きつい言葉で詮索された」

八郎、筵をかぶり隙間から覗くお前でも、母の体が萎縮するのがわかったはずだ。床を叩いていた阿部の手が再び闇の中に伸びるのも、見えるだろう。やがて母が腕を乱暴に握られる。

「嫌ならば振りほどけ、無論、その時は阿部家におれると思うなよ」

母は何ごとかを口にしたようだが、暗闇の中に言葉が溶けてお前の耳には届かない。

痩せた影に太った影がのしかかる。八郎、お前は筵をかぶり目と耳を遮るが、軋《きし》む床の振動は肌で感じているはずだ。


「日那さま、どうでした」

「一年前に抱いておくべきだったわ。もう端女の肌になっておったわ」

闇の中で阿部善定の声が遠ざかる。

寝たふりをするお前は、近づく母の気配を感じているだろう。汗混じりの母の体臭に、男のものが混じっていることに気づくはずだ。腐った魚を煮詰めたような匂いが、お前の鼻を捻じ曲げる。母の体温が迫るのがわかるだろう。嫌悪を感じながらも、お前は母の手を受け入れる。

驚いたはずだ。母の皮膚が固くなっていることに。まるでトカゲに撫でられているようではないか。

八郎よ、なぜ体を強ばらせる。かつてのように母の手に己の心身を委ねてやらないのか。

（六）

「婿様もとんだ親子を連れてきたものじゃ。六年もたつのに、ろくに仕事も覚えぬとは」

「婿様も心労で病を悪くされるはずじゃ」

薪を地に撒き散らしたお前に、阿部家の女中たちの罵声が飛んでいるぞ。お前は細い腕で必死に薪をかき集めようとしている。急いで抱えあげようとして、懐に残っていた薪さえも地に落としているではないか。

お前は、足をふらつかせて薪を運ぶ。梅の木が並んだ庭を通るが、芳しい香りを楽しむ余裕はないか。梅の花に接吻をする鶯《うぐいす》や雀たちが、楽しげな歌を口ずさんでいるのに耳を傾ける暇はないか。

いや、それよりも縁側に座って足をぶらつかせる童の方が気になるのか。

柔らかげな絹の小袖を着ているぞ。着物の裾から膝を出したお前と違って、袴を穿いている。腰の帯には、螺鈿《らでん》細工の玩具の刀をさしているではないか。

童子は、懐紙に包まれた菓子を口に運んでいる。菓子くずが口の端を汚しているのを見て、お前はゴクリと唾を呑み込むだろう。

「八郎ではないか。こっちへ来い。虎丸の相手をせい」

口から菓子を零しながら虎丸が呼びかけた。お前は薪を地に置いて近づいていく。妾の子である弟にへつらう屈辱を、菓子の誘惑がねじ伏せる。

「どうしたのじゃ八郎、転んだのか」

虎丸がふくよかな顔を傾けた。粗末な服を伸びもせぬのに手で引っ張って、お前は膝や肘にある痣《あざ》を隠そうとするはずだ。

「八郎、誰にやられたのだ。村の童か」

少し戸惑ってから、お前は頷く。確かに村の子供たちからの加虐の痣もあるが、それだけではないはずだ。お前のもっとも大切な人からの打擲《ちょうちゃく》によってできた痣の方が、もっと大きいはずだ。いくつかは化膿してしまっているではないか。

「虎丸、何をしているのです」

新たに縁側に現れたのは、虎丸の母だった。父の妾であり阿部家の娘だ。色鮮やかな小袖を何重にも羽織った様子は、まるで武家の妻のようだった。粗末な衣服を着たお前を見て、露骨に顔をしかめる。

「いつも菓子ばかり食べて、さあ今日はてて様の具合も良いそうじゃ。お顔を見せてきなされ」

ウンと威勢よく声に出して虎丸は立ち上がる。手に持っていた菓子を懐紙ごと地に落とした。雀が数羽やってきて、ついばみ出す。虎丸の母の着物が床をする音が完全に消えてから、お前はゆっくりと縁側へと近づく。そして、雀がついばんだ菓子を拾って、そっと懐へとしまったのだ。

（七）

「八郎、なんですか、これは」

目の前には、皺くちゃになった懐紙と食べ残された菓子があるはずだ。

「答えなさい、八郎。この菓子をどこで手にいれたのですか」

母の持っていた棒がお前の手の甲を打ち、古傷の上に新しい傷が加えられるだろう。

「八郎、答えなさい」

ピュンと空気が鳴って、お前の肌がまた打擲される。やがて、お前は、虎丸様にもらった、と虚実半ばの返答をするはずだ。

「侍の誇りを忘れたのですか。妾の子に施しをもらい恥ずかしくないのですか」

お前は返事をしようとするが、舌がもつれて言葉がでない。

「顔を上げなさい。そなたは武士の血をひく男児なのですぞ。備前はおろか京にまで名を轟《とどろ》かせた、祖父様の血を引いているのですぞ」

両肩を摑まれ、顔が無理矢理に上を向く。

「島村めの姦計《かんけい》にはまりましたが、祖父様ほど浦上家につくした忠義の侍はおりませぬ。八郎、そなたはその祖父様を超える強く大きな正しい侍になるのじゃ」

母の眼が血走り、口の端には白い泡が盛り上がる。

「よいか、二度は言いませぬ。妾の子に施しをもらうような、卑しい真似をすればどうなるかわかりますか」

母の両手がお前の首を摑む。固い掌が、優しくお前の喉を圧迫するだろう。

「そなたと刺し違え、冥土でふたりで祖父様に謝罪するのじゃ」

母の手がお前の首の隙間にあった空気を、ゆっくりと押しつぶす。

「大変じゃ」

母の手が止まったのは、突然の闖入者《ちんにゆうしや》のためだった。母はあわてて向き直り、咳き込むお前を背で隠す。

「どうしたのですか」

阿部家の家人たちが肩で息をしている。

「婿様が……、久蔵様が亡くなられた」

お前の咳がピタリと止まる。

「昼ごろは気分が良いと言っていたが、急に具合が悪いと申されて……」

もうお前たち母子は、家人の言うことなどは聞いていないだろう。阿部家とお前たちをつなぐか細い糸が、今絶たれたのだ。十二にもなれば、それが何を意味するか、お前はよく知っているはずだ。

（八）

「浦上家に仕官を望むとは、見上げた心根よのぉ」

煌《きら》びやかな武者行列が描かれた襖絵に囲まれた評定の間に、若き主の声が響いた。追従と侮蔑の笑いがかぶさる。八郎よ、今、お前と母が平伏する相手こそが浦上宗景《むねかげ》だ。主家である守護大名赤松《あかまつ》家を下剋上するだけでなく、浦上家無双と呼ばれたお前の祖父宇喜多能家の仕物を命じた浦上一族のひとりだ。西播磨《はりま》と東備前を治める浦上兄弟のうちの弟の方だ。

「宇喜多といえば浦上家に返り忠し、島村殿に成敗された逆賊。にもかかわらず仕官を願うとは、正気の沙汰とは思えませぬわ」

家臣たちはお前たち母子に非難の声をぶつけることで、主におもねっているぞ。

「八郎と言ったか、面を上げろ」

浦上宗景の声で、お前は顔を上げる。年齢はお前よりも数歳上といったところか。金《きん》襴《らん》、銀襴《ぎんらん》、南蛮渡来の羅紗などの高価な布地を縫い合わせた綴《つづり》の胴服を着ている。そうだ、顔は動かさずに目だけで、評定の間を見渡せ。居並ぶ家老たちの嘲りの視線を感じるか。

だがお前の注意をひいたのは、若き主君宗景の横にいる男だったはずだ。正確には男が手で弄《もてあそ》ぶ矢に目が釘付けになる。花弁のような平べったい矢尻に、黒鷹の三枚羽の矢羽化粧をお前が忘れるはずがない。

「ふん、痩せこけた体をしておるわ。年はいくつじゃ、まだ十にもならぬだろう」

若き主の声に、平伏する母が答える。

「いえ、数えで十二になります」

「十二でそのナリでは、戦の役に立たぬぞ」

場がざわめいた。

「まあ、容色は悪くない。飯さえ食わせてやれば、色小姓《いろこしよう》にはなれるかもしれんな」

老臣の誰かが言うと、若き主が大笑した。

「たわけ、儂が衆道《しゆどう》(男色)嫌いと知りつつ、冗談を叩くか」

どっと一座が笑う。いや、その中でひとりだけ破顔せぬ侍がいた。浦上宗景の横に侍り、黒鷹の羽飾りの矢を弄ぶ男だ。太く跳ね上がった眉とは対照的に、目は細く僧侶のように落ち着いた雰囲気がある。それが、この男の寡黙さを引き立てていた。

「島村、どうみる。逆臣の母子がなぜ仕官を望む」

脇息《きようそく》にもたれかかった浦上宗景が、島村盛実に尋ねた。矢を弄ぶ手を止めて、しばし思案してから島村は口を開く。

「逆賊宇喜多の子が殿を慕うことこそ、治世の顕《あらわ》れ。播磨、備前、美作《みまさか》を支配する浦上家の威光が隅々まで行き渡り、隠れおおせる手立てがなくなったと思われます」

島村盛実は、阿部家によるべのなくなったお前たちがなぜ浦上家を頼ったかを見事に言い当てる。

「続けて問う。島村、この母子をどうすべきか」

島村盛実の眉がピクリと跳ね上がった。

「そうですな。一座の皆様が言うように、八郎と申す小僧はまだ仕官には早いかと」

浦上宗景の眉間に皺がより、つまらなそうな顔になる。

「ですが、台所の仕事は手が足りませぬ」

「おお、そうじゃ、妻も侍女の数が足りぬと不平を言うておったわ」

浦上宗景が脇息を叩いた。

「まず、母親を侍女として用いてはどうでしょうか。いずれ日を見て、八郎めを取り立てる」

島村盛実がお前に視線を送る。八郎、お前は不思議に思っているな。島村の見る目に、嘲りや同情の色が全くないからだ。ただ、冷静にお前が有用かどうかを判じているだけだ。それまでの大人たちの目とは、明らかに違っていることに戸惑っている。

「よし、ならば決まりじゃ。まずは母の方を侍女に取り立てよう。うん、逆賊の母子を養うというのも良いではないか。浦上の政道が正しいことの何よりの証左《しょうさ》になろうぞ」

浦上宗景は愉快そうに手を叩いたのだった。

（九）

浦上宗景の居城・天神山城《てんじんやまじょう》の本丸で、兵たちが地に座り談笑している。真っ赤になった包帯を巻きつけた男たちが、溢れんばかりの笑顔で握り飯にかぶりついている。具足を身につけた兵士たちの間を忙しげに動き回るのはたすき掛けをした女たちだ。時折、目を輝かせた少年や童たちが身内を見つけて、武功話をせがむ。

「無礼者、さわるな」

響いた怒号に、お前は思わず肩を跳ね上げるはずだ。そして血の気がひく。続く女の悲鳴が、よく知っている人のものだったからだ。

「やめてください」

兜をかぶった大鎧の武者に引きずられている母の姿を、お前は確認するはずだ。物でも放り投げるようにして、母が地に叩きつけられる。

「おい、どうしたんだ」と、武者の朋輩《ほうばい》が駆け寄ってきた。

「この女、儂のとった首の化粧をしておった」

首化粧は神聖な儀式だ。髪を整え、お粉《しろい》を塗り、歯を黒く染める。こうすることで首の供養にもなる。また、万が一、化粧に落ち度があれば手柄は何等も下がると言われた。

戦場で勇ましく戦うことが男児の本懐であるならば、後方を守る婦人たちの最も名誉な働きは首化粧を施すことだ。

「首化粧の嗜《たしな》みはあります。私の何が不足でしょうか」

「黙れ」と、叩きつけるように武者が怒鳴る。

「侍に格があるように、女衆にも格があるのじゃ。女子にとっての首化粧は一番槍にも等しい働き。それを貴様のような卑しい女がするなど、もってのほかよ」

「私も武家の女です」

母の必死の反論に、武者が冷笑で応えた。

「女衆の格は、夫や息子の手柄次第ということも知らぬのか」

母の虚勢がたちまちのうちに消える。

「逆賊の義父、父の仇も討たず商家の婿におさまったお主の夫、これが貴様の武家の女としての格じゃ」

母が唇をかむ。

「どうじゃ、言い返せまい」

「違います」

「何がだ」

「八郎がいます」

「なにぃ」

「八郎がおります。あの子が、きっと立派な武者になってくれます」

一瞬、場が静かになる。そして、再び甲高い笑いに包まれた。

「正気か。八郎といえば、十三にもなるのに剣も弓もろくに扱えぬのだぞ。一番家老の島村殿が初陣で手柄を立てたのは、十二の頃ぞ」

「いえ、いつか八郎は、島村様をも超える侍大将になります」

場がざわめいた。母の言葉に、島村盛実へのあからさまな敵意が込められていたからだ。さすがの武者も身を怯《ひる》ませる。

「ふん、命知らずな女じゃ。そのような口ぶりで島村様の名を呼べば、どんな誤解を受けるかも想像つかぬのか」

だが、お前の母はたじろがない。

「八郎は必ず島村様を超える備前国一の侍に成長します」

「馬鹿が、いい加減にしろ」

話を打ち切ったのは武者の方だった。この男は知っているのだ。お前の祖父宇喜多能家が、無実の罪により仕物されたことを。いや、それは誰もが知っていることだ。下剋上の世では、殺意に気づかず仕物される方が悪いのだ。だが、お前の母はその単純な乱世の理《ことわり》を無視しようとしている。

「仕事がしたいなら、糞尿の始末でもしていろ。儂らの首には指一本ふれるな。首化粧をしたくば、息子に手柄を上げてもらえ」

とどめを刺すようにして、武者は母を怒鳴りつけたのだった。

（十）

梅雨の間隙を縫うように顔を出した太陽の光を、騎馬武者の甲冑《かっちゅう》が反射している。

喜べ、八郎、お前の初陣は勝ち戦だぞ。見えるだろう、背中を見せる敵の武者たちが。感じるだろう、刀を抜き手柄を求めて喚声を発する味方の狂気を。

地面は前日に降った雨のため柔らかく、蹄《ひづめ》によって掘り返されている。時折、足をとられながら、お前は騎馬武者を追う。虹色の威《おど》し糸に彩られた大鎧と煌びやかな飾りを持つ兜は、高禄の武者であることの証だ。

そうだ、八郎よ、走るのだ。槍が重いなどと言っている場合ではないぞ。功をあげるのだ。母への孝は、戦場で得た首でしか成せぬのはよく知っているだろう。

馬は足に怪我を負っているぞ。徒歩のお前でも、追いつけるはずだ。

八郎よ、お前は気づかないか。周りに味方も敵もほとんどいなくなっていることを。戦場の狂気から、どんどんとお前たちが離れようとしていることを。そして敵の兜武者を追うお前を、秘かに追跡するもう一騎の騎馬武者がいることを。その男の背に負う空《うつ》穂《ぼ》（矢入れ）には、黒鷹羽の矢がぎっしりと詰まっているぞ。

ふと、お前は異変に気づく。後背ではなく、お前が追う兜武者に対してだ。兜から一本の矢が突き出ていることを見つけたからだ。遠目に見るお前は、最初はそれを兜の意匠のひとつと勘違いしていただろう。だが、違う。武者の首に斜め下から上へ向かって、矢が刺さっている。間違いなく武者が即死にいたる一矢だ。馬上に揺れる武者は、すでに絶命していたのだ。お前は、骸《むくろ》を乗せた馬を追っていただけにすぎない。

馬がくぼみを飛び越えた衝撃で、死体が鞍から転げ落ちる。

八郎、お前の呼吸が荒くなったのは疲れからではないはずだ。

お前は素早く左右を見渡す。誰もいない。だが、この時、お前は首を後ろにひねってみるべきだったのだ。左右を確かめるだけでは足りなかったな。

ゴクリと唾を呑み込む。槍を地に捨て、首を切断するための短刀を抜く。頭の中で首切りの手順を反芻《はんすう》し、刃を死体へと持っていく。

虚空で手が止まる。そう、お前が見たのは致命傷となった武者の首に刺さる矢だ。

黒鷹の矢羽飾りがついていることに気づいたはずだ。ブルリとお前は大きく震える。知っているはずだ。浦上家において、黒鷹の矢羽飾りを持つ武者はひとりしかいない。頭にめり込んで見えない矢尻を、お前は九年前に見ているはずだ。この武者は、お前たちの仇である島村盛実によって討ち取られたのだ。

聞こえるか。お前の具足がカチカチと鳴っているぞ。お前は今、震えているのだぞ。いや、それすらも気づいていないか。

八郎よ、なぜお前は短刀を捨てる。なぜ、黒鷹羽飾りの矢を握る。どうして矢を引き抜き、誰の手によって殺されたかをわからなくしようとするのだ。

矢を握った両手に力を込めようとした時、お前はやっと背後に迫っていた武者の気配に気づく。いや、武者が「おい」と声をかける方が先だったか。

まあ、どちらであってもささいなことだ。

小さな悲鳴とともにお前は振り返る。そして、仁王のように立つ武者を見て、息もできぬほど驚くはずだ。太く跳ね上がった眉、その下の短刀で切り裂いたような細い目が、お前を睨んでいる。背に負う空穂からは、黒鷹羽の矢が飛び出て風に揺れている。

「し、島村様、違うのです。これは……」

お前は慌てて島村盛実と距離を取ろうとして、骸に足を取られ転倒する。死体を挟むようにして対峙した。島村が、刀をゆっくりと抜く。表情ひとつ動かさずに。まるで、お前に刃紋を見せつけるかのように。

右上段に刀が振りかぶられる。

恐怖のため、声帯から漏れる空気は音には変じなかった。八郎、お前が発しようとした言葉は弁明だったのか、助命を乞うものだったのか、あるいは仇をなじる罵声だったのか。

今となってはわからない。

島村盛実が刀を振り下ろすと同時に、お前は目を瞑《つむ》った。

刃が空を裂く音の後に、まな板に包丁を打ちつけるような音もした。

お前はゆっくりと瞼《まぶた》を上げる。やがて眼前にあるものを見る。兜武者の骸に刺さっていた矢だ。それは途中で切断され、黒鷹の羽飾りの部分だけが地に転がっている。

骸から切り離された矢羽を拾い上げたのは、島村盛実だった。お前は、やっと自分の体を見る。どこも斬られてはいない。島村盛実は、ただ骸に刺さっていた矢を切断しただけなのだ。

「やはりな」と島村は嘆息し、お前の腰を指さす。お前は己でも気づかぬうちに腰の刀を半ばほど抜いていた。

「さすがは宇喜多家の嫡男よな。それこそが〝無想の抜刀術〟ではないか」

覚えているか。祖父が仕物された晩に〝無想の抜刀術〟という言葉を聞いたではないか。

戸惑うお前をよそに、島村盛実が言葉を継ぐ。

「よいものを見せてもらった。首はくれてやる。八郎の手柄にせい。黒鷹の羽飾りがなければ、儂が討ち取った証もない」

島村盛実はそう告げて背中を見せる。

「待ってください」

島村が首だけで振り返った。

「どうして、手柄をくれるのです。あなた様は我ら母子にとっては仇なのですぞ」

島村の眉間に皺がよる。

「お主の祖父には昔、世話になった。その礼だと思ってくれてよい」

島村盛実の細い眼に、ある感情が宿っていた。それは、お前の母が亡き祖父や父を想う時の瞳とよく似ていた。

「どうしてです。祖父が憎いから仕物したのではないのですか」

島村の眉間の皺がさらに深くなる。

「ちがう、お前の祖父を敬《うやま》いこそすれ、憎いと思ったことなどない」

「では、なぜ……」

お前は気づいているか、島村盛実の手が震えていることを。

「主命ゆえじゃ。宇喜多家は大きくなりすぎた。お主の祖父は強すぎたのじゃ」

「そんな、祖父は決して返り忠や内応を企てていたわけではありませぬ」

哀しそうに島村盛実は頭を振る。

「疑われたら最後なのじゃ。主に灯った疑心の火を消すことが不可能なのは、古今東西の歴史が証明している」

「では、祖父が裏切っていないと知りつつ、殺したのですか」

「そうせねば、今度は我が一族が主から仕物される。浦上家には人質もとられている。一族のためには、殺《や》らねばならなかった」

ビュウと風が吹いて、黒鷹の矢羽飾りが地面を転がった。

「仇から手柄をもらうのが嫌なら、首は捨てろ。どこぞの雑兵が拾うだろう」

島村盛実は矢羽を蹴って遠くへとやり、立ち去ろうとした。

「お待ちください。もう、ひとつ聞きたいことがあります。無想の抜刀術とは、いかなることでございますか」

島村盛実の体がピタリと止まる。

「昔、お主の祖父から教えてもらったのじゃ。乱世において英傑と呼ばれた男が持つ、無意識の抜刀術よ。もし殺意を帯びた何者かが近づけば、たとえそれが身内といえど、剣を抜きたちどころに相手を滅する」

半ばまで抜いた己の刀を再び見る。

「生まれもっての技で、どんなに鍛錬を積んでも身につけることは叶わぬともお主の祖父は言った。秦の始皇帝、後漢《ごかん》の光武帝《こうぶてい》、三国魏の曹操孟徳が、この無想の抜刀術の遣《つか》い手であったとも教えられた」

「その技を私が遣えるというのですか。私は半ばまでしか抜刀していませぬ」

「なればこそだ。振りかぶった時、お主を斬るつもりだった。だが怯《おび》えるだけのお主が鯉口を切り抜刀するのを見た刹那、もしやと考え太刀の軌道を変えた。同時にお主の抜刀も止まった。それこそ殺意に反応する無想の抜刀術である何よりの証だ」

お前はただ頭を横に振るばかりだ。

「そういえば、こんなことも言っていた。無想の抜刀術を遣える者こそ、下剋上をただす乱世の英傑となる、とな」

懐かしそうな眼で、お前を見つめる。あるいは島村は、お前を下剋上の呪縛から人々を救う英傑と見たのかもしれない。だから、斬る太刀の軌道を変えたのかもしれない。

「本当に、そんな技があるのですか。ただの偶然ではないのですか」

「信じる信じないは、お主の自由じゃ。ただ、儂はお主の祖父の言ったことは真《まこと》だと思うておる」

島村盛実の目に宿っていた哀惜《あいせき》が濃くなる。お前は両の手を顔の前に持ってくる。肉の薄い、ただの少年の掌にすぎない。これが、英傑の技を繰り出したのか。

「他に無想の抜刀術の遣い手はいないのですか」

いるとしたら、きっと自分とは違って立派な侍大将だろうとお前は考える。

「無想の抜刀術を、直接目にしたのは今日が初めてじゃ。お主の祖父も遣い手でなかった。が、旅の僧から尾張《おわり》の守護代家臣に、遣い手がおると聞いたことはある」

「尾張の守護代の家臣ですか」

「うむ、織田弾正忠《だんじょうのちゅう》家の嫡男で、まだ元服はしていないはずじゃ。吉法師《きっぽうし》という名だ」

その男こそ後の織田信長だ。が、今はまだ気にするな。お前が信長と戦い軍門に降るのは、ずっと先のことだからだ。

「八郎、くれぐれも精進を怠るな。無想の抜刀術は両刃の剣とも言われている。乱世を平定する英傑にもなれば、身内をも害する梟雄《きょうゆう》にもなる」

最後にそう口にして、島村盛実は去っていく。

（十一）

空は曇り、今にも雨が滴《したた》り落ちそうだった。かすかに雷鳴も轟いている。天神山城の本丸には、大勢の武者や足軽がひしめいていた。男たちの隙間から、身をよじるようにしてひとりの女人が現れた。

「八郎」と叫び、母が走り寄る。目はお前の腰に縛りつけられた首を見ていた。

「よくぞ、よくぞ、手柄を立ててくれました」

母が、お前の胸に飛び込んでくる。その軽さにお前は驚いたはずだ。

母の背に回そうとした手を途中で止めたな。なぜ母を抱かない。偽りの手柄だからか。祖父の仇に情けをかけられたからか。八郎よ、母の抱擁に応えてやるのだ。

だが、お前は母の肩に手をかけて、優しく体を引き剝がした。お前のちっぽけな心が、罪の意識に負けてしまいそうになったからだ。いや、涙で湿る母の瞳を見て、お前は真実を口にしそうになる。この手柄が祖父の仇から譲られたことを白状しそうになっただろう。

八郎よ、もしこの時、お前が真実を母に話していたならば、お前は梟雄とはならずに済んだかもしれない。

不幸だったのは、お前が口を開くよりも先に母が言葉を放ったことだ。

「八郎、私に首化粧を任せてくれませぬか。武家の女としての本懐を遂げさせてくれまいか」

そのちっぽけな母の願いが、開きかけたお前の口を閉ざす。お前は思い出しているのだろう。阿部家で端女として働き、卑しめられた母のことを。浦上家の侍女たちが名誉の首化粧をしているときに、ひとり厠から溢れた糞尿を運んでいる母の姿を。

「母上、もちろんでございます」

お前は意外なほど力強く口にし、周囲を見る。

「皆々様もよいですな。母が首化粧をすることに異論はありますまいな」

朋輩たちは反論しないことで、お前の母が兜首に化粧を施すことを認めるだろう。

（十二）

降りしきる雨の中を、お前は歩く。天神山城の三の丸には、端役の侍女や小者たちが住む長屋があった。長屋の板塀は亀裂だらけで、あちこちから雨が漏り、水が滴る音がさかんに耳を打つ。

お前の鼻をくすぐったのは、魚を焼く匂いだ。長屋の奥から漂っているぞ。その先の行き止まりにあるのは、お前と母の住む小屋ではないか。

小屋に入ると、炊煙にくるまれた母が土間で台所仕事をしていた。包丁がまな板を叩く音が心地いい。

「夕餉《ゆうげ》の仕度はできておりますよ。先に食べていなさい」

板間には粗末な膳と縁のかけた食器があり、それと不釣り合いな豪華な料理が盛られていた。白い飯は甘い湯気を上げ、椀からは味噌をたっぷりと使った汁があふれそうになっている。焦げ目から脂をにじませる焼き魚のなんとかぐわしい香りだろうか。変色したいつもの漬物が皿にのっているのが、なんともいえない愛嬌ではないか。

それらはお前の罪悪感を無にすることはできないが、一時、塗りつぶすことはできよう。

「母上、一緒に食べましょう」

「もうひと品つくります。冷めぬうちに八郎は先にいただきなさい」

八郎、お前が異変に気づいたのは、汁を三度ほどすすった時だった。

「あれ」と口にして、お前は手で鼻の下をぬぐった。最初は汁ものの湯気で、鼻が緩んだと思ったのだろう。手で拭うが、すぐにまた鼻の下が湿る。また、拭う。何度か繰り返した後、手が真赤に染まっていることに驚くはずだ。

この時、臓腑《ぞうふ》からせり上がってくるものにも気づく。いや、臓腑そのものが造反を起して、喉から這いずり出ようとするような違和感。まだ、このときお前は正気があった。味噌汁を汚すまいと、椀を膳の上に置く余裕があった。だが、嘲笑うように、吐き気がせり上がる。すぐさま口もとを両手で覆った。

指の隙間から一条、二条と赤いものが漏れ流れる。

やがてお前は腹から逆流したどす黒い血を、膳の上にぶちまける。

母の作った料理が血みどろになった。

気づけば、母が対面に静かに座している。

「八郎、汁物に毒をいれました」

まるで味噌の種類を教えるように母は口にした。懐から掌で隠れる程度の小壺を出して、「これが解毒の薬です」と淡々と説明する。

「母上、どういうことですか。なぜ毒を。私を殺すのですか」

「そなたを殺そうなどとは思っていません」

幼な児を諭すように優しく言う。

「ただ返答によっては、薬は渡せませせぬ」

母が哀しそうに首を横に振った。

「私が昨日、そなたのあげた首の化粧をしたのは知っていますね」

お前は血を吹き零しながら頷く。

「首の御髪《おぐし》を整え、お粉《しろい》を塗り、口を開けて歯黒《はぐろ》を塗りました」

母は手で首化粧をするふりをした。

「戦場で保存する時、塩につけるのが甘かったようですね。肉は少し腐り緩くなっておりましたよ」

母の声よりも己の呼吸音の方が大きく、お前は耳を澄まさねばならなかった。

「そのためでしょうね。口の中から、このようなものが出てきたのです」

コトリと床に何かを置いた。

それは花弁状の矢尻だった。平根と呼ばれる、高禄の武者を射抜く時の矢尻だ。そこには〝備前國　島村盛実〟という名が刻まれている。

「一族の仇である島村めの矢尻を、私が忘れるはずもないでしょう」

湿り気を帯びた母の声が鼓膜に貼り付く。

「説明しなさい。なぜ、そなたのとった首にこの矢尻が刺さっていたのです」

嗚呼と、お前はうめき声をあげる。

「真実を話すのです。そして安心なさい。もしお前が不義を犯したならば、ひとりでは逝かせませぬ」

悪戯《いたずら》をした童を咎めるような声に、お前は郷愁を感じただろう。母はゆっくりと抜き身の刀を右手に持ち、構えた。

「女人の力で心もとないが、侍らしく死ねるよう私が首をはねて差し上げます。そして、私も毒を呑んで後を追います。さあ、八郎、真実を教えて下さい」

お前は朦朧とした意識の中、母の覚悟を美しいと感じたはずだ。そして、お前は口を開く。真実を話す。お前が偽りを言わなかったのは、侍の正道を歩むためではない。母と共に、甘美な彼岸へと逃避するためだ。

真実を聞き、母の瞳から涙が零れた。この時、お前は母が泣く姿を今までにたったの二度しか見ていないことを思い出すはずだ。初手柄を上げた時と今。阿部家や浦上家でどんな屈辱を受けても涙を見せなかった母が、泣いている。

抜き身の刀を振り上げる姿を見て、お前は目を瞑る。ヒュンと空を切る音がした。島村盛実が振り下ろした刀の音に似ていた。ちがうのはずっと近くで風が鳴ったことだ。鈍くなったお前の五感だが、左肩に熱を感じるはずだ。鎖骨が砕けたなと考えただろう。

そして、右手にお前は何かを摑んでいることを悟る。握りなれた脇差の柄だとしばらくしてわかる。

ゆっくりと瞼を開けた。

床に母が寝転んでいる。腹が真っ赤に染まっている。お前の右手が握る刀が、母の下腹を切り裂いていた。流れる血が、床に置いた小壺を押し倒す。コロコロと転がり、お前の足元へやってくる。まるで意志を持つかのように。

八郎よ、生きろ。

お前は虚空を見上げ、こう口にする。

「誰だ。誰が俺を呼ぶ」

八郎、やっと気づいたか。お前は俺だ。

俺は宇喜多直家《なおいえ》であり、お前は母を殺した翌年に八郎という幼名を捨て、俺になるのだ。

（十三）

「もうすぐ於葉《およう》様が参られます」

襖の向こうから侍女に声をかけられて、眠りから醒めた。夢の中の八郎から、うつつの宇喜多直家へと目覚める。

「お館様、大丈夫でしょうか。ずいぶんとうなされておいででした」

額の汗を拭う。腐臭がツンと鼻をついた。寝衣が血膿で固まっている。

「そろそろ、着衣をお替えしましょうか」

「よい。少しまどろんで、童の頃の夢を見ていただけじゃ」

不思議な夢だった。舞台のようなところで幼き頃の己がいて、それをもうひとりの自分がずっと眺めていた。

寝具から身を起こすと、室内の澱んだ腐臭が攪拌《かくはん》されるのがわかった。襖の向こうで、侍女とは違う人の気配がする。きっと娘の於葉だろう。そういえば、今日は於葉の嫁入の日であった。数日前に美作後藤《ごとう》家の嫁取奉行・安東相馬《あんどうそうま》という男も到着しているはずだ。枕元の脇差を膝の上へ乗せて、襖の向こうの於葉へと声をかける。

「捨て嫁とはよく申したものだ」

しばらくの沈黙があった。

「これほどの無礼を父上は聞き流すのですか」

於葉の鋭い声を聞いて、なぜ母の夢を見たかの理由がわかった。於葉はかつての母に似て美しい娘だ。黒い水晶を思わせる瞳は力強く、直線的な鼻梁は鋭さを感じさせる。何より声が母とそっくりだった。そんなことを考えながら、於葉と問答を進めた。眼を閉じて声を聞くと、まるで母と語りあっているかのようではないか。

「そなた、もし儂が浦上家に弓ひき、後藤家と干戈《かんか》を交えれば、いかがする。富《とみ》や初《はつ》、楓《かえで》のように、婚家に殉ずるか」

捨て駒のごとく死んだ母や姉の名を聞き、襖の向こうの人物が身を固くするのがわかった。耳を澄まし返答を待つ。母とそっくりな声が返ってきた。

「父上と戦います。後藤家の妻として、最後まで戦い、そして勝ちます」

嗚呼、と小さく嗚咽《おえつ》の声を漏らす。

何度か娘の言葉を反芻したのち、膝の上に置いた太刀を見る。いつの間にか刀身が鞘から半分ほど出ていた。抜ききらなかったということは、五分の殺意ということか。

いつか、刀を全て引き抜くほどの確かな覚悟に育つであろうか。

母とよく似た娘が、已に刃を向けることがあるであろうか。

「於葉」と、らしくない大きな声で呼びかけていた。感情にかられ、言葉を継ぐ。

「捨て嫁なる声に打ち勝ってみよ。我が祖父と宇喜多直家の血を濃く継ぐお主なら、またそれも可能だろう」

そして己で己を抱き締める。身の内から血膿が滲む。母に切られた左肩の古傷からは、特に夥《おびただ》しい量の血膿が溢れだす。腐臭が一段と濃くなった。

八郎、いや宇喜多直家よ、聞こえるか。

頭上から降ってきた声によって、これさえも夢だったのかと悟る。

そう、これも夢が見せるお前の記憶だ。お前は、すでに主家である浦上家はもちろん、於葉が嫁いだ後藤家さえも攻め滅ぼしたではないか。

血膿がこびりついた老顔を虚空へと向ける。

今や織田信長の尖兵として、毛利と戦っていることを思い出すのだ。

蘇る記憶に比例するかのように、天から落ちる声も大きくなる。

さあ、最後の謀《はかりごと》を成すのだ。

宇喜多直家は、ひとつ長く息を吐く。

そして、かつて母の柔らかい指に頬をゆだねたように、腐臭の中に朽ちた顔を沈めたのだ。

貝あわせ

（一）

米を炊く甘い香りが、部屋にほのかに侵入してきた。角の欠けた文机《ふづくえ》に向かっていた宇喜多直家《うきたなおいえ》は顔を持ち上げる。鏡台の前で、蒔絵《まきえ》細工の化粧手箱を片付けようとしていた妻の富《とみ》の手も止まった。

ふたりで顔を見合わせる。炊煙が鼻を優しくくすぐった。宇喜多直家の舌の根元から、とうの昔に枯れ果てたと思った唾液が滲《にじ》みでる。

〝失食《しつじき》〟と呼ばれる一切の食を絶つ一日が終わろうとしている。

食を完全に断っていたのは一日だが、それ以前からずっと飯の量を減らしている。腹が張るほど食べたのは、記憶を探ると一年以上も前だ。

「お館様、どうやら朝餉《あさげ》の用意ができたようですね」

しまおうとした櫛を手に持ったまま、富が語りかけてきた。

少しくすんだ無地の小袖に、柿色の打掛を腰に巻いている。扇の柄が控え目に袖と裾のところにあしらわれていた。化粧手箱の装飾と比べれば随分と地味だが、仕方がない。富は沼城《ぬまじょう》城主の中山《なかやま》〝備中《びっちゅう》〟信正《のぶまさ》の娘で、化粧手箱は実家からの嫁入り道具だ。一方、質素な小袖と打掛は、嫁入りしてから宇喜多直家が買ったものだ。小城の主でしかない直家では、これが限界だった。

「皆も、そわそわしておるだろうな」

失食明けの朝餉は、家中の者全員で食べると決めている。

「お館様、私の我がままに皆を巻き込んでしまい申しわけありません」

富が深々と頭を下げた。実は、失食を始めるきっかけとなったのは妻の富である。

初陣で兜首をあげた褒美として、宇喜多直家は乙子《おとご》の城主の地位についた。海に面する乙子城は、大名家さえ通行銭を支払わされる海賊の脅威にさらされ、南からは四国の細川家、西からは松田家というように戦国大名が頻繁に国境を侵していた。痩せた三百貫（約六百石～千石）の土地で雇える兵では、海賊にさえ太刀打ちできない。

そのため禄には過分な兵を養っており、常に食糧が不足していた。刈田《かりた》焼畑《やきばた》と呼ばれる敵地への略奪行為で、ようやく糊口をしのぐありさまだった。

だが、今は盗賊まがいの行いは一切やっていない。

きっかけは、直家と富の婚礼だった。若き新妻は、他領とはいえ民を泣かして得た食は何ひとつ口にできぬと宣言し、本当に絶食を始めたのだ。困りはてた直家は刈田焼畑の類は一切行わぬと約束した。

かといって足りない食をどうするかという問題がある。

そこで生まれたのが、月に数度の失食であった。

「よく言うわ。富の言葉を無視しておったら、離縁されるゆえな。舅《しゅうと》の中山備中殿を敵に回すなど、考えただけで恐ろしいわ」

富の父の中山〝備中〟信正は、直家が仕える浦上《うらがみ》家で外様ながら第二位の席次だ。嫁入り道具の化粧手箱を見ても、妻が裕福な暮らしを送ってきたことはすぐにわかった。失食もきっとつらかったろう。事実、富の肩の肉は嫁入りの時よりも薄くなっている。ただ不思議なのは、富の顔にはそれほどやつれは見えないことだ。逆に来た時よりも頬は艶が増している。

痩せた土地に育つ豆は甘い、と聞いたことがあるが、妻から漂う色香もそれと似ている。富は艱難辛苦《かんなんしんく》を進んで引き受けることで、気品が増しているかのようだ。

「お館様、奥方様、朝餉の支度ができました」

戸の向こうから、侍女が声をかけてきた。返事をするより先に喉が鳴った。妻を横目で見ると、微笑んでいる。照れ笑いをしながら、膝を立てる。腹だけは鳴らぬように、ゆっくりと尻をもち上げる。

戸を開けようとした時、思わず手が止まった。まっすぐに伸ばしたはずの膝が折れる。顔をしかめて、左肩に手をやった。

鎖骨をヤスリで削ったような痛みが襲ってきた。

「大丈夫でございますか」と妻が寄り添う。異変を感じた侍女が素早く戸を開けた。

かつて母に斬りつけられた傷が痛む。しばらく唇を嚙んで、やり過ごす。

やがて痛みが遠くへといく。だが、完全にではない。残響のような浅い痛みが、何度もやってくる。そういえばもうすぐ母の月命日であったか、と宇喜多直家は思い出す。

これから来るであろう毎月の試練を考えると、朝餉の喜びも吹き飛んだ。

妻の富が心配そうに覗きこんでいる。ずっと手を背に添えられていたことに気づいた。

「すまぬ、もう治まった」と嘘をついて笑いかける。

「あまり無理をされますな。膳をここまで運びましょうか」

妻の瞳を正視できない。

「せっかくの朝餉だ。みんなに顔を見せたい。心配はかけたくないゆえな」

体に添えられた妻の手をそっと取り、宇喜多直家は大股で歩きだした。


乙子城の板敷の広間には、腹の音が轟《とどろ》いていた。列席するのは、若き城主・宇喜多直家と妻の富と家老たち。家老といっても、皆、二十代や十代の若者ばかりだ。つぎはぎだらけの服を着る様子は、山賊と言われた方が納得がいく。広間の向こうの縁側には侍女が座り、庭には足軽たちがひしめいていた。

上座には薄い畳が一枚だけ敷かれ、そこに直家と富は腰を落とす。

「ええい、忌々しい臓腑《ぞうふ》の虫だぜ」

すぐ近くに座す家老の岡平内《おかへいない》が罵った。顔中に傷があり、若いのに古びた甲冑《かっちゅう》のような風情を持つ男である。

「うるせえ。しゃべるな。もっと腹が減るぜ」

たしなめたのは同年代の家老・長船又三郎《おさふねまたさぶろう》。太刀のように鋭い目が特徴だ。

やがて白い湯気を立ち昇らせる椀が、大きな戸板に載って運ばれてきた。配膳するのは富川平介《とがわへいすけ》という小姓と、その母だった。身籠った女や乳母、年端もいかぬ小姓たちは失食を免じられ、かわりに朝餉の給仕をする。

「岡様、長船様、お待たせしました」

利発そうな瞳を輝かせて、富川が椀を武者たちの前に並べる。

「平介、わかってんだろうな。具がたっぷりと入ったものをよこせよ」

岡平内が力瘤を見せて凄む。

「いや、こ奴より、儂に渡した方がいいぞ」

長船が猫をあやすように声をかけるが、目は逆に鋭さを増している。少年の富川平介は微笑でそれらをやり過ごす。湯気を吹き飛ばすような歓声が部屋に満ちた。給仕を待ちきれず、次々と手が伸びて椀をひったくる。

宇喜多直家と富の前にも椀が置かれた。お粥だが、米粒はほとんどない。糊を湯で溶いたような料理だ。雑草かもしれない山菜があしらわれている。

「やった、こんな大きな蕪が入っておった」

鋭い眼の尻を垂らして、長船が叫んだ。宙にかざした箸の間には、小石ほどの大きさの蕪がある。

「ちょっと待て。そりゃ、儂の畑でとれた奴だ。なんで、貴様のとこに入ってんだ」

岡平内が箸を長船の顔に突きつける。貧しい宇喜多家は、家老も農作業をしている。

畑は城の二の丸と三の丸だ。本丸には、富と侍女たちが耕す畑がある。

「何言ってやがる。誰の蕪かなどわからねえだろ」

「長船の畑なんて、牛蒡《ごぼう》みたいに痩せたものしかねえだろ。その肉付きは間違いなく、儂が育てたもんだ。返せ、儂が食う」

「わかった。ならば、明日、我が家へ来い。昼時もすぎればケツからひり出しておろう。好きなだけ厠をあさされ」

若き両家老の喧嘩に、場は笑いに包まれる。全員が粥に口をつけたことを確かめてから、直家は箸を手に取った。遅れて富も床に置いていた椀を持つ。ふたり同時に頷き、粥をすくい口に持っていこうとした時だった。

芳しい米の香りが、瞬時に腐臭へと変わったのだ。箸を持つ手と談笑が止まり、家老たちが目を見合わせる。直家の左肩から血膿が滲もうとしていた。

「皆、すまぬ。まただ」

母の月命日が近づくと、左肩の古傷は決まって血膿を溢れだした。それは少ない時で四日、ひどい時は十日も続く。直家は手ぬぐいを古傷の上にあてるが、臭いは和らぐどころかますます辺りに充満し始めた。

「儂は離れで食う。ゆっくりと楽しんでくれ」

言い終わる前に、直家は立ち上がっていた。

「何をおっしゃいます」と、口にした部下の顔には安堵の表情が広がっている。

「いい、一人で考えごとをしたいと思っていたところだ」

部下たちの返事も待たずに、背を見せて歩きだす。

「お館様、すぐに膳を持っていきます」

広間から出た時、富が声をかけてくれた。

「よい。皆の相手をしてやってくれ」

「ですが」と、富は一歩にじり寄る。肩から発する腐臭がさらに濃くなったような気がして、直家は狼狽《うろた》えた。

「察してくれ。その方が儂も気がやすまる」

後は視線を落として背中を向けた。

直家は己が恨めしい。どうして、逃げるような足取りになるのだ。もっと堂々とすればよいではないか。背後から家老たちの団欒《だんらん》の声が届いた。追い立てられるように、宇喜多直家は離れの間へと避難する。

（二）

乙子の浜に接岸している海賊船が燃えている。筵《むしろ》帆は過半が黒くなり、燃えカスが砂浜や青い海に落ちる。波が鯨のように大きな船体に打ちつけるたびに、白煙と湯気が湧き上がり、赤い炎がもがくようにして踊った。

焼ける帆の匂いが、灰とともに風下の宇喜多軍のもとへとやってきた。

合戦はいいと宇喜多直家は思う。なぜか戦になると左肩の傷から溢れる血膿は、その量を控えた。事実、今も鎧の下に巻かれたサラシはうっすらと湿ってはいるが、臭いはそれほどでもない。

「これでしばらくは犬島《いぬじま》の海賊どもも悪さはしないでしょう」

長船が鋭い目を細める。

「いや、この機を逃すな。攻め手を緩めることは許さん」

宇喜多直家が指さした沖には、まだ数隻の海賊船があった。先ほどの戦で射込んだ宇喜多勢の矢がいくつも突き刺さっている。その内の一隻は、左に大きく傾いていた。

「しかし、お館、海の上では手が出せませぬ」

岡平内が、新しくできた腕の傷に包帯を巻きつつ言上した。確かに宇喜多家には小舟しかなく、海賊たちの大船には対抗できない。

「吉井川《よしいがわ》の川商、阿部善定《あべぜんじょう》に使いを出している。奴に船を出させる」

乙子城主になった直家に商機を感じとったのか、阿部善定は最近頻繁に使者を寄こすようになっていた。虎丸《とらまる》という名だった異母弟に宇喜多〝七郎兵衛《しちろうべえ》〟忠家《ただいえ》と名乗らせ、仕官を申し出ているほどだ。

宇喜多直家は背後にある乙子の城を見た。海と川に面した山城にも人影や旗が見える。動きが弱々しいのは、足弱衆《あしよわしゅう》と呼ばれる女子供が守っているからだ。

「よろしいのですか。せめて、奥方様のお顔を見てからにしては」

小姓の富川平介が、直家にだけ聞こえるように言上した。

「懐妊された奥方様もきっとお心を強くされるでしょう」

乙子の本丸にいるはずの妻の姿を思い浮かべると、決意が鈍りそうになった。富が懐妊したという報せがもたらされたのは、つい数日前のことである。

「平介、だからこそ、この機を逃してはならぬのだ。生まれてくる子のためにも、乙子を侵食する海賊は一日でも早く討伐せねばならぬ」

宇喜多直家は、振り払うようにして目を沖へと向けた。海賊船は宇喜多勢の喚声に吹き飛ばされるようにして逃げ、遠ざかっているところだった。

（三）

床には、真新しい貝あわせがいっぱいに広げられていた。貝の内側には様々な絵柄が描かれている。柿色の打掛を肩にかけた富が、細い指でひとつを取り上げた。川辺で歌を詠む貴人の絵柄であった。対岸には、小さく村人たちも描かれている。

「この貴人、お館様に似ております」

微笑みつつ直家の膝もとへと置いた。もう一方の手は、膨らんでいる腹に添えられている。

「儂はこんなに文弱ではないぞ」

目の前に貝あわせをかざしながら言った。事実、昨日までは領内を荒らす犬島の海賊たちを退治していた。

書信で知らされる腹の中の赤子の成長に気をもみつつ戦う数ヶ月の、何と長かったことか。

「いえ、優しそうな顔がよう似ています」

微笑みをさらに増して、富が対になる絵柄を取り上げ隣に並べた。

「いや、お館の顔はこちらの方が似ている」

すぐに無骨な掌がいくつも伸びて、別の貝あわせを思い思いに摑んだ。

「馬鹿いえ、こっちの方が一国の太守《たいしゅ》の風格があるわ」

「いや、私の選んだ鎌倉武者の方が、万軍を率いる将の勇ましさがあります」

岡平内、長船又三郎、富川平介ら家臣たちだった。

たちまち周りにいた者たちが、貝の絵柄が家中の誰に似ているかを騒々しく言いたて始めた。直家と富は目をあわせて苦笑する。このあたりは、良くも悪くも宇喜多の家中は武家らしくない。百姓が親戚の家を訪ねるような風情で、「さすが京の職人の手による逸品」と感嘆しつつ貝あわせを覗きこんでいく。

貝あわせは、舅の中山備中から贈られたものだった。富が懐妊したと聞き、生まれてくる子のために京より取り寄せたという。中山家はもともと公家山科《やましな》家の備前の荘園代官なので、都の貴族や商人との結びつきは強い。

海から吹くそよ風が頬を撫でた。沖を見ると、漁師たちが操る小舟があちこちに浮いている。のんびりとした動作で、網を海面へとばら撒いていた。つい最近までは海賊たちの襲来を恐れて、まるで密漁者のように仕事していたのが嘘のようだ。

穏やかな潮風に身を委ねつつ、直家は海にやっていた目を城下の街道へと移す。十数人の男たちが騎行しているのが見えた。遠くてよくわからないが、刀を腰に差しているようだ。まっすぐに乙子の城へと向かっている。

長船と岡も、街道に顔を向けた。

「お館、どこかの家中の使者のようですな」

岡平内は、油断のない手つきで貝あわせを床に置きつつ言う。

「平介、どこのもんか聞いてこい」

命令した長船は、刀を手にもう立ち上がっていた。


乙子城の三の丸の城門で、宇喜多の家老たちが壁をつくるようにして立ち塞《ふさ》がる。街道を歩いていた武者の一団が馬から降り、悠然と近づいて来た。

皆、平服だが、腰には大きな刀を差している。先頭を歩む男だけが異彩を放っていた。地につきそうな長い袖の僧服を身にまとっていた。坊主頭の顔相は、激流で削られた岩のように厳めしい。背に負う空穂《うつぼ》には、黒鷹の羽化粧の矢が詰まっていた。

天神山《てんじんやま》浦上家の筆頭家老である島村《しまむら》〝貫阿弥《かんあみ》〟盛実《もりざね》である。一年前に頭を丸め出家したが、その威厳が衰える様子はなく、勇名は中国中に轟いていた。

島村家の従者と宇喜多家の家老たちが、戦場で対峙するように睨みあう。長船又三郎が一歩前へと出て、太刀のような視線を島村貫阿弥へ向けた。

「島村家のご当主自ら当家へお越しとは、一体何用でございましょうか」

言葉は慇懃《いんぎん》だったが、敵意が籠っていた。隣で仁王に立つ岡平内は猛犬のごとく歯を軋ませている。宇喜多の家士には、かつて島村家の夜襲により身内を害された者が多い。長船は両親を、岡は弟妹《ていまい》を殺されている。彼らにとって、島村家は味方というより敵に近い。

「下郎、我らが主に対して直接口をきくのか。下がれっ」

貫阿弥が返事をするより早く、左右に侍《はべ》る武者たちが一喝した。

長船は目を血走らせて対抗する。

「宇喜多と島村は浦上家では、同格の家柄。それがしが直接言上しても、決して礼法違いにはならぬはず」

だが、長船の反論は鼻で笑われた。

「同格だと。我ら島村家が赤松《あかまつ》や尼子《あまご》という外敵、それに家中の逆賊と戦いし年数を勘定してもそう言えるのか」

武者のひとりは〝家中の逆賊〟というところで言葉を強めた。明らかに直家の祖父能家のことを侮辱している。長船と岡が苦しそうに顔を歪ませた。

「返り忠の罪業《ざいごう》持ちの新参が、我らと同格とは片腹痛いわ」

「そうよ、どなたの口利きで浦上家に復縁できたと思うておる」

島村の武者たちが口々に言い募る。

「よせ」「下がれ」と同時に声に出したのは、貫阿弥と直家だった。

殺意だけを残して、両家の武者が後ずさる。

「貫阿弥殿、ご無沙汰しております。急なご来訪なれば用意もままなりませぬが、館へとご案内します」

直家は腰を折って頭を下げた。

「いつの間にか一城の主らしい風格を身にまとうようになったな。だが、我らは他の城にも回らねばならぬゆえ、接待は不要じゃ」

直家が家老たちをどかせてつくった道を、貫阿弥はゆっくりと歩く。岡と長船の敵意の籠った視線を受けても、怯む雰囲気も猛る様子も見せなかった。

「一体、どんなご用件ですか」

本丸へと歩きつつ直家は尋ねた。貫阿弥自身が乙子城に出向くとは、よほどのことである。

「それは評定の間で伝えよう。今言うのは容易《たやす》いが、皆、気がたっておるでな」

ということは尋常の用事ではあるまい。

「八郎……、いや今は祖父の受領名《ずりようめい》を受け継ぎ、和泉守《いずみのかみ》殿であったな。もし手間でなければ富殿というたか、お主の妻も同席してもらいたい」

思わず直家の足が止まった。嫌な予感がする。

「無論、急な来訪は承知の上。無理にとは言わん」

風が吹いて、島村貫阿弥が背負う黒鷹の矢羽が激しく揺れた。

「単刀直入に言おう、奥方殿に侍女として天神山城へ登城していただきたい」

板敷に無地の襖で囲まれただけの評定の間に、貫阿弥の声が響いた。

宇喜多の家老たちが狼狽える。そして戸惑いはすぐに憤りへと転じる。侍女として働くというのは方便だ。人質として寄こせと言っているのだ。侍女や小姓を名目として、人質をとるのは珍しいことではない。

また、なぜ貫阿弥自身が出向いたのかも、これで納得がいった。後に織田信長が美濃三人衆から人質をもらいうける時に、奉行衆筆頭格の村井貞勝《むらいさだかつ》が赴いたように、人質の遣り取りはそれなりの身分の者を派遣するのが礼儀である。それが、送る人質を無体に扱わぬという意志表示にもなる。

家老たちを憤らせたのは、宇喜多家はすでに岡平内の父と長船又三郎の兄弟を人質として天神山へ送っているからだ。さらに人質を追加でよこせという。まるで、宇喜多家が二心を抱いていると断じられたかのようだ。

宇喜多直家は隣に侍る妻の富へと目をやった。平静を装いつつも眉間をかすかに曇らす妻の顔を見て、直家の胸が痛む。

「妻を天神山にて奉公させるのに異論はございませんが……」

絞り出すように直家は言葉を述べると、隣の富も頷く気配がした。

「なにゆえでございますか。すでに岡と長船の家族を天神山に奉公させております る」

直家の問いかけに、貫阿弥に従う武者たちの目に警戒の色が宿った。

「隠してもいずれわかることゆえ教えよう。殿が兄君に対して絶縁状を送られた」

一座がどよめいた。

浦上家は兄の政宗《まさむね》、弟の宗景《むねかげ》が播磨《はりま》と備前《びぜん》を分割統治していた。表面上は兄を当主として弟が仕えていたが、内実は激しく対立している。原因は出雲《いずも》の尼子家への対応である。中国地方で最大の勢力を誇る尼子の幕下に入らんとする兄・浦上政宗と、独立を目指す弟の浦上宗景の間で、熾烈な謀略戦が繰り広げられていたのだ。

宇喜多直家と島村貫阿弥は独立を目指す浦上宗景の部下である。なぜ人質が新たに必要か、これで得心がいった。もともとひとつの家中だけに、浦上兄弟の部下には縁戚関係も多い。血のつながりをもとに返り忠することを防ぐため、新たな人質を欲しているのだ。

「決して宇喜多家のことだけを疑っているわけではない。儂の孫も新たに小姓として天神山に仕えさせた」

それまで端然としていた貫阿弥の表情に、はじめて苦いものが混じった。

直家は再度、富と目を見合わせた。浦上宗景と兄の政宗が戦うとなれば、備前、播磨、美作《みまさか》の三ヶ国に渡る合戦となる。これまでの海賊討伐とは比べものにならない。

「お、お待ちください」

突然、小姓の富川平介が島村貫阿弥の前に平伏した。

「あまりでございます。奥方様はこれから子を産もうという時。せめて天神山へあがるのは、お館様が子の顔を見てからにしてくださいませ」

「たわけ、それでは遅いわ」と、島村の武者が叱りつける。

「そこを何とか」

武者たちの何倍もの叫び声を発して、富川は頭を床に打ちつけた。

「私も幼き頃、乳飲み子の妹と母とともに流浪しました。父を知らぬ子の気持ちを味あわせたくありません。あまりの仕打ちです」

「ふむ」と、島村貫阿弥があごに手をやった。

「わかった。富殿が無理なら、しかるべき家老の身内からふたり寄こせばいい。殿も富殿のご懐妊を知られれば、納得してくれるだろう」

皆が「えっ」と声をあげた。あの島村貫阿弥が、これほど容易く妥協するとは思ってもみなかったからだ。宇喜多の士だけでなく、島村の武者も戸惑っているではないか。

「だが勘違いするな。生まれる子のことを考えれば、天神山に送る方が最善かもしれんぞ」

島村貫阿弥が宇喜多直家を見つめた。

「どういうことでございますか」

「出雲に放っていた間者の報せでは、尼子が陣触れを出したらしい」

「尼子が兵を発するのですか」

宇喜多直家は思わず尻を浮かせる。尼子家には新宮党《しんぐうとう》と呼ばれる精兵集団がおり、軍事力は西日本だけでなく、東日本の今川、武田、北条家さえも凌駕していた。

「無論のこと、反尼子の我らを討つための陣触れじゃ。そして、手際が良すぎる。あるいは、ご主君は踊らされたのかもしれん」

「つまり、絶縁状を叩きつけたのではなく、そのように仕向けられた、と」

直家の推測に、島村貫阿弥は頷いた。

「尼子の軍はきっと天神山城だけでなく、備前の全ての城を囲むはずじゃ。尼子に攻められて、乙子の城は何日持ちこたえられる」

島村貫阿弥の問いかけに、宇喜多直家は思わずよろめく。三日に一度の絶食をしている宇喜多勢は、兵糧攻めなら一ヶ月、力攻めならば三日と持ちこたえられない。

「その点、お主も知っていようが山上にある天神山城は堅牢だ。兵糧もたっぷりとある」

「そんな」と、口にしたのは富川平介だった。彼自身もどちらが富と生まれてくる子のためになるか、量りかねているようだった。

「よう思案してから決めろ。恥ずかしながら、儂が人質を送ったのも万一の時に孫の命を永らえさせ、島村の血統を絶やさぬためだ」

この日の本に、尼子と互角に渡り合える勢力など数えるほどしかない。浦上家ではとても太刀打ちできない。

「富、天神山へ行ってくれるか」

思案するまでもなかった。己が死ぬのは構わない。だが、妻と子を道連れになどできない。富の表情がほんの少し固くなった。返事はなく、直家を見つめていた目を島村貫阿弥へと向ける。

「私は乙子に残りとうございます」

場にいる全員が、妻の言葉にざわめく。

「富よ、婚家に殉ずる必要はない。天神山へ行け。あるいは、それが無理なら中山備中殿の沼城でもよい。これは家長としての命令だ」

「お館様、私はこの城が好きでございます。離れたくありませぬ」

妻の固い口調に直家は怯《ひる》んだ。思い返せば、富からの反対は婚礼の日の絶食以来かもしれない。

「確かに乙子の城は、小さくも貧しくございます。ですが、畑を耕し失食をして、家中の者たちと力を合わせてきました。苦しくはありましたが、皆と工夫するのが楽しくもありました」

妻は、膝の上で組んだ手を強く握りしめる。柿色の打掛がかすかに震えていた。

「尼子の軍が迫ると知りつつ乙子から去るのは、我が子を捨てるような心持ちでございます。私にとっては、生まれてくる子と同じくらい大切なのです」

富の瞳に黒曜石のような輝きが付加される。

「それに、天神山より乙子の方が沼城から近くあります。ここにいれば、きっと我が父が助けてくれるはずです」

それは楽観が過ぎたが、直家はあえて訂正しなかった。もし己が富の立場ならば、あるいは同じように答弁するだろうと考えがいたり、苦笑する。直家にとっても、乙子の城とその仲間は家族に等しい。島村貫阿弥が、直家夫妻にわかるほどの大きな動作で頷いた。

「どうやら決まったようじゃな。富殿が乙子に残ることは、こちらから殿に伝えておく。後日、家老の家族を送られよ」

そして直家へと顔を向ける。

「見事な心構えだ。易《やす》き道を捨て、難《かた》き道を進む。難得易捨《なんとくえきしや》とでも言うべきか。お主、いい嫁をもろうたの」

老将の頬が柔らかく持ちあがっているような気がするのは錯覚だろうか。

（四）

乙子城の本丸にある館からは、囲む尼子勢の旗指物が林立《りんりつ》している様子がよく見えた。埋め尽くす兵の向こうには、土づくりの最中の田んぼが黒々と広がっている。畔道のそこかしこに、黄や紫、青の斑点が小さく見えるのはタンポポやレンゲソウなどの野草が花を咲かせているからだろう。

力攻めで十分と考えたのか、尼子勢が刈田焼畑などの行為に及んでいないのがせめてもの救いだった。

「お館様、こんなところにいらして大丈夫ですか」

富に声をかけられて、ゆっくりと振り向く。

「大丈夫だ。尼子の陣から炊煙が上がっている。奴らも休憩よ」

宇喜多直家の眼前には、妻の富が座っていた。柿色の柔らかい打掛を膝にかけ、臨月で大きくなったお腹を撫でている。

「申し訳ありませぬ。身重でなければ皆と一緒に戦えたものを」

富はチラリと部屋の壁を見た。刺叉《さすまた》や薙刀《なぎなた》などの武器が立てかけられており、鏡台や化粧手箱、貝あわせなどは隅に追いやられていた。

「よい。後継ぎを生む以上の大功は女人の身にはあるまい」

無理矢理に頬を上げて笑ってみせた。すでに宇喜多直家は勝つことを諦めている。出雲を出発した尼子軍は、浦上宗景が支配する美作を瞬く間に平らげた。だけでなく、今や備前の主な城を大軍で取り囲んでいる。直家の乙子城だけでなく、富の父・中山備中の沼城や浦上宗景の天神山城も含まれている。

今、思案しているのは身重の妻をどうやって脱出させるかである。その方策以上に難しいのは、富を説得することだ。事実、包囲前に城を出るように言った宇喜多直家の提案を妻が何度も突っぱねているうちに、臨月を迎えてしまった。幸いにも乙子城は海と吉井川に面し、陸路を進軍してきた尼子勢は、そちらの包囲が手薄だ。小舟で脱出した後は匿《かくま》う場所が必要だが、それも目星がついている。吉井川の川商・阿部善定だ。

あとはいつ脱出するか。臨月の妻のことを思うと、今動かすのは危険かもしれない。できるだけ長く籠城して、子が産まれた後に城から出したい。

「お館様、私は逃げませぬ」

思案が顔に出ていたのか、富が鋭い目つきで口にした。苦笑で己の顔がほころび、戦陣の緊張がいくらか和らぐ。どんな種類であれ、笑うとはいいものだ。

「岡殿も長船殿も勇ましく闘っていると聞きました。私が逃げる訳にはまいりませぬ」

「安心しろ。死ぬ時は一緒だ」

偽りを口にして、立ち上がった。部屋を出て、足を止める。はるか遠くの方から、見慣れた旗指物を掲げる一団が見えた。土を掘り起こしたばかりの田んぼを乱暴にも横切っていく。

直家の両肩が固く強張った。

「お館、見たか、あれを」

足軽たちを突き飛ばすような勢いで走り寄って来たのは、岡平内と長船又三郎だ。

「ああ、浮田《うきた》大和守《やまとのかみ》の旗指物だな」

ふたりは荒い息を吐きながら頷いた。

浮田の名が示す通り、浮田大和守は宇喜多直家の親戚である。祖父が殺された時、島村貫阿弥に味方し、宇喜多本家の旧領を受け継いだ男だ。その浮田大和守の兵を、尼子軍が歓声と共に受け入れている。

「大和守め、島村の手先になるだけじゃ飽き足らず、返り忠をしやがった」

岡平内が地を思いっきり蹴り上げた。

「お館様、大和守は海賊どもを手なずけていたはずだ。海と川を囲まれれば、奥方様の脱出は難しくなります」

最悪の事態を素早く想定したのは、長船だった。躊躇は一瞬しかなかった。

「富川を呼べ。奴は母と共に放浪していたろう。女人を連れて逃げるのに頭も回るはずだ」

「お館様は」

「我が祖父と同じ生き方をする」

岡と長船は、すぐに宇喜多直家の覚悟を理解した。彼らも幼かったが砥石山城《といしやまじょう》にいて、宇喜多能家の死に様は知っている。

「富は反対するであろうが、構うな。縛ってでも舟に乗せろ」

やって来た富川平介に言葉を投げつけて歩きだした。左右に若い家老が侍る気配がする。

「大和守の野郎、宇喜多一族の面汚しめ」

唾を飛ばしながら、刃こぼれだらけの槍を岡平内が肩に担いだ。

「お館様、死ぬからには名を残しましょう」

長船が勢いよく抜刀する。使いこまれた刀は何度も磨かれ、もう紙のように薄くなっていた。磁石に吸い寄せられる砂鉄のごとく、三人のもとに兵たちが集まってくる。後は、派手に陽動するだけだ。敵も城主が討って出たと知れば、海側にまで気を回さない。

背後の館へ顔を向けた。妻の柿色の打掛がチラリと見えた。

――せめて、子の顔を見たかったな。

未練を振り切り、宇喜多直家は城門へと向かう。

開け放った門から、尼子勢が押し寄せてきた。討って出るはずであった宇喜多勢は、たちまち飲み込まれる。気づけば二の丸まで押し込まれていた。右隣には鈍器と化した槍を振るう岡平内、左には切っ先が折れた刀を構える長船しかいない。三人は、かろうじて本丸へと続く通路に立ちふさがっていた。館にはまだ侍女たちの姿が見え、その中には富川平介の姿もある。

――何をしている。さっさと逃げろ。

心中でしか叫べぬのがもどかしい。

さらなる一団が目の前に現れた。汚れがほとんどない甲冑から、先程到着した浮田大和守の手の者だとわかる。まだ血に濡れていない槍先からは、溢れんばかりの体力と殺意が滲んでいた。

岡と長船へ目をやり、討ち死の覚悟を決めた時だった。壁のように押し寄せる槍衾《やりぶすま》が止まる。尼子勢の後方から砂塵が上がっているのが見えた。

「敵襲だ。挟み討ちだ」

三の丸、二の丸を埋め尽くす尼子勢から声が上がる。

「挟み討ちだと」

長船が手庇《てびさし》で、遠方を眺める。尼子陣の後方を突き崩している一団がいた。

「あれは中山様じゃ。中山備中様の軍ですぞ」

長船が口にしたのは、富の父の名だった。やがて中山備中の旗指物が、くっきりと目に映る。波頭を割る尖岩のごとき騎馬武者たちが見えた。先頭の武者は、特に目を引いた。酒樽を思わせる恰幅のよい体軀、兜の下の顔は商人のようにふくよかな輪郭があり、その中央に武士らしい厳しい目鼻と髭がついている。兜の隙間に一輪のレンゲソウを挿し薄紅の色彩を添えているのは、余裕の表れだろうか。

武者は馬上から宇喜多直家主従を見据え、白い歯を見せた。

「婿殿、久しいのぉ」

血濡れの槍を高々と掲げて叫ぶのは、中山〝備中〟信正だった。

「もうすぐ初孫が産まれると聞いて、駆け付けたぞ」

中山備中は尼子の兵を掃討しつつ、二の丸へと悠々とやってきた。本丸の入口に立ち塞がる直家と両家老に目をやる。

「婿殿、よくぞ持ちこたえられた。尼子の大軍相手に見事な奮闘じゃ」

兜にあったレンゲソウを抜いて、鼻先へと持っていく。血のついた髭と野草の薄紅が重なる。

「何より、左右を守る武者の働きは見事だ。だが悲しいかな、その得物《えもの》で武功は稼げぬ」

中山備中は岡の鈍器と化した槍と長船の折れた刀をレンゲソウで指し示した。

「宇喜多の若家老と評判の岡と長船とみた。受け取られよ」

中山備中は持っていた血槍を岡へ、腰に差していた大刀を長船へと投げ渡した。

両家老は顔を見合わせる。手にある武器は、名物と形容してもおかしくないほどの逸品であったからだ。

「このようなものをいただくわけにはいきませぬ。岡、長船、お返ししろ」

尼子の囲みを解いてもらっただけでも、礼をし尽くせぬ大恩だ。

「ほお、この槍や刀を扱うには、お主の家老は力不足と言うのか」

直家は二の句を呑み込んだ。信頼するふたりを、非力と呼ばせるわけにはいかない。

直家ら三人は好意を受け止めて返礼をするが、それさえも舅は手を上げて制止する。

「礼をしたいならば、ふたりとも武功で示せ。それが武者の正道じゃ」

言いながら下馬して直家の肩に手をあて、部下たちから距離をとらせた。

「ご援軍だけでも、もったいないというのに。それにしてもよくご無事で」

中山備中の沼城も、尼子の大軍に包囲されていたと聞いている。義父はさりげなく周囲を見回す。指の間のレンゲソウを回しつつ顔を近づけた。

「島村貫阿弥殿のおかげじゃ」

中山備中は、島村貫阿弥が直家の祖父の仇であることを知っている。

「島村殿は播磨に滞陣中では」

確か浦上政宗の軍勢を一手に引き受けていたはずだ。

「尼了の勢い侮りがたしと見て、国境に兵を少数置いて駆けつけて下さったのじゃ」

舅は、地に伏す尼子の雑兵の死体に目をやる。しゃがみこんで、骸《むくろ》に花を添えた。直家も隣に腰を落とす。死体の爪には土が詰まっていた。きっと徴兵された出雲の百姓に違いない。

「沼城を囲む尼子を追い払ってくれた。島村殿がおらねば、こうして婿殿を助けることも、初孫の誕生に立ち会うことも叶わなかったであろう」

また島村貫阿弥に助けられたということか。仇として憎む気持ちは薄まってはいるが、家老たちの手前、喜ぶわけにもいかなかった。何より、己の力量不足が悔しかった。

「そんな顔をするな。まだ婿殿は若い。それに島村殿はお主のことをかっていたぞ」

「ご冗談を」

「嘘ではない。富をお主の妻に娶《めと》らせたのも、島村殿の一言がきっかけじゃ。婿殿のことを、浦上家の将来を担う若者と評しておったからだ」

確かに、今にして考えれば奇妙な婚姻である。中山ほどの家老の娘を、乙子程度の新参の城主に嫁がせるのは家格があわない。

「でなければ、どうしてかつて我が領内を刈田した男のもとへ可愛い娘をやる」

中山備中は浦上宗景と敵対する松田家に属していた過去があり、確かに宇喜多直家はその地で米や麦を強奪したことがあった。

過去の悪行を言い咎められるかと思い、直家が身を固くした時だった。

「はて」と、中山備中が顔を傾げる。

「婿殿、何か音が聞こえぬか」

「そういえば」と、宇喜多直家も耳を澄ます。

突然、誰かが泣き叫ぶ声がした。やがて皆の視線が館へと釘付けになった。前髪を揺らしながら走ってくる少年がいる。富川平介が必死に駆けている。

「お館様、生まれました」

口にした瞬間に富川がよろめいた。かぶさるように泣き声が続く。


――では、これは。


宇喜多直家と中山備中の視線がぶつかる。息を切らせながら、富川が近づく。

「男か女か。富に大事はないか」

ふたり同時に問い詰めていた。

「女子です。産婆が言うには、母子ともに壮健とのことです」

「くそう、後継ぎでないのが無念じゃ」と言うわりには、義父の顔には満面の笑みが広がっていた。

（五）

宇喜多家の軍勢を示す〝兒《こ》〟の字の旗指物が砥石山城を囲っている。

まさか、このような形で祖父や母と過ごした砥石山城にまみえようとは、宇喜多直家は夢にも思わなかった。直家は浦上宗景に対して返り忠をした浮田大和守の軍勢を幾度も野戦で討ち破り、とうとう砥石山城へと追いつめたのだ。

矢尻のような形をした、かつての故郷の山城を見つめていると、小姓の富川平介が横に並んだ。いつまでも少年と思っていたが、もう背丈は直家よりも高い。前髪を残した顔は、以前よりも少し骨ばったようだ。手にした城絵図と実際の城の間に、視線を何度も往復させている。

「お館様、少し分が悪いようですな」

富川が顔を曇らせた。

宇喜多の兵が曲輪《くるわ》の壁にとりつこうとしている。昼時からもうすぐ陽が落ちようという今まで激しく攻め立てているが、急斜面をなかなか越えられない。夜になれば兵を退かなければならない。その焦りが、さらに宇喜多勢の拙攻《せっこう》を呼んでいる。旗を持った武者や槍を持った足軽が、曲輪の壁から次々と剝がれ落ちていく。

「このままではこちらの兵も多く傷つきます。一旦、退きましょう」

富川平介が険しい顔で進言する。間髪《かんはつ》入れずに「退《の》き太鼓を打て」と命令した。平介に言われるまでもなかった。このまま攻め続ければ、城門を開いた浮田大和守の勢に逆襲を受けてしまう。

やがて、水を浴びたかのように汗まみれの長船又三郎と甲冑を血で染めた岡平内が戻ってきた。ふたりとも肩で大きく息をしている。地に広げた絵地図の周りを、直家と平介、両家老が囲んだ。

「こちらの攻め口は固い。悔しいが、一日二日じゃ落ちそうにねえ」

吐き捨てるように、岡が状況を説明した。

「同じくだ。こっちは、あの槍弁慶の馬場《ば》重介《じゅうすけ》が出てきやがった」

長船は顔を歪めつつ汗を拭う。馬場重介は十三歳で兜首を挙げたという浮田大和守配下の豪傑で、宇喜多軍は幾度となく苦しめられている。

「わかった。明日は岡と長船にかわって、私と花房《はなぶさ》が攻める。ふたりは休め」

ねぎらいの意味もこめて、直家はふたりの肩を叩いた。本来なら持久戦でじっくりと囲むのが正攻法だが、宇喜多家には兵糧に余裕がない。

かといって兵を退くわけにもいかない。舅に尼子軍の囲みを解いてもらってから数年がたっており、富との間には三人の娘が生まれていた。いつまでも失食の生活を続けるわけにはいかない。大きな武功を上げ、所領を増やす必要があるのだ。

「そのことでございますが」と、富川が直家たちを見上げつつ口を開いた。

「孫子の兵法には、力攻めには敵の五倍の数で挑むべしとあります。城を落すには兵が足りませぬ」

「貴様に言われなくてもわかってんだよ」

両家老が怒鳴りつけたが、富川は怯《ひる》まない。

「援軍を頼みましょう」

「まさか義父上にか」と言いつつ、直家は後ろを見た。そこには浦上家から軍監《ぐんかん》として派遣された中山備中が床几《しょうぎ》に座していた。汚れのほとんどない甲冑は、かつて血槍を振るって直家を救った同一人物とは思えなかった。髭をいじりつつ、兵法書を読んでいる。

「いえ、違います。中山様の沼城から兵を送ってもらっては時を逸します」

軍監のため中山備中は、少数の従者しか連れてきていない。

「島村様でございます」

岡と長船の顔が歪んだ。

「島村様の高取山城《たかとりやまじょう》は目と鼻の先です」

「仇に救いを求めろってのか」

岡が富川の胸倉を摑んだ。

「島村の侍たちが儂らのことを愚弄しているのを、知ってるだろう」

長船は双眸《そうぼう》を血走らせつつ叫ぶ。

「よせ、ふたりとも」

荒い息を吐きながら、岡と長船が富川を解放した。

「宇喜多の家にも面目がある。島村殿のお力は借りぬ」

岡と長船が大きく頷いた。

「が、富川のいうことも一理ある」

チラリと中山備中を見る。指を舐めつつ、兵法書をめくっていた。

「備中殿に援軍を頼む。時間はかかるがいたしかたあるまい」

素早く頭の中で残りの兵糧と助勢の謝礼を勘定しつつ、舅のもとへと歩み寄った。かんばしくない試算に足取りが重くなる。

声をかけるより先に、中山備中が書物から目を離した。

「婿殿、少し歩こうか」

本を閉じて舅は立ち上がり、直家の返事も待たずに陣幕の外へと歩み出す。

中山備中が足を運んだのは、戦傷兵が骸のように横たわる陣屋だった。筵さえ敷いていない固い土の上に、兵たちが寝かされている。血と汗、そして小便の匂いが充満していた。

「婿殿、これを見て何か感じるか」

直家の采配を微笑で見守っていた男の声ではなかった。強い問いかけに、瞬時に返答できない。かわりに横たわる兵たちがうめき声を上げた。

「ひどい、有様だと思わんか」

「命を惜しんでは戦には勝てませぬ」

中山備中の眉間が曇る。富とひどくよく似た仕草だった。

「ついて来い」と有無を言わさぬ口調で、さらに舅は歩く。そびえたつ砥石山城が目の前に見えてきた。

「婿殿、わかっておろう。力攻めが過ぎることを」

「ですが、兵糧がありませぬ。これしか手はありませぬ」

「嘘をつくな。攻め落とせる手がひとつあることはよう知っていよう」

舅を直視できなかった。

「夜襲じゃ。これはお主の祖父が築きし堅城。なぜ、正面から攻める」

噛みしめた奥歯が鳴った。

「それはできませぬ」

「なぜじゃ」

「夜襲は祖父が仕物された時と同じ、卑怯な戦法です」

叫ぶように強く抗弁していた。中山備中の眉間が濃く曇る。

「島村殿と同じ方法で城を落としたくはありませぬ」

拳を強く握りしめていた。島村貫阿弥を恨む気持ちは薄れつつあったが、代わって湧き上がったのは負けたくないという意志だった。

「島村殿を超えたいのか」

ゆっくりと頷いた。

「婿殿、こんな言葉を知っているか。〝百戦百勝は善の善なる者にあらざるなり〟とな」

「いえ、兵法書の類は読む暇もなく」

「孫子の言葉じゃ。もっとも儂も聞きかじりの耳学問じゃがな。こうも言っていたぞ。

〝戦わずして人の兵を屈するは善の善なる者なり〟とな」

――百戦百勝は下策

――戦わずして勝つが最上策

宇喜多直家は意味を口の中でそらんじた。

「この言葉の真意を、儂はこう考えておる。国の礎《いしずえ》は民。たとえ、どんなに見事な勝ち戦であれ、その民は疲弊する。これを安んじて勝つものこそ、王道を歩み乱世をただせるとな」

「無理です」と、強い口調で反論していた。

「戦わずして――一兵も損ぜず勝つなど不可能です。過去のどんな英傑も、それを成し遂げた者はおりませぬ」

「儂もそう思っておる」と言ってから、中山備中は咳払いをひとつした。

「だからこそ兵を発する時は、どんな手段を使ってでも損害が少ない戦い方をせねばならんのじゃ。戦って勝つのが最善ではないからこそ、次善を全身全霊で探し当てねばならぬ。己の名誉のために無策にも正面から攻めるなど、決してあってはならぬ」

中山備中は強い口調と共に言葉を継いだ。

「婿殿、お主は誰のために戦っておるのだ。何度か戦場を同じくしたし、かつては我が領内で刈田するお主を見たこともある。まるで死に場所を探すかのようだったぞ」

敵だった頃の直家を睨むような視線になっていた。

「正々堂々という耳触りの良い言葉を並べて、家臣や足軽、人夫を死役に駆り立てるなど言語道断の所業じゃ」

舅の言葉は、錐揉《きりも》みのように宇喜多直家の肺腑をえぐる。いつの間にか視界には中山備中の姿はなく、ただ己の足と地面しか見えない。

「婿殿、お主の全てが間違っておるわけではない」

まるで孫に語りかけるような口調であった。顔を上げよと優しく言われたような気がして、正面を見る。肩と肩が触れ合う距離に舅が立っていた。

「命を捨てる、その覚悟は見事だ。ただ民あっての我ら。命を賭けるのは、手柄のためでも名誉のためでもないぞ」

自分でも意外なほど素直に頷いていた。

「婿殿、計略を覚えるのじゃ。孫子も〝兵は詭道《きどう》なり〟と申しておる。百の兵を損じる勇ましき手柄よりも、千の兵や万の民の命を安んじる謀《はかりごと》を駆使せよ。力攻めなど最後の手段じゃ。民のためを思うならば、悪人と罵られることを厭うな」

なぜか舅の言葉を聞いて、島村貫阿弥のことを思い出した。黒鷹羽の矢が詰まった空穂を背負い、何事かを語りかけている。

――無想の抜刀術は両刃の剣。乱世を平定する英傑にもなれば、身内を躊躇なく害する梟雄《きようゆう》にもなる。

果たして、己はどの道を歩むのだろうか。

答えを求めるかのようにして、宇喜多直家は攻めるべき山城を見つめた。

西日が、祖父の築いた砥石山城を朱に染めている。

（六）

「婿殿、よい普請じゃの。気にいった」

白い斑点を持つ鹿皮の行縢《むかばき》を下半身に巻きつけた狩り装束の中山備中が、馬上で満足そうに口にした。

目の前には茶畑が広がり、その中心には茅葺《かやぶき》の茶亭があった。地面に並べられた敷き石や森に同化しそうな上品な土壁が、いかにも粋人が通いそうな雰囲気だ。まばらにある雪化粧が、茶亭の趣きをさらに引き立てる。

遠目には舅の居城・沼城もうっすらと見えた。

「実によい趣きじゃ。齢《よわい》も三十を過ぎれば、自然と好みに落ち着きも出てくるものだな。武だけの猪武者ではこうはいかん」

舅の言葉に直家は苦笑した。確かに過去の力攻めにこだわっていた頃の自分ならば、目の前にある茶亭など老人の住まいと馬鹿にしていたかもしれない。

中山備中の助言で浮田大和守を夜襲で征伐してから、三年がたっていた。宇喜多直家は浮田大和守を討ち取った褒美として、舅のいる沼城から半里（約二㎞）の距離にある奈良部城《ならべじょう》を与えられ、ふたつの城持ちの家老となった。

もっとも討ち破った浮田大和守は縁戚ということもあり、馬場重介などの旧臣を多く召し抱えたため、いまだに台所は苦しいままである。

ただ以前のように失食をすることはなくなった。

「いえ、義父上のご援助があればこそです」

目の前の茶亭は、中山備中に資金を融通してもらい普請していた。

「四人目の娘も生まれるし、後は世継ぎだけだな」

舅の言葉に、直家は頭をかいて恐縮してみせる。昨年生まれた四女は於葉《およう》と名付け長女の初《はつ》はもう数えで八歳になるが、男児にだけは恵まれていなかった。

舅からの世継ぎの催促をかわすために、宇喜多直家は富川平介を呼びつけた。舅が持っていた狩りの獲物を受け取らせる。

「さっそく料理人に届けてまいります」

「うむ、富や孫たちに儂と婿殿が帰ったから出迎えるように伝えてくれ」

「先ほど、茶亭の入口から初様や楓《かえで》様が覗いておりました。呼ばずとも、すぐにやってくるでしょう」

富川平介は、直家や中山備中がとった獲物を両手一杯にかかえて茶亭へと歩く。

「富川と言うたか、あの若者も成長したな」

中山備中が目を細める。

「はい、元服してもよい歳ですが、多忙ゆえそれもできずにすまぬことをしています」

「うむ、婿殿の近年の活躍は凄まじい。致し方なきことかもしれんな」

風景を吟味するかのように、中山備中は茶亭までの道中をゆっくりと歩く。入口から、長女の初、そして次女の楓の声が聞こえてきた。まだ幼い三女の小梅《こうめ》と乳飲み子の於葉は、富が面倒を見ているのだろうか。

「残念よのお。婿殿が奈良部の城へ来て、孫たちと顔を会わせる機会が増えたというのに」

つい一ヶ月前に、主君の浦上宗景から侍女として妻の富を天神山城で奉公させるよう命令がきた。母子をわかつのは忍びないと、娘四人も共に登城せよという。もちろん、人質として妻子を寄こせと言っているのだ。かわりに天神山城へ送っていた岡や長船の家族は、これを機に帰ってくる。

「仕方ありませぬ。これも乱世の習いなれば。ただ、富ならば立派に天神山城の侍女を務めあげてくれると信じております」

舅は白い吐息を口から漏らした。

「婿殿、何が残念かといえば、孫たちに儂の料理をふるまってやれなかったことじゃ」

首筋を叩きながら、中山備中が言う。

「料理ならば茶亭の厨房でもできるではないですか。今夜にでも……」

「ただの料理ではないのじゃ。実はな、昔、京の料理人に教えてもらった、とっておきの鳥料理よ。特別な食材がなければできぬゆえ、手配はしておるが」

白い色の溜息を、先程より長く吐いた。

「では手配が整った後、天神山でぜひ子らに馳走してやってください」

「たわけたことを。ご主君の城で家老が台所を借りるなど、良い笑いものじゃ」

俯《うつむ》きながら口にする姿に宇喜多直家は戸惑った。大きかった背中は、いつの間にか肉が削げ小さくなっている。

「では、それがしにその料理を教えてくれませぬか」

ピクリと舅の肩が動いた。

「もともと小姓をしておりますれば、天神山の女房衆をよう知っておりまする。融通もきかせてくれますゆえ」

「ほう、婿殿、儂に料理を習いたいと申すか。包丁を握った経験はおありか」

振り向いた顔は、何かを吟味するような表情を見せていた。

「はい、昔、母と共に流浪していた時期に少々」

阿部善定の屋敷から放逐された時、母のかわりに料理を作ったことが何度かあった。

「なるほど、それは良いやもしれぬ。我が秘伝の鳥料理は、京風には珍しく野趣を活かすゆえ、婿殿のような武者にこそぴったりやもしれん」

舅はあごに手をやり、直家の顔を覗きこんだ。

「儂も味付けを習得するまでに随分と苦労したものじゃ。このまま、この技を朽ちさせるのは惜しいと思っていたところに……」

何やら妙な雲行きになってきた。

「婿殿、武士ならばこそ二言はないな。我が秘伝の味付けを教えてやろう。ただし、一日、二日で体得できると思うな」

「それほどのものでございますか」

「そうよな。儂でさえ一ヶ月。うん、婿殿ならば、三ヶ月もあれば十分であろう」

「三ヶ月でございますか」と口にし、ゴクリと唾を飲み込んだ。

「そうとも。幸い、沼と奈良部の城は半里の距離。婿殿、お覚悟はよろしいな。教えるからには、手加減は一切せぬぞ」

まるで戦場の敵に詰問するような口調であった。

「武道に口伝があるように、料理もまたしかり。特に味付けに関しては秘中の秘ゆえ、人払いをした上で、ふたりきりでの修業となる。従者や侍女の助けは借りられぬことを、よくよく覚悟されるがよい」

断ることもできずに、直家は慌てて同意するしかなかったのだった。

（七）

山を縫うようにして流れる吉井川を舟が遡上していた。舟を綱でひく牛と人夫が、川岸をゆっくりと歩いている。川辺に群生する菜の花は、まだ花開いていない。あともう少しすれば、山裾は美しい黄色に彩られるだろう。その光景を想像しつつ、舟上の宇喜多直家は春の陽光を浴びる。もし加増があれば、娘たちに菜の花などの四季の花をあしらった小袖か打掛でも買ってやろうかと考える。

やがて、主君の城が見えてきた。高くはないが急峻な天神山は屏風《びょうぶ》のようだ。山頂から山腹にかけて、曲輪が数珠のように連なっている。本丸には二層の大きな館があり、黒光りする瓦が乗っているのが川面からもわかった。

そろそろだな、と直家はこれから広がる光景を予想して、気を引き締める。先ほどまでの春の陽気を頭から追い出す。船着き場が見え、直家の表情は自然と硬くなった。

宇喜多直家らを出迎えたのは死体たちであった。
磔《はりつけ》にされた骸が十数体、河原に並んでいる。顔はもうわからない。腐った肉から露出した骨の大きさで、性別と大体の年齢だけは判別できた。老婆、老夫、女性《にょしょう》、少年、少女、童、そして幼児。寒気が遅らせていた腐敗を、春風が残酷にも駆り立てている。磔台には腐汁が滴り、その根元の草が一際濃い緑色に茂っていた。薄黄色の菜の花の蕾があった。

なぜ、ここだけ成長が早いのだろうと考えた瞬間に、思わず眼を背けてしまった。

菜の花の肥やしとなった骸たちは皆、浦上宗景に返り忠をした城主の人質たちである。その内の何体かは、母子としての血のつながりを感じさせる死体もある。親子とは表面だけでなく、骨格さえも似るものなのかと、なぜか哀しい気分になる。

「お館様、また増えましたね」

小姓の富川平介がすぐ後ろに控える。声に出して返事をする気にもなれず、静かに頷いた。見まいとしても、どうしても目がいく。妻の富や四人の娘たちと同じ年頃の骸を見ると、嫌悪感が五臓六腑からこみあげる。

「それにしても殿様は、何のご用で呼びつけたのでしょうか」

「きっと播磨攻めのことだろう」

尼子を追い払った後は、浦上宗景は播磨にいる兄の浦上政宗を圧倒している。

「では、また戦ですか」

若い富川の顔に険しさが増す。戦になれば、兵役はもちろん人質も追加で差し出すことも少なくない。その時、富川の家族が送られぬという保証はない。

「安心しろ。人質を寄こせと言われたら断ることはできんが、絶対に浦上家を裏切ることはない。だから人質が殺されることはない」

富川にというより、自分に言い聞かせるように直家は言った。

「無論、お館様のことは信じておりまする」

だが、富川の表情が和らぐことはなかった。今や富川は小姓ながら岡や長船に次ぐ働きを見せており、次に人質を送るとしたら彼の母親しかいない。

趣味は悪いが効果は絶大だな、と浦上宗景が飾るように置いている磔に感心した。どんな苦悶を与えられた後に絶命したかを、骸たちの穴ぼこと化した目鼻口が物語っている。

天神山城に登った宇喜多直家がまず向かったのは、富と四人の娘のもとだった。本丸の館の近くには長屋があり、人質である家老たちの身内が住んでいる。かつて直家と母が住んでいた城の下層にあるものとは違う。漆喰《しっくい》の壁や瓦屋根があり、屋敷と言っても差支えないほど上等だ。

長屋の廊下を歩いていると、掛け声が聞こえてきた。華奢な声から童女のものとわかる。

「おお」と宇喜多直家は、喜声をあげた。

庭で初と楓、小梅が木刀を振っていたからだ。小さな掛け声で打ちこむ姿は、カラクリ人形のようなおかしみがある。ただ、どうしても歳の違う姉妹では動きがあっていない。長女の初はなかなか上手に振っているが、次女の楓は嫌々の風情で木刀を握り、三女の小梅は地面を叩くように出鱈目《でたらめ》に打ち下している。別の侍女の胸には赤い布でくるまれた於葉が両手をばたつかせて笑っていた。

麻の小袖にたすき掛けをした妻の富が立っている。さぼりがちな楓の手を取って、木刀を握り直させていた。ちょっとした見世物になっているようで、廊下を歩いている侍女たちが次々と立ち止まって娘たちに声援を送る。

「富、精が出るな」

「侍女と言っても、仕事はなく退屈ですから」

唇の片側だけを持ち上げ、珍しく嫌味な笑みをつくる。見るとあてがわれている部屋が奥にあり、庭には小さな畑もある。

相変わらずだなと、直家は嬉しく思う。

「楓に剣は向いてなさそうだな。歌を学ばせた方がよいのではないか。小梅は案外、薙刀《なぎなた》の方が筋が良さそうだ。初は長女だけあり……」

娘たちの姿を見ていると、一体どんな女人に育つのだろうと想像はつきない。

「父上」と次女の楓に声をかけられた。稽古を中断する口実を探していたのだろう、駆け足で寄ってくる。

「いつ鳥料理を作ってくれるのですか。楓は京の味を早う知りとうございます」

木刀で小さく地面を叩きながらせがまれた。

「なんだ、義父上め、儂には内緒にしておけと言っておったのに」

「はい、先日、来て、『あと一ヶ月もすれば婿殿が馳走してくれる』と約束しておりました」

直家は頭をかいた。十日に一度行われる舅との狩りでは、終わった後に必ずふたりきりで料理指南を受けていた。が、これがなかなか上達しない。

「父上、京の鳥料理はどんな味ですか」

「むう、それは何とも言えぬ味わいじゃ。異国の香辛料を使うからな」

といってもまだ食材はそろっていないので、直家も味は知らない。今は鳥料理の肝である、火入れの手ほどきを受けているところだ。

「本当に？　楓は早う食べたい」と、直家の袴にしがみついてねだる。

「ああ、もちろんだ」

膝のところにある小さな頭を撫でてやった。

「ただし、剣術の稽古を怠る娘には食べさせてやらぬがな」

楓が小さな体をいっぱいに使って驚いたので、周りにいた侍女たちが一斉に笑い出した。直家は富と視線をあわせ、目で頷きあう。

「殿に会った次は、明石《あかし》殿の所領に寄らねばならぬゆえ、帰りは挨拶ができん」

ただでさえ気まぐれな浦上宗景は、談合の時間が長引きがちだ。

「そうなのですか。小梅が、父上と貝あわせができると楽しみにしておりましたのに」

舅からもらった貝あわせは、今は天神山城にあてがわれた富たちの部屋に置いてある。

川辺で歌を詠む貴人の絵が描かれた貝がひとつなくなったと、手紙に書いてあったことを思い出した。いつか閑を見つけて、不足の絵柄を買い求めてやらねばならないだろう。

「すまぬ。次来る時は必ず相手をすると小梅に伝えてくれ」

互いに頷きあって人の輪を抜けようとすると、侍女に抱かれる於葉の姿が目に飛び込んできた。まだ手を上下にせわしなく動かしている。

「ほう、見ろ。於葉め、あれは剣を振る真似をしているのではないか」

「まあ、そう言われてみれば」

「ハハハッハ、見ようによっては一番筋が良いかもしれんぞ」

モミジのように小さな掌が、虚空にある幻の刀を握っている。姉たちと違い、その動きには強い意志と才気が感じられるのは、親の欲目だからだろうか。

（八）

主君・浦上宗景は窓べりによりかかって、酒を飲んでいた。金襴《きんらん》、銀襴、舶来の裂《きれ》を綴《つづ》った胴服を着ている。様々な色や柄が混在する貴人の衣服だが、直家にとっては気まぐれで情の薄い宗景の性格を表しているように思えてならない。

主君は片脚を窓の外へと飛び出させ、宙にぶらつかせていた。窓からは二の丸、三の丸にある櫓《やぐら》の屋根や吉井川が眺められた。河原に黒い小さな点が並んでいるが、きっと登城前に見た磔死体であろう。

浦上宗景は、たまに懐紙を取り出して風に吹き飛ばしてひとり遊びに興じていた。謁《えっ》見《けん》した時からずっと盃をあおっているが、その中身が減る様子はない。ただ唇を湿らしているだけにすぎない。

傍に控える小姓たちを遠ざけて、かれこれ四半刻（約三十分）になろうとしているが、浦上宗景は一向に口を開こうとしない。もっとも十代の頃から小姓として仕えていた宇喜多直家にとっては、こういう奇行は慣れていた。下手に己から言葉を投げかけても、逆効果なのはよく知っている。

それにしても主君は変わらぬな、と思った。本来、座るべき上座を見ると茶器や掛け軸、筆などが散乱していた。天竺や唐渡来の薬草をいれた壺なども、雑然と並んでいる。まるで玩具を片付けられぬ童のようだ。

「のお、八郎、儂が黙っているのを不審に思っているであろう」

浦上宗景は外の景色に目をやったまま、やっと口を開いた。八郎とは、宇喜多直家の幼名だ。主は家臣の呼び方も、その日の気分で変わる。

「いえ。幼き頃から侍る身なれば、殿が迷いを断つために深く熟慮されていることはようわかっておりまする」

当たり障りのない言葉を並べるのも慣れている。

「八郎、一国の主とはかように孤独なのか」

宇喜多直家は心中で苦笑する。主君は酒ではなく、己に酔っている。

「何をおっしゃいます。島村殿、中山殿、そして両人に並べるのもおこがましいかぎりですが、この八郎もおり申す。皆、殿のために粉骨の働きをする忠臣でございます」

直家の追従が主君の顔に何かの感情を灯すことはなかったが、それにも慣れている。

浦上宗景は空にいる天女に渡すかのように、盃を外へとかざした。金襴と銀襴、ビロードに彩られた胴服の袖が揺れる。

風が吹いて、滴がわずかに散った。

宗景は、指を開く。白濁した酒が零れ、盃が回転しながら落ち、窓枠の外へと消える。ずっとたってからパリンという小さな音がして、女の悲鳴が響いた。

感情が読み取れぬ声で「外れたか」と呟く。

宇喜多直家の背が凍りつき、肩甲骨の隙間に脂汗が溜まった。

「殿、お戯れはおよしなされ。もし、侍女が怪我を負ったら、どうなさるおつもりですか」

噴き出る汗を悟られぬように諫言する。

「八郎、儂は孤独なのじゃ」

皆がいる場では必要以上に明るく振る舞う主君だが、その本性を現す時は恐ろしく寡黙になる。島村貫阿弥を使って直家の祖父の宇喜多能家を仕物し、兄・浦上政宗の家臣を次々と返り忠に向かわせた過去を嫌でも思い出さずにはいられない。備前、美作を支配し、そして播磨へと力を拡張しようとする野心家である。

とはいえその企みの全てが成功したわけではない。兄に叛旗《はんき》を翻した時も最初は優勢だったが、加勢に駆け付けた尼子勢にあわや攻め滅ぼされかけた。

あるいは、と思う。浦上宗景にとっては、謀とは館の上から盃を落とすに似た行為なのかもしれない。命中するもしないも運次第ということか。

「殿様」と襖の向うから、年かさの女性の声がかかった。

「用意できたか」と呟き、直家の横を通り過ぎて襖へと向かった。老侍女が現れて、胸に抱いたものを主君へと手渡す。赤い布にくるまれている。一瞬、それが蠢《うごめ》いたような気がした。浦上宗景は宇喜多直家から隠すようにして両手で抱える。

「かわいいのぉ」と、胸の中のものに語りかけている。

「我が嫡子、松之丞《まつのじょう》の嫁には少し歳が離れ過ぎておるかの」

抱くものを指で弄《もてあそ》びながら、再び窓枠へと腰をかけた。さっきよりも深く体を外へと乗り出している。胸に抱いたものが外へ落ちるのではないかと、宇喜多直家は心配した。

「のう、於葉どうじゃ。我が嫡子の嫁になるのは嫌か。それとも姉の小梅の方がお似合いかの」

〝於葉〟という言葉が、何かを理解するのに暫しの時間が必要だった。

「それとも儂の嫁になるか。於葉や」

臓腑を汚物に浸したかのような不快感が襲ってきた。

自然と四肢が反応し、立ち上がる。

窓から身を乗り出す浦上宗景の胸に抱かれていたのは、四女の於葉であった。目を閉じているのは、寝ているということか。風が吹いて、産毛が儚《はかな》げに揺れた。主君の指に頬を弄ばれて、小さくも形のよい唇が歪む。

宗景の両掌からこぼれた於葉の首と腕が、虚空にぶら下がっている。先程落とした酒の名残が、はるか下の地面に小さなシミをつくっていた。

「と、殿、これはいかなことでございますか」

返事のかわりに、浦上宗景は宇喜多直家に指を突きつけた。目は胸の中の於葉に向けたままだ。ゆっくりと指を下げて、直家の足元を示す。

――座れ、ということか。

堅牢に見えた窓べりの壁が、ひどく脆く思えた。今にも崩れ落ちそうな気がする。

「のう、於葉、聞いてくれ。儂は孤独じゃ」

ゆっくりと於葉の頬を撫でる。於葉のまぶたが二度三度とひくついた。

「家臣は誰も信用できぬ」

まるで母に甘える子のような声で、浦上宗景は言葉を継ぐ。

「殿、お戯れはお止めなさい」

強い口調で言ってしまったことを後悔した。この男は盃を手放すよりも容易に、於葉を抱く腕を解くことができる。

しばし、沈黙が流れた。宇喜多直家の両肩に得体の知れないものがのしかかり、体軀がひしゃげてしまいそうになる。

「殿」と呼びかけるが、主君の両目は於葉を見たままだった。二の句を継ごうとした時、浦上宗景が口を開く。

「そうか、於葉、儂の悩みを聞いてくれるか」

胸の中の赤子を目の高さにまで持ち上げた。小さな両腕がブラブラと揺れている。それは完全に窓の外へ於葉を出す行為であった。両脇に添えられた手が、かろうじて赤子の落下を防いでいる。

「実はな、お主の祖父の中山備中めが、儂に返り忠を企てておるのじゃ」

「えっ」と、宇喜多直家は声を上げていた。

「なんじゃ、於葉、知らなんだか」

あくまで窓の外へと出した於葉へ向かって話しかける。

「そ、そんなことはありませぬ。舅に限って、裏切るなどと」

主へとにじり寄るが、振り返る素振りも見せない。

「それがのう、確かな証言もあるのじゃ」

逆にいえば誰かの伝聞によってのみ、罪を着せようとしているのか。

「殿、軽挙はお慎みくださいませ。それがしが舅に面会して、問いただして参ります」

それでもなお、浦上宗景は振り向かない。まだ於葉へと向かって話しかける。

「しかもじゃ。中山備中だけではない。あの島村めも手を貸しているそうじゃ」

背後から誰かに斬りつけられたかのように、全身の血の気がひいた。宇喜多直家の脳裡をよぎったのは、祖父の能家のことであった。強くなりすぎた宇喜多能家は無実の罪を着せられて、浦上家に命令された島村貫阿弥によって夜討ちされた。

尼子家が弱体化した今、浦上宗景にとっての最も恐るべき敵は味方なのだ。

「儂は寂しい。家臣たちのことを思い、必死に働いてきたのに、誰も我が心を理解せぬのじゃ。いっそ、この身を窓から投げ出そうかと何度思ったことか」

赤子を摑む手が緩んだような気がした。於葉の小さな腕が徐々に万歳するような形を取りつつある。

「なあ、於葉、誰かおらぬか。我が悩みの禍根を断ってくれるものは」

主君の手は於葉を摑んでいるというより、その表面を覆う布をわずかに握っているにすぎない。

「於葉、誰がいいと思う。中山備中めを成敗する真の忠臣は浦上家におらぬのか」

「それがしがやります」

浦上宗景の足元にすがりついていた。

「ですから、娘を、於葉を助けてくださいませ」

床に額を打ちつけた。何度も何度も。

「そうであるか」と聞こえたが、声の調子から宇喜多直家の方を向いて発した言葉でないことは明確だった。

「於葉、お主は父の八郎に成敗を命じよと言うのか。それほどまでに、お主の父は忠義者なのじゃな」

ぞっとするほどに冷たい声だった。

「では、お主の父の八郎に伝えてくれ。中山備中を成敗しろとな」

顔を上げると、浦上宗景は於葉の両腕を指でつまむようにしか持っていなかった。もはや直家は呼吸もできない。ただ床に爪をたてるだけだ。

「そして、こう付け加えておくれ。島村めは後でよい。奴はきっと中山備中にたぶらかされておるだけにすぎぬ。あるいは改心も可能やもしれぬでな」

掌中からずり落ちそうになる於葉に向かって、表情も変えずに語りかけている。

「いいか、於葉、くれぐれもてて様に伝えてくれよ」

腕にかかる違和感から逃れるためだろうか、於葉は苦しげに身をよじって、一声小さく「ああ」と泣いたのだった。
目尻に塩の結晶のような涙が浮かび、キラリと光る。

（九）

――己に舅を成敗できるのか。

堂々巡りの問いを、宇喜多直家は何度も繰り返した。知らぬうちに床を叩いていたのか、拳が痛い。浦上宗景からは「十日のうちに成敗せよ」と言われている。刻限が過ぎれば、逆に宇喜多直家が裏切り者となって、妻や子が無残に磔にされるだけだ。チラリと横を見ると妻の鏡台があり、そこに己が映っていた。顔が青ざめている。血色が戻るわけもないのに、首を激しく左右に振った。

――あるいは、舅にこのことを密告するか。

それは危険だった。浦上家御用の商人が奈良部の城に滞在している。名目は京への茶器の買い付けだが、商人を装った間者が何人もいる。少しでも不審な動きをすれば、天神山城へと通報される。

――舅に戦を仕掛けて、わざと負けるか。

浦上宗景は、茶番を見逃す男ではない。河原で見た骸の姿が頭をよぎり、激しくえずいた。嫌な味のする唾液が口の中を充たす。

ふと、部屋の外で人の気配がした。

「富川か」

「は、岡殿、長船殿が評定の間にてお待ちしております」

来たか、と思った。浦上家第二位の実力者・中山備中を誅殺《ちゅうさつ》するのに、両家老の武力は必要だ。そして、ふたりに打ち明ければもう後戻りはできない。

「お館様、どうされたのですか」

部屋から出ぬ直家を訝《いぶか》しんで、富川が声をかける。

「今、行く」

わざと強い力で床を蹴って立ち上がった。袖で素早く額の汗をぬぐって、部屋を出る。

「富川よ、岡は元気でやっていたか」

何気ない素振りで、後ろに控えた小姓に聞く。岡は、阿部善定のもとで育った異母弟・宇喜多〝七郎兵衛〟忠家と共に乙子の城主を務めている。

「逆にあり余っている様子です。また、傷が増え、これみよがしに自慢されました」

歩きながら、ふたりと対面しなくていい理由を探していることに気づいた。

まだこの期に及んで、覚悟がつかない。評定の間が近づいてくる。開け放った入口から、ふたつの背中が見えた。一城の主と筆頭家老となっても、岡平内と長船又三郎の雰囲気は若き頃と変わらない。だらしなく足を組み、それぞれの得物である槍や刀をすぐ横に置いて話し込む。その姿は、商家の用心棒といった風情だ。

「又三郎、子が産まれたらしいの」と、岡平内の声が聞こえた。

「ああ、見事男子よ。いずれ、中山備中殿に烏帽子親《えぼしおや》（元服時の後見人）になってもらう」

長船は珍しく柔らかい口調で答えていた。

「なに、いかんぞ。備中殿は、宇喜多家中では一番に儂の子の烏帽子親になると約定したところぞ」

「馬鹿いえ、産まれてこぬ子の烏帽子親をどうやってやるのじゃ。お主は戦場では一番槍じゃが、閨《ねや》では案外奥手よのお」

睨みあうふたりの間に割って入ったのは、富川平介だった。

「ご両人、備中殿の烏帽子親の件ですが、実は一番はそれがしに決まっておりまする」

「なにぃ」と、ふたり同時に叫ぶ。

「小姓に適当な者がおらぬので、この歳まで元服は控えておりましたが、最近は見込みのある若者も多いゆえ、烏帽子親を備中殿にお頼みしたところです」

「言語道断じゃ」と、岡平内。

「貴様など一生元服せんでいい」と、長船。

「そんなに備中殿に烏帽子親を頼みたいのか」

問いかけることで、直家は三人の口論を制した。両家老は当たり前と言わんばかりに頷く。

「儂らはずっと味方からも反逆者扱いだった。一人前の武者として扱ってくれたのは、備中殿だけじゃ」

岡平内が拳を握りしめて熱弁した。

「私は貫阿弥めに親を殺されております。備中殿が我が父のように思える時があります」

長船の目はいつになく柔らかかった。そして、ふたりは隣に置いてあった、それぞれの得物をチラリと見る。名物と形容していい槍と大刀は、中山備中から贈られたものだ。

上座へ座り、腕を組んで直家は目を瞑《つむ》った。

闇が降りる。

震えを誤魔化すために、あらんかぎりの力を全身にこめる。

「主命により、中山備中を成敗する」

たったそれだけの言葉が口から出てこない。廊下を歩く間に何度も反芻《はんすう》したはずなのに、舌がしゃべり方を忘れてしまったかのようだ。

沈黙にじれる三人の気配が伝わってきた。

「主命により、播磨攻めの大役を仰せつかった」

口からポロリと嘘が零れた。

「まことでございますか」と、三人が声を放つ。

「うむ。だが、まだ誰にも明かすなよ」

三人が視線を絡ませた。岡、長船、富川が武者震いをした。あるいは、戦陣で武器を縦横無尽に振るう己の姿を夢想したのかもしれない。

中山備中を慕う三人を、謀には参加させたくない。ということは兵を発することはできない。岡、長船、富川に知られずに、兵を動かすことは不可能だ。

考えながら、宇喜多直家は両家老と偽りの播州出兵案を練る。

己の腰にさした脇差を確認する。三人にわからぬように、手に持つ。

——恃《たの》むことができるのは己だけか。

鞘が砕けんばかりに強く握りしめたのだった。

（十）

茶亭では、宇喜多直家と中山備中の男ふたりだけの夕餉《ゆうげ》がささやかに開かれようとしていた。目の前の膳には赤く彩られた鶏肉が薫香を立ち昇らせているが、宇喜多直家にそれを味わうだけの余裕はない。

部屋の四隅に置かれた燭台《しょくだい》が火を灯している。襖には華美な絵はなく、ぼんやりとした灯りの中では壁と同化してしまいそうだった。

「婿殿、以上が京風の鳥料理じゃ」

向かいあう舅が笑顔を向けたので、慌てて直家は取り繕う。

「鬱金《うこん》や桂皮《けいひ》、茴香《ういきょう》などの薬を、味付けに使うとは思いもしませんでした」

京風の鳥料理に必要な食材が手に入ったと、舅に報告したのは数日前のことである。手配には無理に無理を重ねた。皮肉にも、浦上宗景が宇喜多直家のもとに間者として派遣した御用商人たちが役に立った。

「それにしても、どのような味がするか想像もつきませぬ」

「富も最初は薬など美味いのか、と半信半疑であった。実はな、京風と言いながら、もともとは天竺の料理らしい。唐や天竺には普段食べるものこそが薬なれ、という考えがある」

「天竺でございますか」

「うむ、それを京風と言いしは、竈《かまど》のせいよ。天竺の竈は陶器を焼く窯《かま》のような独特の形をしておる。残念ながら日の本には、そのような竈はない。焼き加減までは再現できぬゆえ、京風と謙遜しておるそうじゃ」

感心する直家をよそに、中山備中が箸を手にとり、「さあ、婿殿が焼きし鳥料理をいただくかな」と顔を綻《ほころ》ばせた。

遅れて宇喜多直家も箸を手にとる。

柔らかくなった肉をほぐし、口の中にいれる。味らしきものが喉の入り口辺りから湧いてくるが、楽しんでいるゆとりはなかった。中山備中は眼を閉じて、ゆっくりと咀嚼《そしやく》している。まるで雅楽の音色を鑑賞しているかのような風情だった。

――今なら。

直家は刀を手にとり、ゆっくりと立ち上がった。衣擦れの音さえせぬように、慎重に。せわしなく動いていた中山備中の口元がピタリと止まったのは、鶏肉を咀嚼しつくし全て嚥下《えんげ》してしまったからか。

それとも――。

目を閉じたまま中山備中の首が動いた。宇喜多直家の体が硬直する。直家が移動した、その場所を見据えるような顔の位置だったからだ。

「婿殿、いつまでに儂を殺せと言われた」

宇喜多直家は刀を取り落しそうになった。

中山備中はゆっくりと目を開ける。

「いたずらに兵を発し、儂を討つような下策をとらなかったのは上々。ただ、惜しいかな、殺気を消すまでには至らなかったな」

こちらを見る中山備中の瞳は、なぜか穏やかだった。

「富と孫を人質にとられているのであろう」

直家は頷きながら、「誰が命じたか、わかっているのですね」と問うた。

「下剋上の世よ。お主の祖父を島村殿に夜討ちさせたように、特に珍しいことでもない」

目を膳へとやり、箸でまた鶏肉をつまみ口へともっていく。

幾度か頷いた後に「いつまでにやれと言われた」と、再び同じ問いを発した。

「刻限は、明日の朝までです」

それまで料理を味わっている風情だった中山備中の顔が、初めて歪んだ。

「惜しい、あと三日もあれば、あるいは勝負をかけられたものを」

そう呟いた後、盃を手にとり流しこむようにして酒を飲み干した。

「娘と孫を見殺しにはできぬ。我が首をとりなされ」

中山備中は両手を床について尻を浮かして、座る方向を変えた。切腹する際に向く西に体を正対させたのは、舅の覚悟を雄弁に物語っていた。

「腹を切ると勇ましく言いたいところだが、先程、食べた極楽浄土の天竺料理に刃をつけるのは、何とも無粋な話」

首の角度を少し変えて、宇喜多直家を一瞥した。

「よって、婿殿、首を斬り落としてくれぬか」

稲穂の如く、舅は頭を垂れた。

直家は刀を抜き、大上段に構える。

が、刃先が盛大に揺れて、狙いが定まらない。

「躊躇《ためら》うな。娘と孫を救うには、これしかない。それとも儂に自害しろと言うか」

叱りつけるような口調だった。

自分でも信じられぬほど大きな声を出したのは、未練を断ち切るためだった。刀の重みに腕を委ねるように、振り落とす。

ドスンと音がして首が床に落ち、転がった。

飛び散った血潮が、いくつかの燭台を消す。残った灯火が、朱に濡れた茶亭と宇喜多直家の影を薄く浮かび上がらせた。

（十一）

血濡れの服のまま、宇喜多直家は茶亭を出た。松明《たいまつ》を手に取り火をつけて、大きく旋回させる。火の粉が頭上に飛び散る。熱気が顔を焙《あぶ》り、たちまち汗が滴る。血は肌着にも滲んでおり、汗と混じる。穢《けが》れた生地が肌に吸いつき不快だった。熱せられた顔の皮膚も悲鳴をあげているが、構わずに腕を回し続ける。

仕物が成功すれば、松明で大きく円を描くと伝えてあった。それを出入りの商人を装った忍びが認めれば、同じように大きく松明で円を描くはずである。

あと一刻もすれば、東の空が薄まる。

もし、このまま合図に気づかなければ……。最悪の想像に宇喜多直家の奥歯が震える。歯鳴りの音が、鼓膜を愛撫する。火の粉が肌を焦がすのも構わず、さらに勢いよく松明を回転させた。

ポツリと蛍の明かりのような小さな火が見えた。それが、ゆっくりと極小の円を描く。

「やった。やったぞ」

松明を井戸に放り落とすと、冷気が優しく直家の体を包みこんだ。足を引きずるようにして、朱に彩られた茶亭へと戻る。血が飛び散っていない床を見つけ、腰を落とした。

一体、どれほど座りこんでいただろうか。

「お館様」と叫ぶ声がした。あわてて、首を跳ね上げる。一瞬、朝が来たのかと思ったが、違う。まだ辺りは暗く、消えなかった燭台の火が、頼りなげに揺れている。溶けた蠟燭の様子から、それほど時間はたっていないようだった。

「誰だ」

「平介です。富川平介です」

襖が開く気配がした。横たわる中山備中の姿が視界の隅に見えた途端、叫んでいた。

「待て、富川入るな」

ピタリと襖の動きが止まる。

「で、ですが、一大事でございます」

ガタリと鳴ったのは、富川が襖に手をついたからか。この男がこれほど取り乱すのは、どういうことであろうか。あるいは、己が舅を仕物したことに気づいたのか。

「構わん、そこで言え」

戸の隙間を塞ぐ位置に体を移動させた。襖一枚隔てた先に、富川の体臭を濃厚に感じる。

「はっ、島村様が兵を発しました」

富川が怒鳴りつけるように言上した。

「どういうことだ。他国が攻めてきたのか」

襖の向うで、富川が首を振る気配が伝わってきた。

「違います。島村殿が、乙子の城を囲んでおりまする。平内殿からのご注進ゆえ、間違いありませぬ。さらに大軍でもって、奈良部の城にも迫っておるそうです」

後ろから何かをぶつけられたような衝撃があった。

「どういうことだ。なぜ、島村殿が我らを攻める」

「それが……」と、富川が言い淀む。

「隠すな。申せ」

「はっ、乙子を攻める島村勢が言うには、お館様がご乱心して、中山備中様を仕物したとのことでございます」

「馬鹿なっ」

「ですが、島村殿が兵を発し、乙子を攻めているのは事実です」

またガタリと音がし、襖が大きくしなった。

――なぜ島村殿は、儂が義父上を仕物したことを知っているのだ。

この計画を知っているのは、宇喜多直家と主君である浦上宗景、そして出入りの商人を装った間者しかいない。それ以外の人間に忍び込まれるような隙が、中山備中と宇喜多直家にあったとは思えない。

「早う、ご下知をっ。半刻もせぬうちに、島村勢が奈良部にも攻め寄せます」

富川が襖の向うから怒鳴りつけた。

——誰かが密告したのだ。

それしか考えられない。

——では、誰が。

拳で床を力の限り殴りつける。主君である浦上宗景しかいない。合図の松明を確かめた後、島村貫阿弥に知らせたのだ。そして、宇喜多直家を討つように命じた。

——では、なぜ。

火照《ほて》る体軀とは別に、頭が冷たくなった。

——もともと、そういう謀だったのだ。儂に義父上を仕物させ、それを口実に今度は己を島村に成敗させる。

そうすることで、浦上家で力を持つ島村、中山、宇喜多の三家の力を削ぐことができる。もし、宇喜多直家が中山備中に返り討ちにあい殺害されれば、それはそれでいい。直家を殺害した罪人として、中山備中を島村貫阿弥に討たせるように仕向ける。どちらに転んでも、浦上家には何の損害もない。浦上宗景が考えそうなことだ。

もう一度、強く床を殴りつけた。骨が激しく軋むが、痛みは感じない。

「お館様、何をしているのです」

敷居から外れそうな勢いで、襖が大きく揺れた。

——どうすればいい。不意をつかれたこちらが、兵を繰り出しても間に合わない。戦っても、皆を無駄死にさせるだけだ。

では、城を捨てて逃げるか。そうすれば罪を認めたことになり、人質である妻や娘たちが磔になってしまう。

——やはり、戦って勝つしかない。

浦上宗景は、宇喜多家と島村家のどちらが勝ってもいいのだ。主家を凌ぐかもしれない実力者の力を削ぐことが、第一の目的なのだ。逆にいえば、島村、中山、宇喜多の三家の全てを滅ぼしてしまえば、播磨にいる兄の浦上政宗に対抗できない。そこまで、浦上宗景は馬鹿ではないはずだ。

迫りくる島村勢を滅ぼすことができれば、宇喜多家は存続することができるはずだ。

——だが、どうやって勝つ。

見えぬ鉢巻で締め付けられているかのように、頭が痛んだ。

——謀しかない。

そう決断した瞬間に、ある考えが浮かんだ。それは推測というより妄想と言っていいかもしれない。だが、島村貫阿弥に勝つにはこれしかない。己の妄想が真実であることに賭けて、謀を遂行するのだ。

「富川よ」と、襖の向こうの家臣に叫ぶ。

「島村勢のもとへ使いに飛べ。そして、貫阿弥殿にこう申せ」

襖ごしでも、富川が狼狽するのがわかった。

「この茶亭まで来い、と伝えろ。兵や従者は連れてくるな。儂と一対一で対面しろ、と」

「無茶です」と、悲鳴交りの反論があった。

「無茶ではない。確かな勝算はある」

何倍も大きな声で宇喜多直家は叫び返した。そもそも勝算などはない。あるいは、富川は島村貫阿弥に言上する前に殺されるかもしれない。だが、生き残るためには、家族を救うためにはやるしかないのだ。

「富川、儂を信じろ。貫阿弥殿に会えば人払いして、これから言うことを伝えるのじゃ。そうすれば、必ず貫阿弥殿はひとりで来る」

宇喜多直家は富川の返答も聞かずに、己の妄想を口走る。襖の向こうで富川が絶句しているのがわかった。

「頼む、富川。あるいは死役かもしれぬが、お主しか頼める男はいない」

宇喜多直家は耳を澄まして、返答を待つ。襖から富川がゆっくりと離れる気配がした。足音が徐々に小さくなっていく。

（十二）

満天の星空の下に茶亭がある。薄く開いた襖から、灯りが一本の太刀筋のように伸びていた。宇喜多直家は入口近くの藪の中に潜んでいた。目はもう十分に闇に慣れている。

後は島村貫阿弥が来るのを待つだけだ。凍えそうになる指を必死に動かす。

闇の中で黒い影が動くのが見えた。輪郭に見覚えがある。矢が詰まった空穂を背負っている。甲冑の下に僧衣を着こんでいるようで、長い袖が風に揺れている。

間違いなく島村貫阿弥だ。

目を細めると、左手には大弓が握られていることがわかった。

宇喜多直家は動かしていた手を止める。馬蹄の響きがしなかったということは、音を気取られぬために遠くで下馬したのだろう。松明などの灯りも手に持っていない。闇討ちを明らかに警戒している。不用意に斬りかかれば、返り討ちにあうだろう。

直家は柄に手をやる。早く来い、と念じる。同時に殺意が溢れぬように注意する。じんわりと冷気が五体を蝕《むしば》む。もう体を動かして筋肉をほぐすことはできない。気づかれてしまう。

島村貫阿弥が茶亭の襖に手をかけた時に斬りつけると決めている。左手に弓、右手に襖を持てば、避けるのは難しいし、万に一つも反撃はされない。

やがて茶亭から差し込む光が、うっすらと島村貫阿弥の顔を浮かび上がらせた。

敷石を踏み、土足のまま縁台に上がった。

薄く隙間ができている襖に手をかけようとした時、島村貫阿弥の動きが止まる。振り向いて、直家が潜む藪を睨みつけた。

「八郎、出てこい」

直家の心臓が激しく暴れ出す。

「そこに隠れているのはわかっている」

背中に負った黒鷹羽飾りの矢へと手を伸ばそうとした。この距離で矢を放たれては、勝ち目がない。宇喜多直家は立ち上がり、姿を現す。島村貫阿弥と対面する。

「どうして、わかったのですか」

「茶亭から人の気配がせなんだ。ということは入る瞬間に仕物するということだ。ならば、どこに隠れているかを推測するのは容易《たやす》い」

顔を歪めるようにして笑った。

「それよりも約定通り、八郎までがひとりとは意外よのぉ」

島村貫阿弥の眼光が鋭くなり、思わず後ずさりそうになった。

「貫阿弥様もおひとりでございますな」

ほんのわずかだが眼光が鈍くなる。動揺しているのであろうか。

「どうやら、それがしの考えは妄想ではなかったようですな」

仁王に立つ島村へと語りかけた。

「妄想だと」

島村の眉間の皺が深くなった。

「どういうことだ。富川とかいう若者は〝密約を示す確かな書状がある〟と言うていたぞ」

島村貫阿弥の手がゆっくりと動き、空穂にある矢羽に触れた。

「全て、それがしの妄想であり、証拠などございませぬ」

空穂から矢をゆっくりと引き抜きつつ、貫阿弥は口を開く。

「ならば、お主は儂と中山備中殿が浦上家に対して下剋上の謀を巡らしているという確信など、なかったと申すのか」

自分の胸中に芽生えた疑心が、確信か妄想かなど判断はつかなかった。ただ、「浦上家の将来を担う若者」という直家の評を、島村が中山に語ったことを覚えていた。島村貫阿弥は無想の抜刀術のことを覚えていたから、そのような評価をしたのだろう。が、宇喜多直家と島村貫阿弥は、表面上は仇の仲と見られている。島村が直家を評価していることは、彼の部下でさえも知らない。

そんな直家への正直な人物評を口にするということは、それだけ中山備中のことを信頼しているということだ。少なくとも貫阿弥の忠勇なる部下以上に。

単なる同僚以上の繋がりがあることは、容易に想像できた。

何より舅が死ぬ前に漏らした「惜しい、あと三日もあれば……」という言葉。あと三日あれば、娘の富と孫たちを見殺しにすることなく、かつ直家から殺されなくてもいい方策があったということだ。考えられるのは、下剋上しかない。人質の命も救うとなると、中山家単独では不可能だ。絶対に協力者が必要だ。

後は己の出した推論に運命を託し、富川には「おふたりの下剋上の密約を示す、確かな書状を持っている」と伝えさせた。妄想が真ならば、島村貫阿弥は必ずやひとりで来る。密約の書状を浦上宗景に渡せば、間違いなく人質は殺されるからだ。

万が一、貫阿弥が密書を取り返さんと茶亭を囲んだ時のために、「無視して鉾《ほこ》を向けるならば、別の使者が書状を主君へと渡す」と付け加えることも忘れなかった。

「では、ご主君は儂が下剋上の心を持っていることは知らぬのか」

直家は頷く。

もし、知っていれば、「島村めは後でよい。奴は中山備中にたぶらかされておるだけだ。改心も可能だ」などとは言わない。家中一の実力者である島村が叛意を持っているならば、誰よりも先に討ち滅ぼすはずである。島村貫阿弥が返り忠の心があると言ったのは、島村家を仇と思っている直家の決断をより強固にするための方便にすぎない。

「そうか、してやられたな」

島村貫阿弥は目を虚空に彷徨《さまよ》わせた。

「では、八郎よ。なぜ、お主はこの茶亭に兵を潜ませておかなかった」

じっと宇喜多直家を見つめる。

「まさか、ふたりで中山殿の遺志を継ぐなどと申すな。我らが手を組めば、互いの人質が磔にされるだけだ」

その決断ができるなら、島村貫阿弥は祖父を仕物しなかったはずだ。無論、宇喜多直家もそれができなかったからこそ、中山備中を殺さざるを得なかった。

「もし、それがしの考えが間違っていた場合は、島村殿はこの茶亭を兵で囲んだでしょう。賭けで負けるならば、犠牲はそれがしひとりで十分でございます」

「甘いな」

それは承知の上でのことだ。

「島村殿、かくなるうえは正々堂々と一騎討ちで決めたい」

再び柄へと手をやる。冷えた体がゴキリと鳴った。

「ほう、今すぐか。もう少し時を稼げばよいものを。体が固いぞ」

言いつつも、島村は握った矢を弓に番《つが》えない。だが、一歩あるいは半足でも距離を詰めれば、すかさず射抜くという気合に満ちていた。

この間合いでは島村の弓の方が圧倒的に有利だった。

「万が一、相討ちになればどうなる」

貫阿弥の言葉が、さらに直家の体を堅くする。斬り口に馬糞を塗るのが最善の治療法と信じられていた時代なので、一騎打ちや決闘の末、傷のために両者ともに命を落とすことが多々あった。何より鎧を着ぬ直家が傷を負う可能性はかなり高い。その場合、島村を討っても、治療してくれる部下はこの場に誰もいない。

「相討ちになれば、きっと殿は喜んで、我らふたりに謀反の意志があり、仲間割れをしたと言うだろう。そして、我らの人質を……」

後は言葉を濁した。確かに両家を取り潰す絶好の口実となるかもしれない。

「八郎、そこでこういうのはどうじゃ」

貫阿弥は矢を空穂へ納めて、懐から一枚の銭を取り出した。永楽《えいらく》銅銭だ。

「銭の裏表を賭ける。負けた方が腹を切る。これなら、相討ちはない」

直家は素早く思考を巡らす。なぜ、島村がこのような取引をするのか。島村が言葉通り相討ちを恐れているからだ。この距離から矢を放てば致命傷は受けるだろうが、直家は即死にはいたらない。絶命の前に一太刀は斬りつける自信がある。弓を放った直後の不安定な体勢の島村が急所を避けるのは難しいだろう。あるいは島村貫阿弥は、直家が刀に毒を塗っていると想像しているのかもしれない。このまま一騎打ちをすれば、十のうち九は共倒れだ。銭に運命を託せば、五分の確率でどちらかの命が助かる。

「ようございます」と、宇喜多直家は静かに答え、柄に置いた手をどけた。

「では、せっかくだ。招待されるとしようか」

貫阿弥は襖を開き、主人より先に亭内へと入っていく。

（十三）

「八郎、どうする。表か裏か、どちらに賭ける」

茶亭の中で、永楽銅銭をつまんだ島村が問いかける。中山備中がいた席には島村が座っていた。目の前の血濡れの膳がなければ、まるでふたりで夕餉をとっているかのような風情だったろう。

「あるいは儂が表裏を決め、お主が銭を投げてもよいぞ」

持つ銭の裏側を直家に向けた。何も文字が印字されていない面が現れる。細工はしていないという証明だろう。

「ではそれがしが投げます。銭を頂戴したい」

貫阿弥が握る永楽銅銭を直家は指さした。

「うむ、わかった」

だが、島村貫阿弥の手は動かない。何かを確かめるように銭を目の前へと持ってきた。

「永楽銭といえば、これを旗印にする大名がおるのを知っているか」

銭に語りかけるように訊ねてきた。宇喜多直家は考えこむ。

「まさか、尾張《おわり》の」

「うむ、織田〝上総介《かずさのすけ》〟信長《のぶなが》よ。いや、お主には吉法師《きつぽうし》と言った方が耳の覚えはいいか」

兜首の初手柄を譲ってもらった時に、無想の抜刀術の遣い手として島村貫阿弥から名前を聞いている。

「吉法師め、つい数年前まで家中さえ統一できなんだが今は違うようだ」

確か、庶兄や実弟の反乱があり、劣勢であったと聞いている。

「どうしてだかわかるか」

戸惑いつつ直家は首を横に振る。

「実の弟を仕物したのじゃ。偽りの病に伏せ、見舞いにきた弟を殺した」

貫阿弥は掌中で永楽銅銭を弄んだ。

「その話を聞いた時は、吉法師は梟雄かと思った」

銭を問い詰めるように島村が言葉を継ぐ。

「だが、違うかもしれぬ。奴め、弟の部下は赦し、家中を統一し、今や東海の今川家とも互角に戦っておる」

銅銭にやっていた目を直家へと向けた。

「あるいは今川家も足を掬《すく》われるのではないかと、儂は思っておる」

夢物語のように思えた。織田信長は家中を統一したとはいえ、尾張にはいまだに対抗勢力が多いと聞く。だが同時に、あるいは無想の抜刀術の吉法師ならば可能かもしれない、とも考えさせられた。尾張を統一していないにもかかわらず、三ヶ国支配の戦国大名・今川義元と対抗しているのが、英傑たる証左ともとれなくはない。

「人質を守ろうとしたお主を責めるわけではない。だが、身内の情を枷《かせ》にすれば、あるいは道を誤るかもしれぬぞ」

織田信長のように身内を斬り捨ててでも、覇道を進めと言っているのか。直家は貫阿弥から目を離し、天井を見る。血しぶきが、数滴ついていた。

島村貫阿弥と手を組み、妻と子を見捨てる。

激しく首を横に振った。それができぬから、今ここでふたり対峙しているのではないか。

「八郎、覚悟はいいか」

島村貫阿弥が銅銭を持つ手を前に突きだした。

「受け取れ。儂は表に賭ける」

島村が片手で銭を放り投げた。柔らかい放物線を描いて、銅銭が宙を泳ぐ。右手を上げて、銭を迎える。

手が開き、指の腹が銭に触れようとした時だった。

誰かに摑まれたかのように、腕が虚空で止まる。

組んでいた脚が勝手に動く。体が跳ね上がり、半身になる。銭を摑むはずだった右手はいつのまにか腰の刀を握っていた。

抜刀しながら体を回転する。頰のすぐ横を、血と鉄の香りがする烈風が吹き抜けた。

足元にあった膳が真っ二つに割れ、左右に飛ぶ。鍬を打ち込む農夫のごとく島村貫阿弥が抜き身の刀を、かつて宇喜多直家が座していた床に斬りつけていた。

避けた反動で、両腕が跳ね上がり、足が小刻みに拍子を踏む。

島村貫阿弥の背中が見えた。黒鷹の羽化粧の矢が入った空穗。

頭上の刀を振り落とした。

黒翼を開くように矢が地に落ち、遅れて背が朱に染まる。

島村貫阿弥がたたらを踏んだ。狂声とともに踏ん張り、体を反転させる。壁にぶつけるようにして背を預け、宇喜多直家と正対する。

「見事だ、八郎。お主はやはり、まことの無想の抜刀術の遣い手だ」

壁に背を押し付けているのは、ささやかな止血の行為であろうか。不意打ちが失敗したというのに、顔には後悔の気配は微塵もなかった。

「英傑となるやもしれぬ男子に斬られ、冥府にいけるとは儂は果報者よ」

あるいは、最初から〝無想の抜刀術〟によって斬られることを承知の上での一太刀だったのか。

「ただ残念かな。少し浅い」

壁が朱に染まり、それに比例して島村貫阿弥の顔が土気色に変わっていく。まるで血の気と寿命を、言葉とともに口から吐きだしているかのようであった。

「あるいは吉法師めも、お主と同じだったかもしれぬな。病で伏せる身の上に、見舞いと称した弟が凶刃を振りかざしたかもしれぬぞ」

なぜか満足そうに島村が笑いかける。宇喜多直家は、ただ立ち尽くすことしかできなかった。

茶亭の外から人馬が走る音が聞こえてきた。

島村貫阿弥と目があう。宇喜多直家は襖を開け放った。

茶亭を囲むように、兵たちが集まってきている。宇喜多家の紋である〝兒〟の字の旗指物も見えた。先頭を走っている武者がふたりいる。ひとりは大きな槍を担いでいた。傷だらけの顔には、幾筋もの血が流れ、着衣のあちこちからも新鮮な血が滲んでいる。

「平内、乙子を守っていたのではないのか」

直家は戸口によりかかって叫びかけた。

隣には、剣のように鋭い眼光を持つ男も走っている。肩には抜き身の大刀を担いでいた。奈良部の城を守っているはずの長船又三郎だった。

「お主ら、儂の命を破ったのか。城で待っておれと伝えたはずだぞ」

直家の言葉を無視するように、宇喜多の武者が茶亭を素早く囲んだ。

「お館よ、仇討ちにゃあ主も従もねえ。こればっかりはきけねえ」

岡平内は、槍を宇喜多直家につきつけて叫んだ。武者たちが一斉に頷く。

「そうだ。儂らは島村に身内を殺されてる。黙ってられるか」

殺気混じりの声が矢のように飛んできた。

囲む人の輪から、長船が大きく一歩前へと出る。

「宇喜多家筆頭家老の長船又三郎だ。島村ぁ、出てこい」

壁から体を引き剝がすようにして、島村貫阿弥がゆっくりと歩きだした。震える脚で、宇喜多の士の殺意が集中する戸口へと進む。

岡と長船が舌なめずりしている。

「貫阿弥殿、行かれるのか」

宇喜多直家の問いに、島村貫阿弥は頷いた。風が戸口に吹きつけ、血の香りが舞う。

入道頭が振り向いて、目があった。

「八郎よ、難き道を進め」

血を吐き零しながら叫ぶ。

「あるいはその手を汚し、名誉を失することもあるだろうが、躊躇《ためら》うな」

敷石に足をついて、崩れるようにして大地へと降りた。もはや、両足で踏ん張る力もなかったようだ。島村の体が地面へと倒れようとした時、岡平内の槍が突きだされた。

穂先が胴体を貫く。

ぶら下がるようにして立っている島村貫阿弥に向けて、刀を振りかぶる男がいる。長船又三郎の持つ得物の刃紋が揺らぎ、叩きつける波のような音がした。

血が飛び散り、首が落ちる。

両家老が阿吽《あうん》の呼吸で首へと手を伸ばす。互いに両耳を手で持ち、宙へかざした。島村の頭が揺れ、血滴《ちしずく》がしたたる。

「ここにありしは逆賊・島村貫阿弥が首」

岡平内の大音声《だいおんじょう》が、茶畑を撫でる。

「討ち取りしは、宇喜多〝和泉守〟直家様と、その家臣なり」

長船の鋭い声が、空を突き抜けた。囲む群衆から、地鳴りのような歓声が沸き上がった。

宇喜多直家は、鯨波《とき》の声をぼんやりと聞く。なぜか現実感がない。虚空で揺れる首級へと目を移す。首の向こうに、白みはじめた東の山際がかすかに見えた。

やがて朝日は闇を洗う。陽光は宇喜多直家ら勝者だけでなく、島村貫阿弥の血まみれの首をも優しく照らし出す。

（十四）

「それにしても島村め、儂の名を騙《かた》り、八郎を討とうとするなど、言語道断の所業よのお」

胸を反らし座る浦上宗景が、平伏する宇喜多直家に語りかけた。命令した時のように緞りの胴服を着ているが、あの時とは柄が幾分か違う。南蛮ものだろうか、十字をあしらった紋様が追加されている。きっと舶来物の裂が手に入って、古い金襴を捨てたのだろう。

左右に控える家老たちは、気まぐれな主君に追従の笑みを浮かべるのに必死だ。

「それにしても見事なのは八郎……、いや宇喜多殿の計略の手腕。一兵も損ずることなく、島村、中山めを仕物するとは」

かつて若き頃の宇喜多直家を侮っていた年配の家老が、媚びた笑顔を向けてきた。無礼にならない程度に、宇喜多直家は浅く頭を下げる。

「フハハッハ、お主、数年前までは八郎をいじめておったのに、今は宇喜多殿か。変わり身が早いのぉ」

以前と違い陰の浦上宗景ではなく、陽の表情を見せている。

「おい、お主もそう思うだろう。こ奴、調子のいいことを抜かしおる」

浦上宗景が指名した家老は、またもやかつて宇喜多直家につらく当たった過去がある者だった。何人かが居心地が悪そうに、体を頻繁に動かしている。中には脂汗をかきながら平伏する者もいる。その様子を見て、浦上宗景は無邪気な笑い声をあげる。陽だからといって、生来の毒が消えるわけではない。

ただ上機嫌で、天上から人の頭めがけて盃を落とす行為をやってのけるだけだ。

相変わらず悪趣味だな、と床に目をやりながら宇喜多直家は考えた。

「そうそう、八郎、忘れるところであった。お主の妻と娘たちの処刑の件じゃがな」

不思議と言葉が頭に入らず、主君が何のことを言っているのか理解できなかった。

ざわついた家老たちの狼狽を見て、尋常ならざることを浦上宗景が口走ったことを理解した。

背筋に悪寒が走る。

ゆっくりと——いや、ゆっくりとしか顔をあげられない。満面の笑みをたたえる、浦上宗景と目があった。

「殿、今、何と……」

「おや、一仕事終えて緊張の糸が切れたのか。儂の言葉を聞き逃すとは、浦上家筆頭家老としての心構えができておらぬぞ」

大きく口を開けて笑いながら、扇子でせわしなく床を叩いた。扇骨が歪んでも、なお止めない。

「ハハハッハ、今一度、言うてやろう。お主の妻の富と四人の娘たちの処刑の件じゃ」

行楽に持参する弁当の中身を決めるような風情で、浦上宗景は口にした。

「それはあまりではございませぬか」

諫言したのは、左右に居並ぶ家老たちだった。たちまち列が崩れる。対照的に宇喜多直家は微動だにできない。いまだに主の放った言葉を正確に把握できない。

「うん、何がおかしい。富と娘の初、楓、小梅、於葉は八郎の妻と子であると同時に、中山備中めの娘と孫でもあるのだぞ。反逆者は三族皆殺しが、定法《じょうほう》であろう」

浦上宗景は薄い笑みを貼りつけて、一座の者を見回した。

「し、しかし、今回の宇喜多殿の働きに免じて、罪は一等減じるのが筋かと」

すぐ横に控える家老の言葉に、浦上宗景は眼球だけを動かして睨みつけた。

「うん、儂も辛い。じゃがな、返り忠をしても備中めの娘や孫が無事という前例を作ればどうなる。たちまち備前の地は裏切者だらけになるはずじゃ。その時、寝首をかかれ犠牲になるのは儂や忠臣たちだ。浦上家を守護するためには、心を鬼にせねばならんのじゃ」

「お、お待ちください」

主の足元にすがりつこうとして前のめりに倒れた。どうしたことか腰から下が動かない。

「うん？　ハハハハハ、八郎、なんじゃ、貴様、腰を抜かしたのか」

歯を食いしばり腕だけを使い、前へと這う。

「見ろ、皆、見ろ。八郎め、腰を抜かしておるぞ」

扇子をさらに強く叩きつけて、主が笑った。やがて体を後ろへと反り、大きく腹を波打たせるほどとなった。最後は咳き込んで、やっと笑いが止まった。

一座が静まり返る。

「さて」と口にして浦上宗景は立ち上がり、宇喜多直家を見下ろした。

「八郎、安心せい。処刑はせん」

いつのまにか浦上宗景の顔が、陽から陰へと変わっている。寡黙と厭世を愛する表情に。

「そ、そうでございます。宇喜多殿の今回の手柄を考えれば、当然のご処置かと。家中の者、皆が殿の決断に敬服いたすはずです」

左右の家臣が必死に取りつくろうが、声は浦上宗景の耳には届いていないようで、顔色は微塵も変わらない。

「処刑する必要はのうなったのじゃ」

口許《くちもと》をほとんど動かさずに、浦上宗景は呟いた。再び場が凍りつく。

「処刑のことを言い渡しにいくと、富め、すでに喉をついて自害しておったのじゃ」

浦上宗景は扇骨の歪んだ扇子で、喉仏を突いてみせた。

「書き置きがあり、『こたびは父の独断。夫と娘たちには何の咎《とが》もない』と助命嘆願が記されておったわ」

心底つまらなそうに息をひとつ吐いた。

「それに四人の娘まで殺しては、八郎めの人質がいなくなるでな」

壊れた扇子を放り投げた。

口を真一文字に結んでいるはずなのに、嗚咽《おえつ》が腹の底から漏れてくる。湯を注がれたかのように、眼が熱い。

「八郎、泣くなら外でやれ。床に染みがつく」

袴が床をする音がした。主が背中を見せて、遠ざかる。

家老たちが素早く宇喜多直家を取り囲んだ。

「堪えるのじゃ。今はこらえるのじゃ。軽挙はいかんぞ」

「そうじゃ、富殿の想いを無駄にするな」

唇を嚙んで、前方を睨みつけた。主の背中が小さくなり、滲み歪んだ。

（十五）

読経の音色が奈良部の城を包んでいる。皆がすすり泣く声も聞こえてくる。

角の欠けた文机と鏡台が並んでいる部屋で、宇喜多直家は静かに座していた。手には柿色の打掛が握られている。鼻に近づけると、かすかに妻の体臭が残っていた。震えそうになる手に力をこめて、激情を制止する。

奈良部の城に妻が残していた数少ない遺品だ。天神山にあった妻の持ち物は、ほとんど燃やされたと聞いている。

直家は横を向いて、鏡面をゆっくりと撫でた。覗き込もうとは考えない。かつて、そこに映っていたひとを想う。

もう一方の手が自然に動き、床に置いた短刀を取り上げる。鞘を抜き、目の前にかざした。じっと刃に映る己の姿を凝視する。短刀の中のもうひとりの自分が、濁った眼を宇喜多直家に向けていた。

襖が開いて、侍女が入ってくる気配がした。

「お館様、そろそろ、皆の前に……」

言葉が途中で遮られた。小さく悲鳴も上がる。

「案ずるな。腹などは斬らん」と、短刀の中の自分に話しかけるように言う。

「ですが」

にじり寄ろうとする衣擦れの音がした。

「すぐに行く。今はひとりにしてくれ」

だが、侍女の気配は去らない。

「命令だ。さがれっ」

小さな悲鳴をあげて侍女が後ずさり、転びつつ部屋を出ていった。指示に従ったのではなく、身の危険を感じたのだろう。事実、一喝した己の声に直家は身震いしていた。なんと醜悪な声色だろうか。嫌悪と害意がべったりと言の葉に塗りたくられている。

妻が持っていた鏡台の前に立つ。裃《かみしも》を脱ぎ、肌着をはだけ、上半身を露わにする。己の左肩を見る。切れ味の悪い包丁で裂いたかのような傷跡があった。割れたザクロ、あるいは人の唇を思わせる形に開いた傷から、血膿が滲み出ている。

母の名を思い浮かべつつ、傷口をさらしで拭った。たちまち、白布が穢れる。床に投げつけた。

直家は短刀を持ち直して、己の右脇腹に切っ先を突きつけた。薄い皮膚と柔らかい筋肉の繊維を刃が断つ。気合とともに線を描くように水平にひいた。縦に横に。皮が裂け、肉が斬れる。

血が飛び散った。

妻の鏡が、脇腹を映し出す。左右反対の文字で〝中山信正〟と書かれていた。信正とは、舅である中山備中の諱《いみな》である。やがて、養父の諱から血が滴る。まるで泣くがごとく。

さらに反対側の脇腹に短刀を突きつけ〝島村盛実〟と刻みつけた。貫阿弥の諱からも血が滴る。

両脇腹に刻んだ諱が血涙を流す。

最後に手を胸へとやる。心音を指で探り、左胸に切っ先を刺す。骨に当たる音がした。心臓の鼓動が刃へと伝わり、掌を蠢動《しゅんどう》させる。

構わず胸を切り裂き、妻の名を刻みつける。

不思議と痛みは感じなかった。

朱に染まった短刀を放り投げて、サラシを全身に巻きつけた。己を縛りつけるように。

白布に血文字が浮き上がる。

「浦上宗景」と主の諱を呟く。読経の声にあわせるように、何度も復唱する。

鏡に映る血文字たちに対して、宇喜多直家は復讐を誓う。

左肩の古傷が仇討の見届け人たらんことを欲するように、血膿を垂れ流し続けていた。

ぐひんの鼻

（一）

降りしきる豪雨のせいで、読経の声は浦上宗景《うらがみむねかげ》にはほとんど聞こえなかった。窓の外の景色は重たい雨粒で灰色に塗りつぶされ、ねっとりとした湿気が辺りを漂っている。

「それにしてもぐひん様、自ら参られるとは」

皺だらけの顔を歪ませた老僧に笑いかけられ、宗景は体にまとわりつく湿りが増したような気がした。隣に控える僧兵ふたりが、筋肉で覆われた肩を揺らして追従の笑みを浮かべる。

ぐひんとは、天狗のことである。浦上宗景が本拠とする天神山城《てんじんやまじょう》には、古くからぐひんと呼ばれる天狗の守り神が棲むという言い伝えがあった。

儂をぐひん呼ばわりするか、と思うと浦上宗景の唇が自嘲の笑みで歪みそうになる。兄・浦上政宗《まさむね》から独立を果たそうとする宗景の増長を、天狗の鼻にかけて市井《しせい》の人や兄が揶揄しているのは知っているが、面と向かって言われるのは初めてだった。

気を取り直して、口を開く。

「兄上ではいずれ赤松《あかまつ》、毛利、尼子《あまご》に呑み込まれる。備前《びぜん》の安寧を思えば、我が方に合力をお願いしたい」

宗景は膝をずらして間合いを詰めた。左右の僧兵の目つきがとたんに険しくなる。写経の文字ではなく、戦場で敵の急所を追い続けた男の目だ。盛り上がった拳は、数珠よりも薙刀《なぎなた》を握り慣れていることを想像させた。

そういえば、先日の戦で初手柄を上げた宇喜多《うきた》八郎も、かつて尼寺に匿《かくま》われていたと聞いている。まさか、あんな貧弱な体で兜首を挙げるとは思いもしなかった。体はともかく、心は案外と図太いのかもしれない。

想像を遊ばせる浦上宗景に、老僧が声をかける。

「せっかくのお話ですが、我が大樹山寺《たいじゅやまでら》は仏法を守るのが本筋でございます。いまだ悟りへの道半ば。現世への合力を頼まれても、お断りする以外の答を我らは持ちませぬ」

こみ上げる失笑を、浦上宗景は喉の手前で押しつぶす。寺には薙刀で武装した僧兵が百人近くおり、ひとたび声をかければ隣国の信徒らが千人以上集まる。大樹山の長袖《ながそで》(僧兵)といえば、赤松や尼子でさえ手を焼く存在ではないか。

「兄と儂を秤《はかり》にかけるおつもりか」

「滅相もないことです。ぐひん様に勘違いされては、我らは明日からいかように暮らせばよいのでしょうか」

まだ天狗呼ばわりを止めない。

「これをご覧ください」と、宗景の隣にいた家老が床に起請文《きしょうもん》をいくつか並べた。

「日笠《ひがさ》、服部《はっとり》、大田原《おおたわら》などの我ら天神山衆だけではございません。備前の島村貫阿弥《しまむらかんあみ》、浮田大和守《うきたやまとのかみ》、中山備中《なかやまびっちゅう》、美作《みまさか》の後藤《ごとう》家。我らへの合力を誓いし者たちの起請文にございます」

皺だらけの顔が一瞬、硬直した。きっと備前、美作の実力者たちの名前を聞いて動揺したのだろう。

「無論、これは我が殿へお味方する、ごくごく一部の者たち。時流に乗り遅れれば……」

「よい」と、宗景は家老の言葉を遮っていた。もう興味はつきていた。僧の身ながら備前に侮りがたい力を持つ大樹山寺の長は、どんな野望を持っているのかの好奇心ゆえに自ら出向いたのだ。しかし、今までの遣り取りで、この老僧はただの小悪党でしかないとわかった。あるいは島村貫阿弥と並ぶ手駒になるかと少しでも期待した儂が馬鹿だったわ、と考えながら立ち上がる。

未練が滲《にじ》んだ視線が老僧から放たれた。

「そちらの意志は固いようじゃ。これ以上の談合は無用。儂らは退散しよう。ただ、その前にご本尊を拝観できぬか」

老僧のまぶたがピクリと動いた。

「知ってのとおり、天神山は普請して十年に満たぬ城。新しい社寺はあるが、大樹山のような立派なものはないゆえな」

言いつつ懐から大きな銭袋を取り出して、投げつけた。

「本尊の前でひとりになり、己の心と向き合いたいのじゃ」

「ほお、おひとりでか」

老僧は銭袋と宗景へ何度も視線を往復させた。

「うむ、供の者もつれぬ。できれば、そちらも席を外してほしい」

「よう、ございます。仏の前では俗世の名と格など塵芥《ちりあくた》に等しきもの。おい、殿をご案内差し上げろ」

先ほどまでのぐひん呼ばわりはどこかへ消えていた。気づけば床に投げた銭袋がない。かわりに老僧の黒衣が、腹の辺りで小さく膨らんでいる。

厚い雨雲のせいで、本堂は夜のように暗かった。線香の明かりが本尊の仏像を浮かび上がらせ、貼り換えたばかりと思われる金箔が光を鈍く反射する。老僧とどこか趣きが似ている。特に眠たげなまぶたがそっくりだ。案外、数代前の先祖が、己に似せて彫師に彫らせた俗まみれの本尊に違いない。

分厚い金箔で覆われた仏の顔を睨みつける。

かつて浦上家も、このような輝きに彩られていた。宗景の父の代だ。主家の赤松家を合戦で討ち破り傀儡《かいらい》とし、播磨《はりま》備前美作の三ヶ国の強兵を率い、何度も上洛した。

眼を閉じる。仏像の輝きが瞼の裏に残る。かつて父が持っていた宝物の光沢と重なった。貴人用の端折傘《つまおりがさ》を包む純白の傘袋《かさぶくろ》だ。白傘袋と呼ばれ、守護職の家格にしか許されない装いだった。守護代の浦上家が白傘袋を持つのは本来不敬だが、将軍から特例として免許をもらったのだ。大勢の従者を連れ歩く父は、必ず左右に侍《はべ》る者に白傘袋に包まれた傘を持たせ、将軍や執権さえも一目置く証を誇示した。

だが、絶頂期は短かった。傀儡であった赤松晴政《はるまさ》に裏切られ、播磨の尼崎《あまがさき》で大物崩《だいもつくず》れという大惨敗を喫する。父は退却の渡河途中で溺死した。噂では川に落ちた白傘袋を拾おうとして、濁流に飲み込まれたと聞いている。

跡を継いだ兄の政宗は無能だった。あろうことか、仇である赤松家の軍門に降る屈辱のもと延命を計った。無念だったのは、宗景がまだ元服もしていない少年だったことだ。無力の兄に従う他なかった。

線香を一本摘み上げる。水平にして、目の前にかざした。蛍を思わせる小さな火を、手首をしならせて振る。美しい残像が目に残る。ひとり、線香の火と戯れる。

兄の歩みでは父に追いつくどころか、他者に掠《かす》め取られるだけだ。

「つまらぬ兄とは思わぬか。いずれ枯れるように滅ぶのは目に見えている」

本尊に向かって語りかけるが、仏からは返事はない。

先ほどの遣り取りを思い出す。老僧は最後に銭袋を受け取った。財か名誉かをさらに提示すれば、こちら側に転ぶだろう。そう思った時、「つまらん」と呟いていた。血で汚れた坊主のくせに、なんとくだらぬ欲しか持っていないのだ、と嘆息した。

——我が兄と同じだ。強き者になびくだけで、父や己のように本当の野心を持っていない。

懐紙を取り出して、顔の前に持ってくる。唇を尖らせて息をふきかけると、紙は蝶のように舞って仏像の台座へと落ちた。次に持っていた線香を放り投げる。薄闇に赤い弧を描きつつ、上手い具合に懐紙の上に落ちた。線香が白い紙をゆっくりと焦がす。

「さて、燃えるだろうか」と自問しながら、床板を撫でた。朝から続いた雨で湿っている。

扉が開いて、薄い光が射した。雨風が吹き込み、線香の煙が揺れる。逞しい体の僧兵と、心配そうに見つめる宗景の家臣が並んで立っていた。

「そろそろ、よろしいでしょうか」

「ああ、十分に心が洗われた」

宗景は入口に向かって歩き、本堂の外へと出た。湿度が一段と増した。振り返って、僧兵が閉める扉の先を見る。ほんのかすかだが闇が薄まっている部分があった。それが錯覚でなければ愉快なのにと思いながら、宗景は山門の下を通り過ぎたのだった。

（二）

浦上宗景は雨の中、天神山城への道を登っていた。幾つもの曲輪《くるわ》や武者溜りが階段のように積み重なっている山城だ。時に曲輪と曲輪の間は、つづら折りの細い小道でしかつながっていない。宗景の草鞋《わらじ》は、雨で緩くなった地面に抱かれるようにして沈む。水を吸った蓑が重い。難攻不落は結構だが、雨の日は大儀だなと思う。

頭上の天神山城は、黒く塗りつぶされてしまっている。天狗の鼻のように突き出た崖が見えた。〝ぐひんの鼻〟と呼ばれる天神山に古くからある聖地である。

やがて城の入口へとついた時、振り返る。思わず両頰が持ち上がった。

ずっと遠くにある村から火が上がっていた。先ほど訪れた大樹山寺のある方向だ。闇よりも濃い黒煙が一本立ち昇り、地面と接する部分にチロチロと薄く赤い火が広がっている。

「殿、やはり明日、もう一度、大樹山へ行きます」

語りかける家老の笠から水滴が滴り、浦上宗景の蓑に吸い込まれた。

「どうしてだ」

「あの老僧、脈ありかと。銭袋を受け取りました」

今頃、気づくとは鈍い奴だ、と心中で罵る。

「好きにしろ。ただし、兵を三百つれていけ。僧兵どもは皆殺しにしろ」

家老の瞳に不審の光が宿ったので、宗景は指を下界にある一点へと指し向けた。燃える大樹山寺が見えたのだろう、家老の口が餌をねだる魚のように二、三度、大きく開いた。

——老僧の心の動きにも、今まさに遠くで燃えようとしている大樹山寺にも気づかなかった愚鈍め。

狼狽する家老を置き去るようにして、浦上宗景は歩いた。

——こ奴らでは手駒として不足だ。

道の横に積み上げられた古材を見る。無数の洞《うろ》が蜂の巣のように穿《うが》たれていて、チラチラと白いものが蠢《うごめ》いている。天神山城を建てる時に近隣の住居を壊し山上へと運んだが、そのいくつかには白蟻が巣食っており、結局ここに捨てたのだ。

腐った古材が、兄が継いだ浦上家と重なる。父の死後、大量の離反者が出た浦上家は、疑心暗鬼という白蟻に蝕《むしば》まれていた。だけならいい。いずれ疑心暗鬼は、恐怖という卵を大量に産みつける。それが孵化したら、どうなるか。

だから、宗景は宇喜多能家を仕物《しもの》した、否、そうなるように兄を仕向けたのだ。

宇喜多八郎の祖父である能家《よしいえ》は、数々の調略を成功させた智謀もさることながら、たった七十余人で数千の赤松軍に真一文字に斬りこんだ武勇もあわせ持っていた。にもかかわらず、この男は出陣の前に必ず身震いしたと言う。たとえ敵が寡兵であってもだ。

人が武者震いかと問うと、死の覚悟を受け入れる時に必ず恐怖に襲われると答えたのは有名な話だ。

ほとんどの武者が怯《おび》えに目を背け、蛮勇をひけらかすが、宇喜多能家は違うと思った。恐怖に正対することができる数少ない武士だ。

まだ、宗景は元服前だったが、兄ではこの男を御しきれないとわかっていた。正確に言えば、宇喜多能家への恐怖を御しきれない。いずれ、兄は功臣に対して深い疑心に囚われる。そうなれば宇喜多能家は、己の身を守るために挙兵する。かつての父が、主家から疑われ、やむなく叛旗を翻したように。

いずれ扱い切れぬようになるならば、そうなる前に早々に手放すに限るのだ。

兄をそそのかすのは、容易だった。

無邪気な童を演じつつ、兄に宇喜多能家が赤松の家紋入りの書信を読んでいたと告げるだけでよかった。線香のかすかな火が大樹山寺の本堂を焼いたように、兄の中の疑心は一気に燃え上がり、その年のうちに島村貫阿弥をつかって宇喜多能家を夜討ちさせることに成功した。

ひとつ後悔があるとすれば、宇喜多能家を失ったことだ。あの男ほどの智勇、そして胆力を持つ侍は、備前はおろか西日本にさえいない。

己が元服さえしていれば、あるいは御すことも可能だっただろうに。

己の野心を成就させるには、宇喜多能家のような男がいる。

部下の島村貫阿弥は確かに優秀ではあるが、宇喜多能家には遠く及ばない。

本丸への門を抜けると、小姓たちが傘を持って近づいてきた。

ふと足が止まった。形容し難い異様な雰囲気を感じる。首を横に向けた。ここから先は、侍女たちが住む長屋があるはずである。

「殿、どうされたのですか」

小姓たちが顔を覗き込む。打ちつける雨は草鞋の上を這いあがり、足袋《たび》をじっとりと濡らしていた。足の指の間が痒くて仕方がない。袴もべったりと内腿に張り付いている。さっさと館に入って脱ぎ捨ててしまいたい衝動にかられるが、体は動かない。

「ついてこい」と言って、浦上宗景は歩きだす。侍女たちの住む長屋へと。あまりに予想外のことだったのか、小姓たちの傘の動きは遅れ、笠を脱ぎ捨てていた宗景の額に激しく雨粒が打ちつけられた。

「どこへ行かれるのです」

「この先に何がある」

「えっ、あの、そう。宇喜多めの母子の住む小屋です」

どん詰まりの道に、一際粗末な長屋が建っていた。薄い板塀の壁はすき間だらけで、朽ちかけた祠《ほこら》を連想させる。雨の薫りをかき分けるように、長屋から宗景が馴れ親しんだものの匂いがやってきた。ほころんだ口元を隠すために、手で顔の下半分を覆う。

ゆっくりと小屋へと近づく。

庇《ひさし》に入ると、それはより一層濃くなった。静かに戸を開く。

「ああ」と、宗景は女人のような声を上げた。

宇喜多八郎とその母の小屋は、真っ赤な血に染まっていたのだ。粗末な膳がふたつあるが、料理も朱に彩られていた。うずくまるふたつの体があった。ゆっくりと板間へと上がる。ぎしりと床がきしみ、固まりかけていた血が動き流れ、また淀む。

まず、うずくまる一方を見る。まだ前髪もとれていない少年は、宇喜多八郎だった。素早く傷を検分する。左肩を切られただけのようで、かすかに唇も動いている。もう一体へと目を移す。八郎の母だ。腹を切り裂かれている。もしかしたら臓腑も飛び出しているかもしれないが、うつ伏せになりかけた体勢だったので、そこまではわからない。

――八郎め、母を手にかけおったのか。

浦上宗景の体が快感で震えた。

後ろで小姓たちがざわついている。ひとりが大人たちを呼びに外へ飛び出そうとしているのがわかった。

「待て、動くな」と、鋭く命令を発する。駆けだそうとしていた小姓の体が硬直した。

「儂が指示を出すまで、余計なことはするな」

言葉に出してみて、宗景は己の声音が高揚していることに気づいた。

「まず、母親を筵《むしろ》に包んで山へ捨てろ」

小姓たちが目を見合わせる。

「早くしろ。無論のこと、口外するなよ。親兄弟にも秘密だ。捨てるところを誰かに見られたら、そ奴を斬れ」

腰の刀に手をやりつつ宗景は指示を出す。

「し、しかし」

「詮索はあとだ。従え」

ふたりの小姓が、恐る恐る長屋へと足を踏み入れた。土間にあった筵を母の体にかぶせる。

「ひい」と声がした。振り向くと、小姓たちが腰を床に落として震えている。

「どうした」

「う、動きました」と震える指で、母の体をさした。

「馬鹿いえ」

小姓たちが首を左右に激しく振る。ひとりが恐る恐る手を筵の中の死体へと持っていこうとしていた。

「おい、何をしている」

「いえ、脈があるかと」

「よせ」

「は？　どういうことでございますか」

返答のかわりに宗景は鯉口《こいぐち》を切っていた。小姓たちが尻を地につけたまま後ずさる。面白くないことを考える奴らだ。もし、生きていたらどうするのだ。手当てをして万が一、息を吹き返したら、八郎は母殺しの罪から解放されてしまうではないか。

「まやかしだ。この傷で息がある訳がない」

八郎が気づく前にさっさと持っていけ、と心中で怒鳴る。

「万が一、息があっても手遅れだ。無駄なことはするな」

あるいは生きて狼の餌か、ぐひんの贄《いけにえ》も結構ではないかと思った。

わざと大きな音を立てて抜刀し、刃を宙に閃《ひらめ》かせる。小姓たちの肩が跳ね上がった。

「もし、できぬというのであれば、お主らの父に死役を申し付けてもいいのだぞ」

「それはご勘弁ください」

悲鳴とともに小姓たちは動きだす。八郎の母を筵で包み、血滴《ちしずく》を垂らしながら、深い山中へと消えた。筵から零《こぼ》れた血は、しばらく地面に留まっていたが、やがて降りしきる雨によって洗い流される。

（三）

一夜あけ、小雨が降る天神山城の館の中を浦上宗景は歩いていた。まだ雨雲は厚く、太陽は気配さえも感じさせない。徘徊するように足を進める。昨日の宇喜多の家の凶事を聞いてか、あちこちでヒソヒソと囁く声が耳に届く。

「山賊たちがまさか天神山城を襲うとは」

「可哀そうだが、さらわれた母君は帰ってはこんだろう」

「山賊じゃない。きっと城の者に殺されたんだ。なんといっても宇喜多は元逆賊」

「ちがう。人の手によるものじゃない。これは、ぐひん様の神隠しじゃ」

最後の天狗の仕業という声に、浦上宗景は思わず苦笑してしまった。

「殿、八郎が到着しました」

徘徊を続ける宗景に小姓が近づいてきた。顔が青ざめているのは、昨日捨てた八郎の母のことを気に病んでいるからだろう。

つまらぬ男だと思う。その程度のことで心が壊れそうになっているのか。

庭では、八郎が平伏していた。包帯を巻いた左肩に血と雨がたっぷりと滲む。

「八郎、不憫であったの。まさか賊めが天神山へ侵入するとはな」

無論、嘘である。だが、八郎は宗景が虚言を弄しているとは知らない。ただ気づけば別の部屋で寝かされ、家にあるはずの母の死体がなかったとしか聞かされていない。

「さらわれた母のことは心配するな。家老たちに命じて手配書を街道に配っておる。いずれ見つかるであろう」

小姓たちが息を呑むのがわかった。母を捨てたのは山である。いくら街道を探しても見つからない。全ては、八郎を宗景の尖兵とするための計略であった。母殺しの大罪を背負う八郎ならば、あるいは島村貫阿弥を超える手駒となることが可能であろう。

「八郎、ついてまいれ。ふたりきりで話がしたい」

「殿、雨が降っておりまする。八郎めに傘を持たせます」

「いらぬ」と、小さく叫んだ。草鞋を慌てて用意する小姓たちの手を踏みつけるようにして履き、地面の上を歩く。必死についてくる八郎と遠ざかる小姓たちの狼狽を背中に感じながら、浦上宗景はぐひんの鼻へと向かった。

ぐひんの鼻は、普請途中の橋のように崖の上に突き出ている岩だ。そのはるか下には鬱蒼《うっそう》とした林が広がっている。入口の部分には、雨を吸って重たげにしなる注連縄《しめなわ》がかかっており、ぐひんの鼻先が禁忌の場所であることを示していた。

「ここが、ぐひんの鼻だ。天狗の修業場だと言われておる」

鼻の先を指さして、控える八郎を見た。

「天狗ももともとは人であったと聞く。それが艱難辛苦《かんなんしんく》の修業で、人外へと化身する。肉体の修練以上に要となるのが、心の強さよ」

浦上宗景は指を八郎の薄い胸板へと移動させた。

「ぐひんになるためには、恐怖を乗り越えなければならない。もし少しでも恐れがあれば、ぐひんの鼻はたちどころに崩落する。つまり体軀の重さでなく、恐れの重さによって岩が崩れると言われている」

視線をぐひんの鼻へと移す。風が吹いて岩の表面が剝がれ落ち、崖下へと消えた。

「恐怖が何に寄生するか知っているか。それは情だ。お主に人の情はあるか」

茫然とついてきただけだった八郎の顔に、表情のようなものが宿った。唇を強く嚙む。まるで自分自身を喰らうかのごとく。

血が一筋、糸のように流れた。

「私には人の情を宿す資格はありませぬ」

予想の範疇の言葉ではあったが、八郎の覚悟は宗景には甘く感じられた。

「よい顔だ。乱世に情は不要だ。さすれば恐怖とも無縁よ。儂は、謀《はかりごと》をなすたびにこの鼻の上を通る。己が下剋上の世を生き抜く素質があるかどうかを試すためにな。見ておれ」

八郎に背を向けて前へと歩く。注連縄を無造作に跨《また》いだ時、「あっ」と背後で八郎が叫んだのがわかった。少し太い丸太程度のぐひんの鼻の上へと一歩大きく踏み出す。湿った岩肌が、宗景の足裏の圧に対して激しく抵抗する。体重をゆっくりとかけて二歩目を出す。

そういえば雨の日に渡るのは初めてであったな、と今さらながら気づいた。

三歩、四歩と足を踏み、ぐひんの鼻先へとついた。横風が吹いて、まばらな雨粒が水平に頰を打つ。己の重さで、岩がしなる。

「八郎、来い」と叫びかける。

八郎の顔が強張った。

「来い、母殺し」と声に出さずに、呼びかけた。聞こえたはずもないが、八郎は両手をふらつかせながら、恐る恐る近づいてくる。

「八郎、下を見ると落ちるぞ」と教えたのは親切ではない。恐怖を御しきれぬ者に、走狗は務まらぬ。

人が下を見て我を忘れ醜態をさらすからだ。恐怖を御しきれぬ者に、走狗は務まらぬ。そう言えば、十人のうち九
八郎は歯を打ち鳴らしながらも、真正面を見据えて歩く。やがて、震える八郎と浦上宗景はぐひんの鼻先で正対した。八郎の両膝が激しく打ち合わされ、揺れる足元から小石や岩肌の欠片《かけら》が落ちている。

「八郎、お前が初めてじゃ。儂と共にぐひんの鼻先へと立ったのはな」

宗景は足下を見る。はるか下の木々の隙間から堅い岩盤が見えており、白骨死体が散乱していた。皆、恐怖という重りを背負ってしまった小姓たちだ。宗景が半ば強制的にぐひんの鼻を歩ませて、滑落してしまった。

ぐひんの鼻の上で、浦上宗景は八郎を己の手駒として育てることを誓う。宇喜多能家の孫であり母殺しの罪を背負う八郎ならば、きっと島村貫阿弥よりも凄まじい働きをするであろう。

（四）

天神山城の評定の間は、武者行列が描かれた襖絵で仕切られていた。金箔の下地に、朱や橙、山吹、草色の煌《きら》びやかな衣装を着た武者たちが彩られている。先頭を歩く武者は高位の侍が着る黒の直垂《ひたたれ》を身に着け、横に侍る従者に白傘袋に覆われた端折傘を持たせていた。言うまでもなく、宗景の父のかつての雄姿を描いたものだ。

武者行列が左右に割れた。襖が開き現れたのは、宇喜多〝和泉守《いずみのかみ》〟直家《なおいえ》だった。〝児《こ》〟の字の大きな紋が染め抜かれた、大紋と呼ばれる礼装を見事に着こなしている。

もうかつての八郎の面影はなく、武者の貫禄を備えていた。人形でも入りそうな漆塗りの大きな箱を脇に抱えつつ、宗景の前へと進み出る。

——それにしても八郎め、よくぞここまで育ったものだ。

上座でだらしなく足を崩しながら、宗景は愉快でならない。一時は妻をもらい腑抜けたと思い見捨てた。舅の中山備中を討たせた後に、島村貫阿弥をけしかけたのはもう宇喜多直家は用済みだと思ったからだ。

だが当てが外れた。宇喜多直家は一夜にして、中山・島村の両名を仕物して、その首を届けに来たのだ。その後の活躍も目覚ましい。敵対する備前の豪傑・穝所元常《さいしよもとつね》と備中の赤鬼の異名をとる戦国大名・三村家親《みむらいえちか》を仕物し、謀略で次々と所領を拡大していった。智謀だけなら、かつての祖父・宇喜多能家を超えている。

「八郎、例のものは持ってきたか」

扇子を叩きつけて浦上宗景が催促すると、直家は漆塗りの箱を恭《うやうや》しく前へと差し出した。絹紐をほどいて蓋を開けると、中から出てきたのはひとつの生首であった。

左右の家老たちが息を呑むのがわかった。

「ほお、さすが我が甥だな。兄の若い頃と顔の作りがそっくりではないか」

宗景は扇子で己のこめかみの皮膚を掻いた。特に眉毛の形が兄譲りだと思った。

かつて敵対していた兄の浦上政宗はもういない。龍野《たつの》にいる赤松政秀によって仕物されたのだ。このとき長男も失い、次男の浦上誠宗《なりむね》が跡を継いでいたが、かつての威勢はなくなっていた。とはいえ、喉に刺さった小骨のようにやっかいな存在ではあった。

だが、もうその恐れはない。今や首となってしまったのだ。それにしても親子二代に渡って仕物されるとは、間抜けな兄とその子供らしい最期だった。

「討ち手は誰だ。八郎の家中のものか」

「いえ、討ち果たせしは、室津《むろつ》浦上家の家老の江見河原《えみがわら》殿でございます」

直家が口にしたのは、浦上誠宗を支える重臣の名だった。左右の家老たちがざわめきの声を上げる。実は江見河原の調略は宗景も進めていた。だが備前半国を条件に迫っても、首を縦には振らず、交渉は難航していた。

「一体、どのような術を用いたのじゃ。あの江見河原を寝返らせるとは」

「いや、驚くべきは和泉守殿の手際よ。また一兵も損せず、敵将の首を挙げたのじゃ」

皆が口々に宇喜多直家を讃えはじめた。

「ふん、武士の名をはかる尺度は謀ではござらんぞ」

そんな家老たちを叱責する男がいた。赤銅色に日焼けした肌に、枯葉を思わせる灰髪灰髭を蓄えている。右の瞳は戦傷のため白濁して光を失っていた。日笠〝次郎兵衛《じろうべえ》〟頼房《よりふさ》という老臣で、天神山城とは山続きの青山城の城主である。

皆の視線を集めてから、日笠老臣はゆっくりと口を開く。

「戦場で大軍を采配しての闘いこそ、武士の本懐。和泉守殿の謀は豺狼《さいろう》が如きもの。下人の手柄といえよう」

力を失ったはずの右眼がギラリと光り、一瞬だけ黒味を帯びたような気がした。

「しかも和泉守殿は、尻はすなる業病にかかっているとか。月に幾日かは家臣たちも近寄れぬ有様と聞く」

日笠老臣がわざとらしく袖を鼻のところへと持ってきた。何人かが薄く同調の笑いを上げたが、すぐに消える。もう、かつての八郎ではないことを思いだしたのであろう。

「そのようなお体で、戦場で十分な働きができるとは思えませぬ。浦上の柱石を担えましょうか。天下取りの戦で、采配を振るうのは無理でしょうな」

日笠は健在の左目で宇喜多直家、そして浦上宗景と順番に視線を送る。

「戦場での功が必要ならば、すぐにご覧いれようか」

直家の言葉は、日笠の眉間に大きな皺をひとつ刻み込んだ。

「どういうことでござる」

「まだご存知ないのか日笠殿。備中の三村家が陣触を出しましたぞ」

日笠次郎兵衛の腰が浮いた。

「背後には毛利めが手引きをしております」

まるで芝居の演目を読み上げるような声で、直家は続ける。

「総数は二万。三村は以前、陣中で我らに当主を仕物されております。こたびは警戒しておりましょうから、だまし討ちはできますまい。日笠殿が言うように、正々堂々の合戦にて打ち倒すしか手はありませぬ」

直家は老臣の日笠を見つめる。まるで人形のように感情のない瞳だった。

対照的に日笠は拳を握りしめ、身を固くしている。今の浦上には二万を超す兵は動員できない。しかも、備中の三村家の最前線は、深く備前の浦上・宇喜多領に食い込んでいる。圧倒的にこちらが不利だ。

浦上宗景は、扇と舌を同時に強く打ちつけた。また天神山城に籠ってやり過ごすしかないのか。

いや、狼狽《うろた》える家老たちの中で、ひとり泰然自若《たいぜんじじゃく》としている男がいるではないか。

「八郎、まさか勝算はあるのか」

直家からの返答はなかった。かわりに手を叩くと、再び襖の中の武者行列が左右に割れた。別室で控えていた従者を呼び入れたのだ。大きな備前の絵地図を持っている。宗景や家老たちは、従者が広げた地図を一斉に覗きこんだ。

備前には南北に流れる二つの河川がある。西に旭川《あさひがわ》、東に吉井川《よしいがわ》、その中間地点にある明善寺城《みょうぜんじじょう》をつい最近、三村勢が夜襲によって占領していた。そのわずか二里（約八㎞）東には宇喜多直家の本拠地・沼城《ぬまじょう》がある。さらに東にいくと吉井川があり、その上流には浦上宗景の籠る天神山城だ。

「どうする。西の城壁ともいうべき旭川を、すでに三村勢は越えておる。ここは東の吉井川を城壁に見立てるべきじゃ」

日笠次郎兵衛は光を失った眼を歪ませながら、吉井川を指でなぞってみせた。宇喜多直家が采配する沼城、奈良部城《ならべじょう》は吉井川の西側にある。つまり、吉井川より西の直家の領地は見捨てるということだ。

「確かに敵は二万の大軍、致し方あるまい」

もうひとりの家老が渋面とともに言葉を地図の上に零した。直家を一瞥したのは罪悪感のせいだろうか。

口々に議論する家老たちの中で、直家だけは静かに座していた。宗景はひとつ大きく扇子を打ちつけた。扇骨の折れる音が諸将を黙らせる。

「八郎、存念を述べよ」

再び、視線が宇喜多直家に集まる。

「はっ、籠城は下策。ここは討って出て戦う好機かと」

皆が目を剝いた。

「和泉守殿、雄々しき言い様じゃが、武勇と蛮勇をはき違えぬことじゃ」

日笠次郎兵衛が、灰髪を跳ね上げんばかりの勢いで叱責した。

「まず、攻めるべきは明善寺城」

日笠を無視して、直家は西の旭川と東の吉井川の間にある城を指さした。

「ですが、落としはしませぬ。明善寺城を攻めれば三村は必ずや後詰にくるはず。どこから攻めるかわからぬ敵を待つよりも、敵の後詰を狙う方が得策。彼奴《きやつ》らが旭川を越えれば、こちらの土俵に上げたも同然」

「そんなに上手くいくか。やはり、和泉守殿は謀は上手くはあるが、大軍の采配の仕方をご存知ないわ」

日笠が声を張り上げて、皆の同意を求めた。

「そして敵が川を越えると同時に、城を囲んでいた兵を三村の本隊へと向ける」

反論に一切の反応をみせずに、宇喜多直家は続ける。

「さらに北の松田家が旭川を南下し退路を断つ。挟み討ちとなった三村は必ずや浮足立ち、崩れる。後は稲を刈るよりも容易《たやす》い」

直家はゆっくりと顔を上げた。宗景と目があう。

「なんと浅はかな考えであることか。そもそも退路を断つというが、旭川沿いの石山、舟山《ふなやま》、中島の三城は三村に合力しているではないか」

日笠は拳を地図に叩きつけた。正論だった。この三城は退路を確保するだけでなく、北の松田家への抑えともなる位置にあった。だが、直家は動じない。懐から三通の起請文を取り出し、放り投げた。

「心配御無用。石山城の金光《かなみつ》、中島城の中島、舟山城の須々木《すすき》の三名は、すでにこちらに内通しております」

次々と手が伸びて起請文が取り上げられ、あちこちに回覧された。

「では、この三城が浦上方ということは、すでに明善寺城は陸の孤島ではありませぬか」

重々しく直家は頷いた。

「単に城を攻め取るは易き道。明善寺城は、三村勢を釣る餌。今まで見逃して参りました」

感嘆のどよめきが評定の間に満ちた。

フンとひとつ息を吐いて、浦上宗景は再び地図に目を落とす。まず宇喜多の兵が明善寺城を囲む。当然、救援の要請がくる。陣触を出していた三村は総力を上げて、兵を繰り出すだろう。内通しているとは知らぬ石山、中島、舟山の三城が守る旭川沿いの拠点から、続々と上陸するはずだ。半ば以上が渡ったところで、三城を蜂起させて、北から松田家の兵を引き入れれば、三村勢を完全に領地から孤立させることができる。

見事だ――と思う反面、宗景は不快を感じていた。

その理由が判然としない。仇敵である三村を滅ぼす好機なのに、どうしたことだ。苛立ちを持て余す宗景とは裏腹に軍議は進み、宇喜多直家に与力する天神山衆や松田家に派遣される将、留守を守る侍などが次々と決まっていく。

「殿、いかがでございましょうか」

顔を上気させた家老が尋ねてきた。横には俯《うつむ》いて歯を喰いしばる日笠もいる。光を失った目が、顔から零れ落ちてしまいそうだ。返答を急かす様に、宗景の膝元に諸将の働き口を書き連ねた紙が送られてくる。まだ乾ききらない墨が、直家の策の優秀さを物語っている。

宗景は不快の原因を悟った。皆の合議のように見えているが、違う。直家が無言のうちに軍議を取り仕切っていた。

いつのまに八郎はこれほどまでに大きくなったのだ。もはや、かつての島村貫阿弥、中山備中の比ではない。

「まことにもって見事だ」と、感情をのせずに口にした。

「万事、粗相のないように。諸将の働きに期待する」

全員が一斉に頭を下げた。顔を上げると同時に、皆が立ち上がり、評定の間を退室する。

もし、この戦が直家の思惑通りいけば、さらに宇喜多家は大きくなるだろう。

「日笠」と老臣を呼んだ。手招きして、己と距離を詰めるように指示を出す。隻眼の老人が顔を近づけてきた。もう部屋には誰もいないが、宗景は耳元で囁く。

「松田家に密使を送れ。宇喜多は密かに三村家と通じておるとな」

日笠次郎兵衛の体が強張るのがわかった。

「宇喜多の狙いは、松田と三村を相戦わせることだと伝えろ」

こう言えば松田は南下の軍を動かさぬはずだ。元々、宇喜多と松田は敵同士だったのだ。直家の長女と次女を嫁がせて、薄い従属を浦上家に誓わせたにすぎない。

「さらに三村の陣に石山、中島、舟山の三城内通の噂を流せ」

松田家の南下もなく三村の監視も厳しければ、この三城が裏切るのは難しいはずだ。

「最後に、八郎めに我らが合力する必要はない。奴を三村めと死闘させた後、我らがとどめをさせばよい」

とどめが三村に向けての言葉なのか、あるいは八郎に向けてのものなのか、自身でも判じることはできなかった。ひとつだけ確かなのは、両者は絶対に和解できないということだ。三村家は直家によって当主を暗殺されているからだ。

「しかし、全く援軍を送らぬというのも。もし和泉守殿が怪しめば……」

日笠が狼狽を言葉に乗せる。

——なぜ喜ばぬ。お主の嫌いな八郎を蹴落とせるかもしれぬというのに。

口の中だけで宗景は舌打ちした。

膝元の紙を取り上げて、宗景はそれを無造作にふたつに裂く。そして明らかに書いてある名前が少ない方の紙を持ち、またふたつに引き裂く。それを何度か繰り返した。

「八郎めの合力はこのふたりで十分だ。後は温存しておけ」

手に残った紙片には、延原弾正《のぶはらだんじょう》と明石飛騨守《あかしひだのかみ》のふたりの名前しか書かれていなかった。

（五）

「殿、お待ちください」

後ろで老臣・日笠次郎兵衛の制止する声が聞こえたが、かまわずに浦上宗景は馬を駆けた。

稲穂が実る田がいくつも見えてきた。トンボが泳ぐように、その上を飛んでいる。

「虚報に違いありませぬ。宇喜多が四倍の三村勢を破るなど、ありえませぬ」

すがりつく日笠の声を引き剝がすように、宗景は馬に鞭をいれた。

何人かの百姓たちの姿が見えた。三村勢に稲を刈られることを覚悟していたからか、無事だった稲穂を愛でるようにして撫でている。彼らを蹴散らすがごとく、宗景は馬を走らせた。迂回する道は田んぼを突っ切り、稲を薙ぎ倒した。

明善寺合戦と呼ばれる戦いは、宇喜多側の大勝利に終わった。浦上家と松田家からの援軍がこないとわかった直家は、まず明善寺城を攻め落とし、三方に別れ包囲しようとする三村軍へと兵を派遣した。少数の旗本だけを率い直家自身を囮《おとり》にして三村本隊を引き受け、その間に鉄砲を効果的に使って残る二軍を壊滅させたのだ。そして、直家と戦う三村本隊を包囲して、多くの敵を討ち取ることに成功した。

馬を走らせる浦上宗景は木々の間を抜ける。カラス豆やスズメノエンドウが実り、赤、黄、黒の色彩が矢玉のように宗景の目に飛び込んでくる。

やがて、高台へと出た。茶色が幾分含まれた草原に、宇喜多の〝兒〟の字の旗指物がそびえたっていた。どれも泥だらけで、中には過半まで燃えてしまったものもあるが、天を貫くようにして起立している。

続々と宇喜多の軍が、浦上宗景の前を通過してゆく。体中に包帯を巻きつけたり、添え木をしたりと負傷した兵ばかりだが、皆の足取りは軽い。その中で一際、戦傷の激しい侍の姿が目についた。見ると臆病板《おくびょういた》と呼ばれる背後を守る防具のない鎧を着ており、凄惨なまでに斬りつけられている。恥と呼ばれる背中の傷を誇らしげに見せつけていた。

「あの武士は誰じゃ」

息を切らしながらやってきた日笠に問うと、「宇喜多三家老のひとり岡平内《おかへいない》です」と答えた。

「あ奴が、背中傷《せなかきず》の岡平内か」

豪勇の侍として、宗景も名前は聞いていた。四方八方から斬りかかられる密集に躊躇なく踏み込むゆえに、卑怯と呼ばれる背中の傷さえもこの男には名誉のものとなると評判だ。

次にやってきたのは同じく三家老のひとり、長船又三郎《おさふねまたさぶろう》。大刀を無造作に肩に担ぎ、蓑を巻くかのように数個の首を腰にぶら下げている。その中のひとつは明らかに大身の侍とわかる兜をかぶっていた。

さらにやってきたのは三家老の最後のひとり、富川平右衛門《とがわへいえもん》（幼名・平介《へいすけ》）だ。直家の相談役として、何度か天神山城の評定の間に同席していたことを宗景は思い出す。孫子などの軍学書に明るいという触れ込みで、聡明な顔立ちをしている。富川は宗景の方を見て、慇懃《いんぎん》無礼ともとれる丁寧さで頭を下げた。

三家老だけではない。剛直の侍・花房助兵衛《はなぶさすけびょうえ》、弓の名人・花房又右衛門《またえもん》、かつての宇喜多の敵であり槍弁慶の異名をとる馬場重介《ばばじゆうすけ》、男色家の穢所元常に色小姓として潜り込み仕物した美貌の刺客・岡剛介《ごうすけ》らが続く。

さらに勇ましい鉄砲隊の一団は、遠藤兄弟だろう。三村家の前当主・家親を火縄銃で暗殺したほどの手練れである。戦が終わったというのに、火のついた縄を油断なく振り回して火種を絶やさないようにしている。

次に現れたのは、兜の字を船帆《ふなほ》にあしらった軍旗を持つ一団だった。直家の影とも言われる異母弟・宇喜多〝七郎兵衛《しちろうべえ》〟忠家《ただいえ》の一隊だ。舟商人・阿部善定《あべぜんじょう》の孫だけあり、海戦上手としても知られる。病気がちの直家の名代として、一軍を率いることも多い。

一番、最後にやってきたのは、血で汚れた般若面《はんにゃめん》をかぶった騎馬の鎧武者だった。手には軍扇を持っている。この男の様子は他と明らかに違っていた。他者を圧倒する殺気が、臭気のように兜や甲冑《かっちゅう》の隙間から濃く漏れている。

顔を見なくても、宗景には誰であるかがわかった。宇喜多〝和泉守〟直家だ。

般若の面が宗景を見る。馬上のまま軍扇を振り上げた。

全軍が一斉に停止する。直家の本隊だけではない。通り過ぎた諸隊も皆同じだった。

さらに軍扇を左右に一振りした。横を向いていた諸将総兵が、一斉に宗景へと体を正対させる。

直家は馬から飛び降りる。面を外すためだろうか、兜に手をやろうとしたが途中で止まる。数歩前に出た。そして、兜も面もつけたまま、深々と頭を下げた。

瞬間、津波のような怒号が沸き起こった。いや、違う、鬨《とき》の声だ。

エイ、エイ、オウと、宇喜多の全ての士が勝ち鬨の声を上げたのだ。援軍を差し向けなかった宗景への殺意混じりの咆哮だった。

気づけば手綱を握る宗景の手が、びっしょりと濡れていた。

——八郎め、いつのまにここまで大きく、強くなったのだ。

畿内にも鳴り響く豪傑たちに、知勇忠兼備の三家老と異母弟、そして命知らずな刺客。彼らを軍扇ひとつで一糸の乱れもなく統率する直家を、謀だけの男と断じた日笠のなんと間抜けなことか。

歯を嚙みしめた。奥歯のすき間から鉄の味が染みだす。三村と宇喜多を死闘させ、勝ち残った手負いにとどめを刺す己の計略など絵に描いた餅であった。今、宇喜多を攻めても勝てない。いやたとえ倒したとしても、取り返しのつかない痛手を負ってしまう。

宗景は気づいていなかった。過去に尼子の大軍に囲まれた時にさえ感じなかった恐怖で、自身の体が小刻みに震えていることに。

（六）

狭い茶室では父が将軍家から下賜された名物の茶釜が中央に鎮座し、盛んに湯気を立てていた。背の低い扉の向こうから、抹香の薫りが侵入してくる。浦上宗景と日笠次郎兵衛は目をあわせ頷いた。

「はいられよ」と日笠がしわがれた声を出すと、数珠が鳴る音と共に戸が開かれた。

ひとりの男が入ってくる。濃い藍色の道服を着て茶人風の装いだが、大きく剃りあげた月代《さかやき》は大身の武士のものだ。かと思えば、首や手にはいくつもの数珠が巻きつけられている。着衣の乱れを整えるために襟に手をかけると、奥から経帷子《きようかたびら》がチラリと見えた。

備前北西部を統《す》べる松田〝左近将監《さこんのしようげん》〟元輝《もとてる》だ。

先の三村家との明善寺合戦では宗景の謀によって南下の軍を発しなかったために、宇喜多家との関係が急速に悪化していた。そこに付けこんで、浦上宗景が宇喜多討伐の尖兵として目をつけ、今回の密談に招聘《しようへい》したのだ。

「それにしても、こたびの狩りでの宇喜多家の所業、さぞ腹にすえかねておろう」

座についた松田左近将監をもてなすための茶を淹れながら、宗景は横眼で様子を窺《うかが》う。

先日、宇喜多家松田家による合同の狩りで、松田家の宇垣《うがき》という家老が誤って射殺される凶事《きようじ》が起こっていた。

「浦上家からも見舞いの使者を送ろうと思っておりまする」

横に控える日笠が素早く言葉を添えた。これも宗景の計略であった。宇垣を射殺したのは、日笠次郎兵衛の手のものだ。宇喜多の士の矢を盗み、狩場で宇垣めがけて放った。無論のこと宇喜多と松田の仲を裂くためだ。

だが、松田左近将監の反応は予想外のものだった。

「宇垣めは我が配下にもかかわらず、一向宗を信奉しておった。当然の仏罰でござる」

口端を大きく歪め、下品な笑みを浮かべている。

実は、この男は狂信的な日蓮宗《にちれんしゆう》信者だった。領内の寺社に改宗を迫り、断れば躊躇なく打ち壊し焼き討ちをすることで知られている。松田家の宇垣といえば軍略に明るいと評判の侍だが、松田左近将監にとってみれば異教徒がひとり死んだ程度の感慨しかないようだ。

日笠の困惑した視線が宗景に向けられたが、構わずに茶の支度をする。

この男は悪くない、と宗景は思う。直家や島村貫阿弥にはやや劣るが、大樹山寺の老僧よりもはるかに重い業を背負っている。残念なのは本人に自覚がないことだが、それは宗景が飼い馴らすうちにいずれ気づくであろう。

「手筈にぬかりはないか」と、茶を差し出しながら宗景は訊いた。

部下の死を嘲笑していた松田左近将監の表情が引き締まった。

「まずは約束の件を伺いたい」と、茶碗を手に取らずに松田左近将監が問う。

「うむ。和泉守を仕物したのち、領地の半分はお主にやる。寺社を日蓮宗に改宗させるも、打ち壊すも自由じゃ」

松田左近将監の眼光に鋭さが増した。

「日蓮宗布教の免状はいただけるか」

領地や俸禄よりも宗教のことを聞かれて、宗景は少し戸惑った。だが、嬉しい誤算というものだ。そこまで業が深いのかと、笑みが零れそうになる。

「心配するな。もう用意してある」

目で日笠に促すと、老臣は書状を一通差し出した。松田左近将監は手にとり中身を改める。たちまち固かった表情が柔らかくなる。

「いかにも結構」と口にして、松田左近将監は茶碗をやっと手に取った。

「では、こちらの手筈ですが、我が息子が和泉守を三日後に狩りに誘う。その時に……」

茶碗を口元に持ってきたので、松田左近将監の語尾が濁った。最後まで聞く必要などはない。美味そうに茶を飲み干す男の横顔を見て、宗景は日笠と頷き合う。

狩りに誘う松田左近将監の息子とは、宇喜多直家の長女・初《はつ》の婿である。直家の最期を飾るのに、松田親子ほどの適任者はいない。かつて直家が舅の中山備中を仕物したように、婿である松田左近将監の息子の凶刃によって直家は息絶えるのだ。

寒くもないのに宗景がブルリと震えたのは、快感のためであった。

「万が一にも和泉守が先を越し、兵を挙げるということはないでしょうな」

松田左近将監は、茶碗を床に置きつつ訊ねた。

「出入りの商人に扮した間者を、和泉守の城に放っておる。もし一兵でも動かせば、こちらの耳に入る」

松田左近将監は満足そうに頷いた。

「さすが我が主、結構なお点前であった。作法違いかもしれんが、もう一杯いただけぬか」

松田左近将監が笑みと共に茶碗を宗景へと差し出した。拳付近にまかれた数珠が、凶器のように見える。

浦上宗景が茶碗を受け取った時だった。

「一大事でございますっ」

茶室の外から悲鳴が聞こえてきた。素早く三人の視線が絡まる。

「何事じゃ」と、日笠が怒鳴り返す。

「金川城《かながわじょう》が敵に包囲されております」

三人が一斉に立ち上がった。金川城は松田左近将監の本拠地だ。

「まさか宇喜多か」

松田左近将監が、血走った目を宗景へと向けた。

「ありえぬ。兵が動けば必ず報せがくる」

思わず足が茶釜にあたり、湯が床に零れた。

「どこの手の者じゃ」

日笠は扉に怒号を投げつける。

「はっ、松田家配下の伊賀左衛門尉《いがさえもんのじょう》殿のご謀反でございます」

一瞬、茶室を静寂が満たす。伊賀〝左衛門尉〟久隆《ひさたか》、松田家配下の知勇兼備の名将として知られ、直家の次女を娶っている。

「おのれ」と、松田左近将監が数珠を床に叩きつけた。

「左衛門尉が。恩を忘れ、和泉守についたのか」

「松田殿、早く戻りなされ。指揮をとらねば、城が落ちます」

日笠が取り乱しつつも助言する。

数珠を蹴り上げて、松田家の当主はあわただしく茶室を出ていった。

松田左近将監が退室した後も、宗景と日笠は口を開かなかった。狼が藪の中からこちらをずっと窺っているかのような不気味さを感じていた。最初から直家の手の上で弄《もてあそ》ばれていたのではないかという妄想がよぎる。

「ご注進」と、低く抑えた声が床の間からした。宇喜多の城へ放っていた密偵だ。

「なんだ」

「和泉守が陣触を発しました。伊賀公へのご援軍とのことです」

思案するより先に、扉が再び叩かれた。密偵が潜む床の間にやっていた目をあわてて引き剥がし、再び戸口を見た。大勢の人の気配がする。

「何事だ」と、掠れた声を宗景と日笠は同時に上げていた。

「和泉守殿のご使者到着」

宗景と日笠は目をあわせる。密偵や使者が、図ったかのように次々と順番に到着する。まるで直家がはるか天上から茶室の様子を窺っているかのごとく感じられ、宗景はブルリと大きく体を震わせた。

「吉備津宮《きびつのみや》、ならびに金山観音寺《きんざんかんのんじ》を焼いた松田親子の所業許し難く、宇喜多家はこたび伊賀公にお味方するとのことです。殿におかれましては、くれぐれもご判断を誤らずに、松田追討の令を発していただきたいと申しております」

「黙れ。越権もはなはだしいわ」

戸口に向かって日笠は絶叫していた。続けて「殿」とすがるような声を出して、宗景を見る。

「ここは正念場でございます。松田親子と手を組み、宇喜多を……」

視線と言葉を払い落すように、宗景は手を振った。

「松田親子は捨てろ」

日笠の顔から血の気がひく。

「こたびは我らの負けじゃ」

大きな音をたてて床に座る。荒くなる呼吸を無理矢理に抑えこむと、肺腑がキリリと痛む。

八郎め、と呪詛の言葉を呟いた。

火箸で炉の中の炭を取り出し、袴の上へと落とす。焙《あぶ》られた生地が変色する。

「殿、火がうつります」という日笠の声を無視する。燃えたら、燃えた時ではないか。

この怒り以上に熱いということはあるまい。

「日笠、そういえば、置塩《おきしお》の赤松が援軍を要請しておったな」

日笠の隻眼に戸惑いが濃く滲んだ。きっと松田家のことを考えていたのだろう。

だが、宗景にはもう松田親子のことは頭の片隅にもなかった。代わって脳裡を占めたのは、播磨の赤松家のことだ。播磨では浦上家の主筋《しゅうすじ》にあたる赤松一族が、骨肉の争いを展開していた。龍野赤松が織田と手を組み、置塩赤松を圧倒していたのだ。

宇喜多直家を倒すには、尋常の手段では無理だ。もっと大きな、代償を支払わなければならない。過去に、謀のたびにぐひんの鼻の上を歩いたことを思い出す。

そういえばぐひんの鼻へ足を向けなくなって、もう何年もたつではないか。

「置塩の赤松に使いを出せ。天神山衆の総力を上げて、兵を出すとな。日笠、お主が指揮をとれ、儂は天神山に籠る」

「それでは天神山城が手薄になりまする」

「構わん。天神山城なら一年は持つ。手薄にすれば、きっと和泉守は兵を挙げる」

日笠がゴクリと唾を呑み込んだ。

「儂を餌に、八郎を決起させる。その後、日笠は天神山衆を率いて、播州《ばんしゅう》よりひき上げろ」

「和泉守めとの決戦ですな」

宗景は首をゆっくりと横に振った。

「いや、備前の奴の城を攻め落とせ。帰る家もなくば、軍は自然に瓦解するであろう。さらに美作の後藤家に号令をかけ、八郎の本隊を挟み討ちにするのじゃ」

「おおお」と、日笠は感嘆の声を上げた。

「いずれ奴は松田を呑みこむ。が、それでもまだ我らの方が上じゃ」

「お見事です。ご自身を囮にする計略。さすがは浦上家を統べる殿でございます」

世辞には返事をせずに、宗景は名物の茶釜を蹴り上げた。袴の上にあった炭が飛び、火の粉が散る。袴の端に赤い火が小さく灯っていたが、無視した。

八郎の分際で儂を追い詰めたことを後悔するがよい。

立ち昇る灰と湯気の中、浦上宗景は歯を見せずに笑ったのだった。

（七）

一年後、天神山城の評定の間に現れた宇喜多直家は、敗軍の将ではなかった。大紋の衣服に描かれた〝兒〟の字を見せびらかすように胸をはり、左右に並ぶ家老たちには一瞥もくれず静かに着座した。背中に負う襖絵の武者行列さえも従えているかのようだった。隣に控える日笠次郎兵衛の歯ぎしりが、かすかに聞こえてきた。

宗景の謀は半ばまで上手くいった。置塩赤松家を助け、播州で織田勢と龍野赤松家と戦っている時、宇喜多直家が挙兵した。天神山城を固く備え、東美作の後藤家に号令をかけ、播州の軍勢を全て転回させたとき、直家は思わぬ行動をとった。

降伏したのである。小競り合い程度で戦らしいものはほとんどなかった。

降伏の条件を詰める折衝へと移ると、播州の情勢が急転する。織田の撤兵、龍野赤松の敗北弱体化。これで置塩赤松と手を組む浦上家の勝利かと思われたが、違った。

置塩赤松が浦上を裏切り、あろうことか敵であった織田と手を組んだのだ。当時、織田は中国の毛利家とも緩やかながら軍事同盟を結んでいた。浦上家は一気に、毛利織田の二大勢力に挟み討ちをうける形になった。そうなると、この両雄と対峙できる軍才を持った男は、浦上家にはひとりしかいない。宇喜多直家である。

下座で堂々と胸をはる直家を見て、まるで奴めに弄ばれているかのようだと、宗景は思った。八郎は最初から、織田毛利の間で浦上家が孤立すると読んでいたのではないか。その上で背き、宗景に八郎を許すという屈辱を味あわせたのではないか。

握る扇の骨が軋《きし》んだ。

粛々と直家降伏とその赦免、再びの臣従の儀式は進んだ。やがて終幕も間近になった時だった。

「まて、八郎」と、宗景は声を上げていた。家老たちの視線が集まる。

「殿、なんでございましょうか」と、涼しい顔で直家が尋ねてきた。

「八郎、お主、儂のもとに帰参することを恐ろしいとは思わなかったのか。今、この場で、儂が斬れと皆に命ずるとは考えなかったのか」

直家の口端に笑みが浮かぶ。それが嘲笑なのか微笑なのかを判じようと宗景が上体を乗り出した時には、普段の鉄面皮に戻っていた。

「拙者は幼き頃から小姓として侍る身。殿のことを信じておりました」

思わず視界の縁が歪んだ。

「つまり、怖くはなかったということか」

「はい、殿は情に厚いお方でございます。再び帰参することに、何の恐怖を感じましょうや」

不意に体が熱くなった。顔の筋肉が強張り、こめかみの皮膚を引っ張った。


——儂が情に厚いだと。


口の中で呟いた時、扇をへし折っていた。

「城下の町衆たちの声に耳を傾けなされ。こたびの寛大な処置を仁君の器量と、領民たちは噂しておりまする」

肺腑が膨らみ、胸を圧迫する。

そう、今、非情で恐れられる男といえば、宇喜多直家だった。長女が嫁いだ松田家を同じく次女が嫁いだ伊賀家を遣って滅ぼした悪評は、備前はおろか中国中に知れ渡っている。口が悪い者は〝捨て嫁〟と揶揄するほどだ。

腹の底から吐き気がこみ上げる。

「黙れ」と大喝して、激しく立ち上がった。

左右の家老たちはのけぞるが、直家は微動だにしない。宗景は、あることを初めて自覚した。己が他者より秀でているのは、人より情がないことだと。武勇でも智謀でもない。非情が生む幻想が部下に恐怖を与え、服従という縛鎖《ばくさ》に変じ、丁半博打のごとき謀をことごとく成功へと導いたのだ。

宗景は全身に力を籠めて、肌の下からにじみ出る震えを殺した。

宗景は怖かった。もし、非情が作り出した己の幻影が剝がれることがあれば……。

そして、もうひとつのことを悟った。

直家は宗景を討つ必要などないのだ。幻影さえ取り除けば、遠からず宗景は自滅する。兵を繰り出すよりも、もっとも確実な手段ではないか。

「だめだ。儂は許さん」

己が破滅せぬためにも、狂気の暗君を演じなければいけない。

その時、あることが閃いた。

「八郎、ついてこい」

家老たちを跨いで、宗景は評定の間を抜ける。慌ただしげに皆が後をついてくる音がした。何も知らぬ侍女とはちあわせし、殴りつける。

——なぜ、侍女を斬らなんだ。

もっと狂気に心身を委ねろと、自責しつつ足を進める。庭を出て、さらに歩く。

「殿、お待ちください」と、声がすがりつく。

やがて宗景の足が止まった。そこはぐひんの鼻だった。朽ちて切れそうになった注連縄があった。あの日と同じように天には厚い雲があり、小雨が散っている。振り向いて、肩で息をしながら控える宇喜多直家や家老たちを見る。

「八郎、あの頃のようにぐひんの鼻先まで歩め。そして、無事戻ってくれば帰参を許そう」

家老たちがざわめいた。勢いよく抜刀し、宗景は切っ先を突きつけ黙らせる。

「口応えする者は斬る。三族皆殺しだ」

上唇を下品に舐めてみせたのは、染みついた所作なのか、それとも芝居なのか、自身でも判然としなかった。

ゆっくりと直家を見る。表情がさすがに硬くなっている。いつかのように下唇を強く噛んでいた。

「わかりました」と呟いて、宇喜多直家は草履を脱いだ。中腰で注連縄を越える。

強い風が吹いて、懐紙が襟から飛び出て舞い散った。風雨で削られたせいだろうか、かつての鼻より一回り小さくなっている。幅は大人の肩よりはるかに狭く、内股をするようにして直家は歩かなければならない。

家老たちが手を握りしめて見つめている。日笠次郎兵衛も苦しそうに胸に手をやっていた。落ちろと念じているのか、それとも……。

八郎が滑落すれば、浦上家は滅ぶだろうな、と切っ先を家老たちに突きつけながら思った。多分、宇喜多家は異母弟の忠家をたてて、徹底抗戦にでるだろう。そこに間違いなく、毛利織田は介入する。それを防ぐ術はない。

だが、八郎が渡り切れれば違う。

直家や家老たちは、宗景により強い恐怖を抱き、彼らを支配することも容易くなる。そうなれば、いずれ隙を見て宇喜多直家を滅ぼすことができる。

「うわぁ」と、家老たちから悲鳴が上がった。

直家がよろめいている。倒れ込んで鼻にしがみついた。片脚が完全に宙に浮いている。なんとか持ちこたえ、犬のようによつんばいで這う。そして、とうとう鼻の先まで行き、尻を向けた無様な姿勢のまま後退した。最後に右手が注連縄を越えて固い大地に接した時、全員から安堵の息が漏れた。

手を地につけた状態のままの直家へ、抜き身をぶら下げた宗景が歩みよる。犬のように這う直家を見て、何か大切なことを思いだしたような気がした。家老たちに植え付けた恐怖が、浦上宗景の頭脳を回転させる。火にかざした焙り絵のように、ある謀が思い浮かんできた。

――なぜ、八郎に勝とうとしたのじゃ。

揺れる切っ先で小石を弾きながら近づく。

――己は考え違いをしていた。

自嘲の笑みが、唇を歪めた。猟犬がいらなくなったら、猟師が決闘をするか。否、しない。ただ左手で頭を撫でつつ、右手に隠し持った匕首《あいくち》で仕留め、後は鍋の具材にし喰らうだけだ。

直家のそばへ寄り、しゃがみこむ。

狡兎《こうと》死して走狗《そうく》烹《に》らる。その走狗に、己は必死に勝とうとしていたのだ。相手を上回る必要など、どこにもなかったのだ。

「八郎、お主の娘だが、嫁ぎ先が決まらぬそうだな」

激しく上下していた直家の肩がピタリと止まった。宗景の頭に浮かんだのは、三女の小梅《こうめ》と四女の於葉《およう》の姿である。そういえば、於葉が赤子の頃に抱き上げたことを思い出した。於葉は婚姻にはまだ早いが、小梅ならばちょうどい年頃であろう。

「口の悪い者は捨て嫁などと言っておるぞ。確かにお主の娘を娶《めと》るは、毒を喰らうに等しい所業よ」

顔を近づけて耳元に囁きかける。

「跡継ぎの男児もおらねば不安であろう」

直家には子は娘ばかりで、まだ男児は生まれていない。かわりに弟の忠家の息子を養子にする計画があった。

宗景は、背後の家老たちにも聞こえるように大声を出す。

「八郎、お主の娘を我が嫡男与次郎《よじろう》に嫁がせてやろう」

どよめきが立ち昇る。皆、宗景の意図を量りかねている。

「そして、こうも思っておるのじゃ。儂は嫡男に宇喜多の姓を名乗らせてもよいとな」

直家の顔が跳ね上がった。瞳が戸惑いで細かく震えている。

敵対する他家に自分の息子を養子として送りこむのは、多くの戦国大名が使った乗っ取りの常套手段だ。代表的なところでは毛利、織田、武田など。決まって凄惨なお家騒動が起こる。

「なに与次郎は嫡男だが、気にするな。何より三村家の例もある」

浦上家の宿敵である三村家親は長男を敵対する庄家《しょうけ》に養子に送りこみ、乗っ取っている。

「跡継ぎなど、また生めばいいだけだ」

愛撫するように直家の背中をさすった。

なぜ、こんな簡単な策に気づかなかったのだろう。思えば直家の家臣たちは皆、特殊だ。他家のような累代の加恩によって絆は成り立っていない。祖父の宇喜多能家が討たれて以後、直家は放浪し、彼のもとに集った者たちも皆山賊や流民、乞食、浪人だったと聞く。なかには宇喜多家の元家臣もいたが、再仕官後も略奪や失食をしないと生きていけなかった。彼らには禄をもらい、奉公するという意識が薄い。武士というより、海賊か山賊の関係に近い。

宗景には確信はなかったが、予感はあった。己の息子を婿として送りこめば、必ずや宇喜多の家は乱れると。

（八）

遠くへ去ろうとする宇喜多直家の背中を、家老たちが見つめていた。日笠次郎兵衛が、宗景へとすり寄ってくる。

「感服しました。和泉守めをゆっくりと自滅に追いやり、その所領さえもかすめとる見事な計略でございますな」

「世辞はよい。それより、すぐに婚礼の支度を整えよ。宇喜多の家に送る者を選べ。才よりも強欲の士を集めろ」

「はい。不届き者や家中の鼻つまみ者どもばかりを、まずは送ってやりましょう。きっと宇喜多の家をかき乱すでしょう」

満面の笑みと共に頭を下げる日笠。宗景は返答に満足し、抜き身の刀を放り捨てる。小姓たちが慌てて拾う様子が滑稽《こっけい》だった。

先程まで直家が蹲《うずくま》っていたぐひんの鼻先を見る。その先には鬱蒼とした山々が広がっている。あるいは謀が翳りだしたのは、ぐひんの鼻に渡らなくなってからではなかったか。だから、八郎ごときに情があるなどと断定され、あろうことか己が恐怖したのだ。

宗景は大きく一歩を踏み出し、注連縄を越えた。

「殿、いけませぬ」

日笠がすがりつこうとする気配がしたが、さらに一歩を踏み出すと、それもなくなった。山から強く吹きつける風が気持ちいい。二歩、三歩と踏む。思ったより早く、ぐひんの鼻へとついた。眼下には、雨を含んで黒ずんだ森が広がっている。

両の腕を水平に広げて、さらにいっぱいの風と雨を味わう。

「悪ふざけが過ぎまする。早う、お戻りください」

背後の悲鳴が何と甘く感じることか。

ふと視線を下界へとやった。

いくつかの人影が見えた。ひとりは筒の長い火縄銃を構えていた。肩に回した縄には火がともっている。銃身から飛び出た火ばさみに取りつけようとしている。

三村家親を火縄銃で暗殺した宇喜多家の遠藤兄弟の話を思い出した。

「まさか」という呟きが聞こえたかのように、銃口が宗景に向けられた。銃身を頬にピタリとつける。鋭い視線が銃の胴体にある照門《しょうもん》から筒の先端にある照星《しょうせい》、そして浦上宗景の眉間へと一直線に結ばれる。

「八郎め」

気づけば叫んでいた。

射ち手の指が引き金に触れようとした時、反射的に身をよじった。この一発さえ避ければ、次弾をこめる間に逃げられる。

宗景の楽観を嘲笑ったのは、ぐひんの鼻だった。岩が砕ける音がして、右足が宙をかいた。左膝が崩れる。あまりにも強く岩を蹴ったためか、ぐひんの鼻の半ばに大きな亀裂ができていた。

裂け目が急速に太くなる。激しく足場がしなり、歪んで、大きく弾けた。

伸ばした腕は右だったか、左だったか。ただ、つかんだ岩肌が濡れていたことだけはわかった。力を入れると、スルリと手に実体がなくなる。

己の体が完全に固いものから切り離された時、地面を見た。

引き金をひけなかったことを悔やむように、顔を歪める射ち手がいる。火縄銃を頰から引き剝がす。

天を見る。短くなったぐひんの鼻があった。それは急速に小さくなり、やがて暗い闇の中へと没する。

松之丞の一太刀

（一）

溶けた鉄のように熱い真夏の太陽が、広場を囲う木の柵を熱していた。地に落ちた影が、陽光で縫い付けられるのではと思うほどだ。広場の中央には、もろ肌脱ぎの武者が馬を駆っている。年の頃は三十を越えたか越えないか。手には立派な大弓が握られており、馬の躍動にあわせてかすかに弓弦《ゆづる》が震えていた。

奇妙だったのは、左肩や胸、両脇腹に厚いサラシが幾重にも巻かれていたことだった。まさか夏の盛りの今、寒いわけではあるまい。

子供用の弓を持つ浦上松之丞《うらがみまつのじょう》は、ただそれをじっと見つめていた。まだ数えで十一歳、小さな弓でさえ抱くようにして持たなければいけないほど華奢な松之丞にとっては、騎馬武者の動きは別世界の出来事だった。

「さすがは浦上家筆頭家老の宇喜多《うきた》殿ですな。見事な手綱さばき」

横に控える家老が追従めいた言葉を添えた。

宇喜多〝和泉守《いずみのかみ》〟直家《なおいえ》——浦上家でも三位の席次にすぎなかったが、数ヶ月前に島村《しまむら》貫阿弥《かんあみ》、中山備中《なかやまびっちゅう》の返り忠を一兵も損ずることなく鎮め、筆頭家老となった。

宇喜多直家が追っているのは、一匹の痩せた犬であった。口から白い泡と赤い舌を垂れ流しながら、必死に走っている。手綱を口にくわえ、腰の空穂《うつぼ》から矢をとり弓に番《つが》えた。犬との距離がグングンと縮まり、馬の足下へと来た瞬間、矢が放たれる。矢叫びの音は一瞬だった。すぐに犬の悲鳴が続く。馬が駆け抜けた後には、地に串刺しにされた骸《むくろ》があるだけだった。

浦上松之丞は思わず眼を背けた。

犬追物《いぬおうもの》と呼ばれる弓馬の稽古だ。鍛錬以外にも、娯楽として当時の武者の間ではよく行われていた。通常なら、響目《ひきめ》と呼ばれる矢尻が尖っていない矢で射るが、浦上家では違う。戦場での必殺の気合を育むために、本物の矢で犬を射し殺すのが家風だった。

事実、柵の外には矢が刺さった犬の骸が積み重なっている。

犬と騎馬武者を囲む柵が、松之丞にとっては牢屋の格子に思えた。犬追物などに興じたくはなかった。生きた犬を殺すぐらいなら、侍女たちと貝あわせに興じている方がよほど楽しい。

そんな松之丞の思考を塗りつぶすように、喝采が沸き起こった。その中心にいるのは、宇喜多直家だ。松之丞へと視線をやる。いや、正確にはその横の床几《しょうぎ》に座す父の浦上宗《むね》景《かげ》に目をやったのだ。

「見ろ、松之丞、あの犬め、死に際に糞を垂れ流しおったぞ」

隣に座る父が、嬉しそうに犬の骸を扇子でさした。松之丞は一瞥《いちべつ》さえもできずに、あわてて背を向ける。肩越しに注がれる父の視線が幾万本もの棘《とげ》となって、肌を刺すかのようだ。

「よし、次は松之丞の番よ」

父の声に、松之丞は息の吸い方を忘れる。

「浦上家の嫡男ともあろうものが、十一にもなって犬追物も嗜《たしな》まんなどもっての外よ」

父が大きく手を叩いた。

「とはいえ、いきなり馬に乗り弓を射るのも難しかろうて。見ろ、ああしてやったぞ」

恐る恐る振り向くと、そこには狼かと見間違うほどの巨大な黒犬がいた。血のように赤い歯茎《はぐき》から、涎《よだれ》でぬめった牙が生えている。

思わず尻もちをついた。

父の宗景が舌打ちをする。

「よう、見ろ。綱につながれておる」

確かに、縄で犬の首と杭がつながっていた。

「馬に乗る必要もない。まずはあれを射ろ」

大きな体をした侍が松之丞を背後から抱くようにして、黒犬のそばまで誘導した。幼い鼻をねじ曲げるかのような、犬の体臭と口臭がやってきた。

「さあ、松之丞様、矢を番えなされ」

背後にいる侍が耳元で囁《ささや》きかける。松之丞はチラリと串刺しになった犬を見た。それだけで、関節が外れるのではないかと思うほどの震えが足下からせり上がってくる。

「どうした。さっさと射ろ。まさか、震えているのか。いつまでも女衆とばかり遊んでいるから、腑抜けるのだ」

父の叱声が飛んできたが、震える手は空穂から矢を取り出すだけで精一杯だった。

「さあ松之丞様、このようにするのです」

抱くように背後に控えていた侍が、松之丞の両手をとった。操り人形のように、弓を構え矢を番えさせられる。

「さあ、後は指を放すだけでようございます」

弓弦は、松之丞の細い腕では不可能なほどに引き絞られていた。弓をとる左手は侍によって包み込むように握られ、矢を番える右手首も縛鎖《ばくさ》のごとく指が食い込んで固定されている。背後の男の掌から滴る汗が、松之丞の皮膚を湿らせる。自由になるのは、矢羽根を握る指だけであった。

矢尻は正確に犬の眉間に向けられていた。黒犬の口がさらに大きく裂け、絞り出された唸り声が松之丞の心に爪をたてる。自覚できるほどに、顔が恐怖で歪んだ。

「さあ、はよう。指を放しなされ」

首を必死に左右に振って抵抗すると、「犬の綱を切れ」という言葉が投げつけられた。

声の主を探すと、父と目があった。

「綱を切って犬に襲わせろ。そうすれば嫌でも矢を放つであろう」

「し、しかし、万が一、若の身に……」と、左右に侍る小姓たちが狼狽《うろた》える。

宗景は溜息をひとつ吐く。

「大丈夫だ。死にはせんだろう」

持っていた扇子で首筋をかく。まるで遊び飽きた玩具を見るかのような目だった。ひとりの小姓が短刀を抜き、恐る恐る杭へと近づいていく。

黒犬の体が躍動した。

首には切断された縄が踊っている。

背後の侍が「ひい」と小さな悲鳴を上げた。握られた左手と右手首が砕けるのではないかと思うほど、力が込められた。

放てっと己自身に命じるが、右手の指は石のように固まったままだった。黒犬の口臭が叩きつけるように襲ってきて目を瞑《つむ》る。指に矢羽根の感触を残したまま、体勢が崩れ後ろにいる侍とともに地面へと倒れた。毛むくじゃらのものがのしかかる。なぜか感触はひとつではなく、ふたつだった。

暖かい液体が顔に大量にかかる。生臭さで息もできない。

ふと、どこも痛くないことに気づいた。恐る恐る目を開けると、血刀を持った武士がひとり佇んでいた。もろ肌脱ぎにもかかわらず、厚いサラシが左肩や両脇腹を覆っている。先ほど、犬追物で見事な腕を見せた宇喜多直家であった。

この男が助けてくれたのかと思った次の瞬間にやってきたのは、恐ろしいまでの冷気だった。夏だというのに冬のように寒い。

直家は刀にこびりついた犬の汚物を血振りの動作で大地へと叩きつけた後に、空いている方の手を松之丞の胸元へと伸ばした。

情けない声をあげていた。松之丞の胸の上に、黒犬の生首があったからだ。斬撃の余勢だろうか、片目が頭蓋からずり落ち、正体不明の体液も飛び散っている。

「八郎――いや、和泉守殿、お見事」

背後で一緒に倒れた侍が声を上げた。宇喜多直家は浅く頷き、犬の生首を取り上げる。

「称賛は不要にございます。主君の世継ぎを守るのは当然のこと」

温度の感じられぬ直家の視線が、松之丞に向けられた。人形のように口元を結び、瞬きひとつせずにこちらを見ている。直家の本心が読めない。この男が、父への忠義のために己を助けたのではないということだけはわかった。

気づけば松之丞の股間が濡れていた。震えはさらに勢いを増し、歯の根もあわぬほどにあごが鳴る。

「八郎、礼は言わぬぞ」

父の声に宇喜多直家は腰を折り、深々と頭を下げる。地に伏す松之丞でさえも覗きこめぬほどに。

（二）

再び、松之丞が宇喜多直家と対面した時、ふたりは舅《しゅうと》と婿となるべきことを約束された直後だった。沼城《ぬまじょう》の一室に座す直家は、壮年の終わりに差しかかっていた。一方の松之丞は、二十一歳の青年になっていた。

接客用の御料理《おりょうり》の間の襖や壁には、天神山城《てんじんやまじょう》とは違い華美な装飾はない。上品に年月を重ねた土壁を連想させる色合いをしている。質素な分、窓から目に入る新緑の景色や床の間の花瓶にいけられた紅紫色の槿《むくげ》の美しさが際立つ。

初夏の暑さも忘れるような目の涼だが、ここが公家ともつながりの深かった中山備中のかつての城であったことを思い出す。この設《しつら》えを指示したであろう人間はもういないと考えると、別の涼しさが松之丞の背筋に宿った。

目の前の膳には赤く彩られた鶏料理がのっている。直家が言うには、天竺由来の肴というがまことであろうか。手をつけることが躊躇《ためら》われた。

手に銚子を持った侍女が近づき、松之丞の盃に酒を満たした。膝をつき横に並ばれると、圧迫されるようだった。彼女は松之丞よりも頭半分ほど大きい。犬追物の頃からは少しばかり背丈は高くなったが、依然として気力も体力も人並み以下だった。

そのせいか、元服して浦上〝与次郎《よじろう》〟宗辰《むねとき》という名乗りになったが、家臣たちは松之丞という呼び方を変えようとしない。もっとも、松之丞も別段それが不満ではない。大人の名で呼ばれることは、恐ろしい乱世に幽閉されるような心地がする。松之丞という名前のままでいれば、いつでも武家の世界から逃げられるような気がしていた。

「さあ、遠慮されずに」と声をかけたのは、宇喜多直家だった。

感情の籠らぬ声は相変わらずだったが、かつて見せた体力の充実には翳《かげ》りが見える。〝尻はす〟という業病の影響か、頬が少しこけているようだ。かわりに目元や口元にうっすらと浮かぶ皺が、貫禄を付加している。

盃を取ろうとした手が止まった。まさか毒は入ってはおるまいな。

数多くの強敵を仕物《しもの》した宇喜多直家の過去が蘇る。

この男が己の舅になるのかと思うと目眩《めまい》がする。あろうことか、松之丞がいずれ宇喜多の家を継ぐという。婿養子として宇喜多家を乗っ取るという浦上家の謀略であるが、松之丞にとっては直家の姦計《かんけい》に貶《おとし》いれられたとしか思えない。

「松之丞様、ご安心なさいませ」

隣にいる老臣の日笠次郎兵衛《ひがさじろうべえ》が、潰れた目を近づけた。

「台所にも人をやり見張っておりまする。酒も毒見はすんでございます」

片目でせわしなく松之丞と直家を見やりつつ、日笠が言った。震える手で盃を持ち、一口だけ流しこんだ。味が全くわからない。

「酒宴の席で言うべきことではありませぬが、松之丞様はいつ沼城へお住まいをお移しになるのか」

直家の問いに、日笠が咳払いをひとつした。松之丞のかわりに答えるという意志表示だ。

「いずれ、松之丞様は宇喜多の名を継ぐお方。そのことを考えれば、早々に沼城にお住まいを移し、小梅《こうめ》殿と暮らしを共にするべきでありましょう」

松之丞は、小梅とは婚姻の約束をしただけでまだ顔も見ていない。まずは松之丞付きの家老として日笠の息のかかった者を送り込み、宇喜多家の過半を乗っ取る手はずになっている。今は、日笠の一族が軍監として沼城に滞在している程度だ。

沼城に派遣した軍監の報告からわかったことは、宇喜多の家中は案外に一枚岩ではないということだった。三家老の岡《おか》と長船《おさふね》は、直家の異母弟の忠家《ただいえ》と犬猿の仲で、もうひとりの三家老・富川平右衛門《とがわへいえもん》（幼名・平介《へいすけ》）が、三者の仲を必死に取り持っていた。さらに外様の伊賀久隆《いがひさたか》も、急速に力をつけている。

そんな時に、松之丞が養子として宇喜多の家を継ぐという計略が動きだした。松之丞が当主になるなど耐え難いと考えている宇喜多一族、忠家の男児が家督を継げば立場が悪くなる岡平内《へいない》や長船又三郎《またさぶろう》、同じ外様同士ということで親近感がある伊賀久隆と、松之丞が養子になることに対して家中には温度差があった。そこに浦上家が調略で楔《くさび》を打ち込んだ後、松之丞の住まいを沼城に移し、小梅と夫婦の契りを結ばせる。それまでは月に数度、このようにして舅の顔を伺い、良き婿を演じ続けるのだ。

「ですが、ご存知のように我が殿は先日、ぐひんの鼻より転落された。幸いにもご一命は取り留めたが、お心が弱くおなりになっておられる。松之丞様のご補佐がなければ、とても家中は立ち行かぬ」

悪びれることもなく、日笠は言ってのけた。

か。

「ほお、お心を弱くされた、と」

宇喜多直家の口端が持ち上がった。見え透いた嘘をつくな、とでも言いたいのだろう

「和泉守殿、なぜ笑う」と、日笠が隻眼で睨みつける。

「主が一命をとりとめたゆえの安堵の笑みでござる。が、誤解を生んだのであれば謝りましょう」

口元を隠すかのように直家は盃に唇をつけた。気まずい沈黙が流れる。

何か話題はないかと思案している時だった。

「そういえば武芸には精進されておられるのか」

何気ない直家の一言だったが、尻の下が針の筵《むしろ》に変じる。給仕する侍女と薙刀《なぎなた》を持って渡り合えば、松之丞が負けるかもしれない。

黙っていると、直家が言葉を継いだ。

「犬追物でお助けしたのは、もう十年も前のこととは信じられませぬな。確か、今日のような暑い夏の日でしたな」

命を助けた恩を着せるつもりであろうか。

「和泉守殿、あれは余計な一太刀であった。松之丞様は間違いなく矢を放たれたであろう。手柄を奪う盗人のような所業よ」

日笠の言葉に松之丞は狼狽し、「よせっ」と思わず叫んでしまった。

「和泉守の言う通りよ。あの一太刀がなければ、儂は喉をかみきられていた」

だが、恩とは思っていない。あれが忠義ゆえの行動でないのは見抜いている。

「見事なお覚悟でござる。凡夫なら、恐怖で矢を射ていたはず」

世辞とは思えぬ直家の口調だったので、松之丞は思わず問いを発していた。

「和泉守よ、犬を殺せなかった儂を評価するのか」

「それがしならば、きっと手を放し矢を射るでしょう。松之丞様は殺さぬと決め、それを最後まで貫きました。優しさと強さを持っておられる」

「それは違う」と、松之丞は首を激しく左右に振った。

「いえ、違いませぬ。真に強き者は、刀を振るうべき時に振るう者です。いたずらに刃物を抜き、余人を傷つけるなどもってのほか。時にはかつての松之丞様のように、絶命の危機であっても刀を抜かぬ強さが必要なのです」

「では、刀を振るうべき時とは、いかなる場合なのだ。己の命の危機にこそではないのか」

直家は松之丞から視線を外し、しばらく思案する。

顔を少し動かして自身の左肩を見た。

「利己ではなく他者のために。これこそが、国を統《す》べるものの一太刀でございましょう」

まるで左肩に語るかのような風情だった。

「ほお、まさか謀《はかりごと》上手の和泉守殿から、他者のためという言葉が出るとはな」

日笠が大げさに驚いたふりをしてみせた。松之丞も、日笠と同じく直家の言葉に同調できなかった。この下剋上の世で、他者のために刀を振るうなど夢物語ではないのか。

直家は、松之丞主従のいぶかしげな態度には反応しない。かわりに、空いた手を左肩に添えた。

犬追物の時、体に分厚くサラシが巻かれていたことを松之丞は思い出す。聞けば、直家は左肩や胸、両脇腹など体中に古傷があるという。なかでも左肩の傷は、直家の母の逸話とともに有名だ。天神山城で小姓として奉公していたが、賊に乱入され斬りつけられたのだ。その時に母が誘拐され行方知れずになったのは、浦上家では知らぬ者はいない。

「和泉守は、真に強き者ではなかったから母を守れなんだのか」

不用意に発した問いだったが、直家の表情が金剛石《こんごうせき》のごとく固くなった。左肩を潰さんばかりに、手に力が籠められる。

誰も知らぬ舅の一面に肉薄していることを、松之丞は実感する。

「儂は不思議なのじゃ。和泉守は島村貫阿弥や中山備中を一太刀で討ち取るほどの腕を持つのに、どうして賊ごときに深手を負った。母を助けるべき時に、なぜお主は――」

「呪いゆえです」

一喝するかのような、鋭い返答だった。

「呪い、だと」

「はい。それがしは呪われた技を持っておりまする。己の親や子でさえも躊躇なく手にかける、忌まわしき技でございます」

だから、母を助けられなかったというのか。松之丞は混乱した。まるで、直家が母を手にかけたようにも意味がとれるではないか。

直家は、松之丞の疑問を素早く悟ったようだ。

「その技ゆえに、それがしは貫阿弥殿を斬らねばなりませんでした」

聞きたかったのは、母が誘拐された事件についてであり島村貫阿弥のことではない。

松之丞の問いを、故意にはぐらかしたのは明白だった。

「ふん、昔の功をいまだに誇られるか。どうせ、島村殿の首を挙げたのも卑怯な騙し討ちであろうに」

日笠は吐き捨てたが、直家は聞こえなかったふりをしてくれた。いや、そうすることで、これ以上の詮索を断念する取引を持ちかけているのではないか。

「和泉守、教えてくれ。なんなのだ、その呪われた技とは」

だが松之丞は構わずに問う。あるいは、事件の真相に直家の急所があるのではないか。

「無想の抜刀術でございます」

「む……そう……、何と言ったのだ。よく聞こえなかった」

直家は、左肩を摑んでいた手を放す。

「少し酔ったようでございます」と、床に置いた盃に語りかけるように口にした。

「松之丞様、そろそろ帰られてはいかがか」

酒にやっていた視線を松之丞へと向ける。犬追物で黒犬の首を一刀のもとに叩き斬った時と、同じ目をしていた。

「あるいは、まだ聞き足りないことがあるようであれば、この沼の城で夜通しの相手をつかまつりまするが」

古井戸の底を覗きこんだような、ぞっとするほど暗い瞳だった。松之丞の背が冷たくなり、たちまちあちこちの筋肉が固くなる。己が虎穴で酒を飲んでいることを、強張った筋肉が教えてくれていた。

（三）

夕暮れを迎え篝火《かがりび》が焚かれた沼城の門を抜けようかという時、松之丞は女人のような悲鳴を上げていた。

「何事でございますか」と、日笠が素早く横に侍《はべ》った。

「ゆ、幽鬼《ゆうき》がいる」

松之丞は篝火によってできた影を指さした。そこには、ふたりの女が立っていた。ひとりは菜の花や朝顔、椿など春夏秋冬の花の柄をあしらった色打掛を羽織り、長い黒髪を丈長《たけなか》と呼ばれる和紙の髪飾りで結んでいる。年の頃は十四、五歳であろうか。奇怪だったのが、能で使う翁《おきな》の面をつけていたことだ。

もうひとりは十歳ほどの童女で、麻の稽古着にかるさんと呼ばれる南蛮袴を着ていた。稽古で動きを邪魔せぬためだろうか、髪はうなじあたりで輪にした玉結びだ。こちらは面をつけてはおらず、勝ち気そうな瞳で見つめている。

乾いた笑い声が背後からした。宇喜多の家老のひとりが、白い歯を見せて破顔している。

「ご安心ください。あれは物の怪でも、幽鬼でもございませぬ」

家老が目を向けると、面をかぶった少女が申し訳なさそうに頭を掻いた。

「実に悪戯《いたずら》好きな姫でございまして。あのような面をかぶって、皆を驚かすのが好きなのでございます。儂らもほとほと手を焼いておりまする」

「主筋《しゅうすじ》に対して無礼にもほどがあろう。手討ちにされても文句はいえぬぞ」

隻眼を血走らせて、日笠が怒鳴りつけた。

「これはぶっそうな。日笠様はご主君の将来の妻を手にかけると言うか」

「えっ」と間抜けな声を、松之丞は老臣と共に上げていた。

仮面の姫は手を握る童女の耳元に何事かを囁いた後、打掛の裾を手で持ち上げてこちらへと駆け寄ってくる。

「奥で待たれている童女がお館様の四女・於葉《およう》殿。そして、面をかぶっているのが……」

　家老が言葉を途切らせたのは、すぐ近くにまで仮面の少女が来ていたからだった。面越しに、高揚した息遣いが聞こえてくる。ちょうど小柄な松之丞は、少女と同じくらいの背丈であった。松之丞の真正面に木彫りの翁の面が佇み、髪飾りの丈長が蝶の羽のようにゆれている。

「松之丞様ですか」

　翁には不釣り合いな弾んだ声がした。松之丞は老臣の日笠を見上げて、目をあわせる。

「覚えておいでですか。小梅でございます」

　松之丞は、慌てて少女に向き直った。

「姫が小梅殿なのか」と訊くと、翁が遠慮がちに頷く。

　だが、わからぬことがあった。姫に〝覚えているか〟と尋ねられたことだ。松之丞は首をひねる。翁の面も同じ角度に傾《かし》ぐ。

「覚えておられないのですか。天神山城で、一緒に貝あわせをしてくれたではないですか」

　少女は首を伸ばして、翁の面を松之丞の鼻先へと持っていく。への字に曲がった仮面の目の隙間に、夜の湖面のような瞳がチラリと見えた。

　貝あわせ、と呟いた。

　確かに松之丞は武芸よりも女子供の遊びを好んだ。元服するまでは、天神山に住んでいる侍女やその娘とよく遊んでいた。だが人質として生活をしている者も多く、親しくなった翌月に彼女らの縁者が返り忠の嫌疑をかけられ、見せしめで殺されることが相次いだ。いつしか松之丞は、遊ぶ相手の顔と名を頭の中に残さないようにしていた。

言われてみれば直家の亡き妻は天神山に仕えていたので、小梅と遊んでいてもおかしくはない。

「すまぬ。覚えておらぬ」と、松之丞は頭を掻いた。

鼻先にあった面がゆっくりと離れていく。

「姫、いかに将来夫婦になるのが決まっているとはいえ、面を取らぬは非礼ではありますまいか」

日笠が怒鳴りつけたが、翁は「いやでございます」と澄ました声で返事をした。慌てて宇喜多の家老が宥《なだ》めにはいる。

「なぜ、嫌なのじゃ」

ゆっくりと後ずさる少女に対して、松之丞は問いかけた。ピタリと後退が止まる。

「面を取ったら、顔を見せねばなりませぬ」

「それが礼儀であろう」と、日笠が家老の肩越しに声を投げつける。

「顔を見せれば、私がどんな表情をしているかわかります」

意味を量りかねた。

「表情がわかれば、私がどんな気持ちであるか、松之丞様にばれてしまいます」

語尾にほんの少し怒りの感情が含まれているような気がした。

「小梅は同情されとうありませぬ」と口にして、クルリと背を向ける。

「於葉」と、篝火の横で佇む妹に声をかける。稽古着姿の童女が走り寄ってきた。

「松之丞様、では失礼します」

翁の面がペコリと頭を下げ、幼い妹の手をひき、闇の中へと消えていった。

（四）

天神山城の本丸には、造られて間もない小さな寺があった。槍を持った足軽たちが物々しく警戒している。その中へ老臣の日笠や天神山衆と呼ばれる重臣の大田原《おおたわら》や服部《はっとり》、明石《あかし》、延原《のぶはら》らが吸い込まれていった。松之丞もそれに続く。屈強な足軽に見下ろされる。足軽たちの汗と具足の匂いに顔をしかめながら、真新しい堂の入口をくぐった。

蠟燭の火が揺れる堂内には、明らかに素人が彫ったとわかる仏像がいくつも並んでいた。左右の均整がとれておらず、歪んだ像ばかりだ。その前にひとりの男が蹲《うずくま》っていた。金襴《きんらん》、銀襴、南蛮の布裂《ぬのきれ》を綴《つづ》り合わせた胴服を着込んでいる。肩がしきりに動き、様々な色の布裂が、何かを主張するように蠢《うごめ》く。手には木槌《きづち》と鑿《のみ》を持っているが、指は何本かあらぬ方向に曲がっていた。

横に侍《はべ》る日笠が男に顔を近づけて「殿、松之丞様が参られました」と告げると、背中を向けたまま面倒臭そうに手を振った。

浦上宗景――つい最近、ぐひんの鼻より転落したが、奇跡的に一命をとりとめていた。だが代償は大きかった。胴服の上からもわかるほどに背骨が歪んでおり、着衣が不気味に揺れている。まるで壊れた傀儡《くぐつ》人形のようだった。

松之丞は歩みを進めて、父宗景の隣に座った。横眼で窺うと、浦上宗景は木の塊にしきりに鑿を打ち込んでいた。木槌を振るう音が堂内に響くが、数回に一度は打ち損じるのか、調子外れの残響が松之丞の耳朶《じだ》をしきりに撫でる。

「では宇喜多家の調略について、皆様にご報告をしていただきたい」

日笠が一座を見回す。白濁して潰れた瞳が、蠟燭の火を反射した。

「まず外様衆の調略であるが、石山城《いしやまじょう》・金光《かなみつ》殿がこちらへ転びました」

日笠の横に座る大田原という男の言葉に、場がどよめいた。石山城は旭川《あさひがわ》の要所にあり、後の岡山城のことである。

次に服部という家老が胸を張って、大田原の報告に言葉を足す。

「さらに、その報を虎倉城《こくらじょう》の伊賀殿に伝えれば、十のうち八はこちらに転びまする」

「思っていた以上に切り崩しが上手くいっておりますな」

松之丞の対面に座る日笠が、満足そうに何度も頷いた。

「ならばここは、強気の一手に打って出ようと思う」

チラリと日笠は浦上宗景を見た。視線を察したのか、さっきと同じように宗景は手を振ってみせた。歪んだ指が空を掻きむしるかのようだ。依然として背中を向けたままで、振り返る素振りも見せない。

「殿もご同意のようじゃ。次の一手は、和泉守めの本拠地・沼城を乗っ取る」

隻眼の老臣の言葉に、再び場がざわめいた。

「我が一族を大量に送りこんで要職を握る」

「果たして、そこまで上手くいきましょうか」

口を挟んだのは、末席に座る明石飛騨守《ひだのかみ》と延原弾正《だんじょう》だった。彼らは明善寺《みょうぜんじ》合戦で数少ない援軍として直家と共に戦ったせいか、時に宇喜多家に対して同情心を匂わせる発言をする。

「今以上の好機はない。ここは細心さより大胆さが肝要な局面よ」

大田原の言葉に、明石と延原は目を見合わせた。

「万が一断れば、宇喜多に返り忠の心ありと弾劾してやればよいのじゃ。この乱世で孤立して生き残るほどの力は奴らにはまだない」

大田原が拳を振り上げて熱弁する。

「その通り。何より沼城の要職を摑めば、松之丞様を婿養子として送りこむ用意が整う」

日笠の言葉に、松之丞は胃の腑を摑まれたような気持ち悪さに襲われた。もし沼城に送りこまれれば、もう逃げることはできない。綱につながれた犬さえ射られなかった己に、そんな大役が務まるのであろうか。嘔吐《えず》きそうになって、必死になって唾を呑み込んだ。

「松之丞様、お覚悟はよろしいか」

内心を読んだ訳ではないだろうが、日笠が強い口調で念を押してきた。上から降り注ぐ家老たちの眼光が肌に深く食い込む。思わず上座にいる父の背中に視線をすがらせたが、宗景はただ鑿に木槌を打ちつけているだけであった。蠟燭の火の影になって、表情まではわからなかった。

（五）

余命を悟っている訳ではないだろうが、沼の城では蟬がけたたましく鳴いていた。いつものように沼城を訪れた松之丞がしたことは、まず仮面をつけた姫を探すことだった。

後ろについてくる従者の汗混じりの体臭が、さらに蟬の音を大きくしているようだった。振り返ると、えらの張った無骨な顔がある。こめかみに汗粒がいくつも浮いていた。日笠一族の若者で、名を日笠牛介《ぎゅうすけ》という。武辺者《ぶへんもの》を気取り戦場に出たこともないのに、我こそは備前一の豪傑という自信をいつも漲《みなぎ》らせている男だ。今日も松之丞の供をする不満が、表情に色濃く出ていた。

この男がついてこなければ暑さも少しはましになるのにと思いつつ、城内を散策する。

途中で出会った侍女たちに小梅の所在を聞くが、ある者は翁の面をつけて井戸のところにいたと言い、ある者は姥《うば》の面をつけて台所にいたと口にし、ある者は武者の面をつけて足軽小屋にいたと答える。

なるほど、よほど悪戯が好きな姫のようだと嘆息しつつ、松之丞は城内を従者と共に徘徊した。

十歳ほどの童女の背中が見えた。小梅と一緒にいた於葉という妹で、髪はあの時と同じように輪っかに結われている。部屋の中でひとり小さな手を必死に動かして、何かをめくっていた。足音を忍ばせて近づくと、貝あわせであった。松之丞の気配に気づいて、於葉が小さなあごを持ち上げる。勝ち気そうな瞳は、川の中で陽光を照り返す黒石を連想させた。

「於葉殿、貝あわせは楽しいか」

小さな頭が左右に回って、前髪が揺れた。

「ひとりなので楽しくありませぬ」

見れば、貝は出鱈目《でたらめ》にいくつも開けられている。松之丞は供の者に目配せした。

「他の者には黙っておれよ。これも両家親睦のためだ」

日笠牛介は無言で頷いて、一歩下がった。顔を伏せる直前に露骨に眉根をしかめたが、松之丞は気付かなかったふりをする。

気を取りなおし於葉と対面する位置に座り、貝あわせに興じる。遊びとはいえ性格が出る。於葉という娘は、随分と負けん気が強いようだ。この柄をあわせると決めたら、当てるまでやめない。そういえば初めて会った時も稽古着を着ていた。勢いよく貝をめくる手つきに、これは大変な女武辺に育つかもしれないと苦笑した。

終盤に差し掛かって、松之丞の手が止まった。川辺で歌を詠む貴人の絵だった。対岸に宴をする村人も描かれている。おかしいと思った。残り少ない貝に、この絵柄が描いてあるものはなかったはずだ。

もしや、と思った時だった。頭上から声が落ちてきた。

「松之丞様、その絵柄の対はありませぬ。天神山におる時に失くしてしまいました」

見上げるとひとりの女人が立っていた。春夏秋冬の花をあしらった打掛を帯のところで結んだ腰巻姿で、手には翁の面が握られている。顔の輪郭はよく熟れた瓜のように滑らかな曲線を描き、切れ長の目が涼しげな印象を添えていた。

どこかで聞いたことのある声だな、と思っていると於葉が「姉様」と声をあげた。

「まさか、小梅殿か」

「やはり覚えておられなかったのですね」

言いつつ松之丞の隣に座りこんだ。目の高さがちょうど同じくらいだったので、直視するのが躊躇《ためら》われる。視線を落とし、仕方なく小梅の膝にある翁の面を見る。

「いや言われてみれば、少し面影を覚えておる」と、偽りを口にした。

すかさず、「嘘でございましょう」と指摘され戸惑った。

なぜか、仮面の姫には虚言は通用しないような気がする。

苦笑しつつ、「申し訳ない」と謝まり、仮面にやっていた視線を上げる。小梅は庭を見ていた。木々は滴るような緑を湛《たた》えている。いつのまにか、蟬の声も穏やかになっていた。あるいは、ふたりの空気を察してくれたのだろうか。

「姉様、於葉の面を見てください」

ふたりの静寂を破る声がして、同時に振り向く。思わず破顔してしまった。ふたつの貝で両目を覆った於葉がいたからだ。

「まあ、立派な面だこと」

小梅が於葉の頭を撫でる。

その様子を見ていると、ある疑問が口をついて出てきた。

「小梅殿は、なぜ面をいつもかぶるのじゃ」

小梅の手が固まったのは、暫しの間だけだった。

「乱世はつらいことが多うございます。哀しいのに、笑わなければいけない時もあります」

小梅の手が妹の髪を梳《と》かす。抱かれ飽きた猫のように於葉は首をひねり逃れ、走り去った。

「母が死んでからも、私たちは天神山城で暮らしておりました」

小梅は、まだ於葉が座っていた場所を見つめている。

「いつまでも泣いていては、逆賊の孫、逆賊の娘と揶揄されます。ですから、姉妹で無理にでも笑いあおうと決めたのです」

松之丞の視線が自然と下がっていく。

「けれど私は上手く笑えませんでした。だから、ある日思いついたのです。面を被っていれば、泣いているとわからないと。手をこのように頭の上にやってふざければ、笑っているように見えると」

松之丞の視界にあるのは、小梅の膝に乗った翁の面だった。目尻がへの字に垂れ下がり、口角が上がった様子は笑っているように見える。一体、今小梅はどんな表情をしているのだろうと思った。

於葉が屋敷の中を走る音が、ふたりの座す部屋にわずかに響いていた。

（六）

幾重にも折れ曲がった廊下の先にある沼城の評定の間には、もう蝉の音はかすかにしか聞こえなかった。無表情な襖や壁が連なっているだけの大広間に、宇喜多と浦上の家老たちが並んでいる。香が濃く立ち込めていた。かすかに腐臭のようなものも臭う。その出所を探ると、対面の座にいる宇喜多直家と目があった。以前、会ったときよりも頬がこけている。痩せたというより、肉を刃物で削《そ》いだような影がさしていた。

「これが、松之丞様の付家老として沼城へ派遣する者たちでございます」

名前が幾人も書かれた巻物を日笠が勢いよく広げた。ご丁寧にも沼城での役職も記入している。端役をのぞけば、八割以上を日笠の一族が占めている。山賊でももう少し遠慮するだろうと思われた。直家が拒否し、こちらが譲歩するという駆け引きを想定した案だ。日笠や松之丞も、これが通るなどとは思っていない。

巻物を覗いた直家は、「結構なご案でござるな」と呟いた。

最初、松之丞は直家が何を言っているか理解できなかった。日笠も同様のようで、「今、なんとおっしゃられた」と慌てて訊ねる。

「和泉守殿、よく見られたのか」

「無論のこと。さっそく、この案の通り家老衆を送ってもらいたい」

直家は微笑を湛えていた。

直家の了見がわからなかった。たとえ半分の人間に減らしても、沼城での直家の影響力の過半を削ぐことができるのだ。これを全て受け入れれば、直家は牢獄に閉じ込められたに等しい立場になる。どうして泰然としていられるのだ。

「お、お待ちあれ、ここにいる全てを送ってしまっては、我が日笠家は立ち行かぬ」

隻眼の老人は口端に白い泡を盛り上がらせながら、巻物を手に戻そうとした。

「ほお、奇怪な。立ち行かぬと知り、どうして付家老として重臣ばかりを列挙されたのか」

直家の問いに反応したのは、宇喜多家の家老たちだ。音をたてずに口だけを歪めて笑う。

その時、ひとりの小姓が近づいてきて直家に耳打ちした。

「まことか。思っていたより、早いな」

呟きつつ、直家がわざとらしく腕を組んだ。

「松之丞様との談合が終わるまで待ってもらうか。いや、これは備前を揺るがすかもしれぬ変事ゆえ、一刻でも惜しい」

独り言ではなく、松之丞らに聞かせているのは明白だった。

「松之丞様と日笠殿が同席する今こそ、裁きをするよい機会。今すぐ、ここへ通せ」

状況が理解できぬ日笠はただ口を半開きにして、事態を見つめるだけだった。

やってきた男は大身の武士だった。額に幾粒もの汗を浮かべているが、その理由が暑さゆえでないことは一目瞭然だった。顔面が青ざめている。まるでこの男の足元にだけ地揺れが起きているかのごとく、体も激しく震えていた。

「紹介するまでもないでしょうが、当家において石山城を守る金光にございます」

先日の謀議で、浦上方に内通したという宇喜多家の外様衆のひとりであった。

直家は目を松之丞に向けたまま、手だけの動きで座れと命令する。飼い犬のような従順さで、金光が平伏した。

「な、何をされるおつもりか。一体、どうされたのじゃ」

狼狽する日笠の問いかけは無視された。

「金光、お主、よからぬ御仁と内通しておるそうじゃの」

直家の声は、背が一瞬で凍りつくのではないかと思うほど冷たかった。

金光はうめき声をもらすことしかできない。汗だけでなく、涙や唾液も床に滴り落ちている。

「よいか、心して申し開きをしろ。我らは憶測で物を言っているのではないぞ」

さらに金光のうめき声が大きくなった。

「もし虚言を申せば、お主だけでなく石山城にいる息子や娘を全て殺す。家老や侍女、小者も同様だ」

呻き声が嗚咽に変わった。

「正直に白状すれば、子の命は助けてやる。旗本として取り立てよう。金光の家名も残す」

「ま、まことでございますか」

恐る恐る金光が顔を上げた。松之丞らを横目で見る。日笠が激しく頭を横に振った。

もし、金光が浦上家に内通したことを白状すれば、この場はどうなるのか。あるいは白刃を抜いた殺し合いになるかもしれない。

気づけば金光の震えと呼応するかのように、松之丞も戦慄《せんりつ》していた。

「金光、毛利と内通していたのはまことか」

日笠の体の震えがピタリと止まる。もう一度、金光は松之丞らを見る。直家は、金光が浦上家と誼《よしみ》を通じていることまでは知らないのか。あるいは承知していて、あえて切り出さないのか。

「そ、相違ございません」

松之丞らに災厄が及ばぬよう配慮した金光の答だった。

「他にお主が内通した者はいるか」

金光だけでなく、場にいる浦上の衆全ての体が強張った。

耳を澄まさねば聞き取れぬ声で、「おりませぬ」という答が漏らされる。

浦上家内通を知られれば、子の命さえも危ないと判断したのだろうか。隣の日笠が額の脂汗をぬぐいつつ、直家の出方を待っている。松之丞も恐怖のあまり目を閉じ俯《うつむ》く。

耳を塞ぐことができれば、どれだけ楽だろうか。場にいる全員が、直家の裁きを罪人のような心持ちで待っていた。

「よし、ならばお主が腹を切れば許そう」

強張った肩から思わず力が抜けた。

「隣に切腹の間を用意してある。すぐに腹を切るもよし、身を清めてからもよし」

「息子たちに手紙を書く時間がほしゅうございます」

「わかった。富川、馬場《ばば》、手伝ってやれ。別室に筆と硯《すずり》がある」

家老のふたりが歩み寄り、金光の腕を取って立ち上がらせた。

いつのまにか、腐臭が濃く感じられるようになっていた。その出所を目で探ると、直家が座していた。先程の突風のような裁きの恐怖が甦る。

「さて松之丞様、実は我らは近々沼城を破却します」

次々と起こった事件に松之丞の脳は、上手く働かない。

「金光めの居城、石山城へと移る算段にございます」

日笠の巻物を覆うように絵図が広げられた。

「無論、今のままではありませぬ。宇喜多家にふさわしい城と町に変えまする」

旭川に沿うようにして、町割りが書かれていた。巨大だった。これだけの民が一体どこにいるというのだ。ふと見慣れぬ道が、東西に通っていることに気づいた。

「もしや、これは山陽道か」

「はい。はるか北の山間を通っている山陽道を、石山城を通るように付け替えまする」

家具でも移動させるかのように、直家が答えた。水陸の経済路である旭川と山陽道が、石山城で十字に交差していた。これは敵から身を守る城ではない。商いを盛んにし人を呼び込む、一国に相当する巨大な経済を持った町の絵図だ。

「ついては破却する沼城をどうするか、思案していたところでした」

直家が頰を持ち上げて笑った。

「捨てるのも惜しいと思っていたところ、日笠殿の一族が多く在城してくれるとの申し出、まことに結構。ぜひ我らが去った後の城を守っていただきたい」

絵図をめくって、日笠が持参した巻物を指さした。横に並ぶ宇喜多の家老が一斉に笑い声を上げた。かすかに聞こえる蟬の鳴き声と和音するかのようだった。

（七）

文机の上に、松之丞は小梅からの手紙を置いた。送られてきたのは沼城からだった。宇喜多直家は石山城に移ると宣言しつつも、なぜか沼城に居座った。日笠が言うには、こちらの狙いをひとつに定めない方策ということだ。事実、松之丞婿入りのためには、沼と石山の二城に付家老を送らねばいけないのは負担が大きい。

松之丞は小梅の文を、万が一にも汚れや破れがつかないようにそっとあける。女性《にょしょう》らしいかな文字が綴られていた。思わず口元が弛緩する。とりとめのないことが書かれていた。

最近、於葉が剣術の稽古ばかりして貝あわせの相手をしてくれないこと、諸国から集められた珍しい物産などの話。なかでも松之丞が心惹かれたのは、立ち寄った旅商人から聞いたという〝探し籤《くじ》〟と呼ばれるおまじないだった。これは甲か乙か決断に迷った時の方法らしい。心に残っている失せ物を強く念じつつ、一日かけて探す。もし見つかれば甲の決断が吉、見つからなければ乙の決断が吉とある。

丁寧に折り畳んで、小姓に墨と筆を用意させた。さて何と書こうか。小梅のように天神山城の様子を無邪気には書けなかった。日笠一味の謀略は、さらに執念深さを増しつつあった。内応を求める書状を外様衆に頻繁に送っている。

何か虚言をでっちあげて、面白おかしいことを書こうとしたが、筆が宙で止まる。仮面の姫に嘘はつきたくないと戸惑いつつ、筆先を紙片につけた。

書いたのは、いずれ舅となる宇喜多直家のことだった。己は宇喜多直家という男のことがよくわからない。幼き頃、狂犬から命を救ってくれた恩人でありながら、日笠の謀略を掌の上で弄《もてあそ》ぶ策士、そして主家に叛旗を翻すことを厭わない梟雄《きょうゆう》、かと思えば呪われた技ゆえの業深き人生を送ったと弱音を一瞬だけ吐露した。

筆を置いて読み返す。これが将来の妻への文か。舅となる男への戸惑いだけが書かれてある。だが直家という男が何者かがわかれば恐怖も少しはましになると考えると、書き直す気にはなれなかった。

墨が乾くのを待ってから封をして、沼城にいる小梅へと送った。

（八）

彼岸花《ひがんばな》で彩られた街道を進む松之丞一行の目の前に、沼城が現れた。その名の通り、沼に囲まれた城である。街道横にある茶畑を見た。かつてここに茶亭があったというが、今はもうない。この場で中山備中と島村貫阿弥が仕物されてから、破却されたのだ。

さらに近づくと城の周りの沼地を埋めて、いくつもの屋敷や小屋が建っているのがわかった。石山城移転を聞きつけた商人たちが、仮屋敷を構えているのだ。

松之丞は人々をかきわけるようにして進み、城の門をくぐる。

曲輪《くるわ》では宇喜多家の家老がずらりと並び、まるで立ち塞ぐように待ち構えていた。

「これはわざわざの出迎え、いたみいる」

日笠が松之丞の楯になるような位置に進んで口上を述べた。中央にいる宇喜多側の家老が、一歩進み出て目礼する。

「せっかくお越しになったところ申し訳ありませぬが、我が当主は本日病に伏せっております。ご面会したいのは山々ですが」

そう口にして家老は深々と頭を下げた。

「松之丞様がわざわざ出向いたというのに、顔も見せぬというのか」

家老の頭に日笠が言葉を叩きつけた。

「申し訳ありませぬ。お茶や膳の用意はしております。せめて御料理の間で、お体を休ませてください」

「その程度のもてなしで納得するか。まさか和泉守殿の挨拶もなく、松之丞様を帰すつもりか」

珍しく宇喜多家の家老が脂汗をかいている。ふと松之丞は、ある推測を口にしていた。

「もしや、和泉守は尻はすで伏せっているのか」

一瞬、家老の目が泳いだ。血膿が出て悪臭を放つ奇病と聞いている。ひどい時は、立ち上がることさえできないという。面会できぬ理由もそれならば納得がいく。

「主から病のことはつまびらかにするなと、きつく言われております。お察しください」

懐紙《かいし》を出して、家老が額や首筋を拭った。

「忌々しいが仕方ありますまい。和泉守殿が面会できぬのであれば、長居は無用。天神山城へ戻りましょう」

宇喜多の家老たちに背を向けようとした時だった。

「お待ちください」と、女人の声がした。

振り向きざまに「小梅殿か」と声を発していた。小脇に翁の面を抱えた小梅が立っていた。以前と同じように、四季の花をあしらった打掛を腰に巻いている。館から急いで出てきたのだろうか、少し肩が上下に揺れているような気がする。

「松之丞様のおっしゃる通り、父は尻はすで伏せっております」

「姫」と家老達から叱声が飛んだが、小梅はひるまない。

「年々、父の病状はひどうなっております」

そういえば、以前の面会では香が焚かれていたことを思いだす。

「昔は数日程度で快癒しましたが、今はひどい時で月の半分以上も伏せるほどです。血朧の量も、年を追うごとに多くなっています」

小梅の語尾が、だんだんと弱くなっていく。気づけば目も潤んでいるようだ。

「小梅殿、気を強くお持ちなさい」

近づいて声をかけていた。

「松之丞様、お願いがあります。父と面会していただけぬでしょうか」

宇喜多、浦上双方の士から驚きの声が上がった。

「なりませぬ。この乱世、主筋とはいえ、病の身を他城の者に見せるなどもってのほか」

「危険です。寝所に刺客を放っているやもしれませぬ」

宇喜多と浦上の士が数歩にじり寄る。皆、全身から殺気を滲《にじ》ませていた。

「日笠様、ご心配には及びませぬ。於葉おいで」

小梅に声をかけられて、麻の稽古着に身を包んだ童女がやってきた。さあ、と言って小梅は日笠の腕をとって、於葉の手を握らせる。

まさか、人質のつもりか。

「日笠様は松之丞様と私が戻るまで、於葉と一緒に大人しくお待ちください」

小梅は首を少し傾げて微笑んだ。

「参りましょう」と、今度は松之丞が手をとられた。宇喜多の家老の列が割れる。

「小梅様、女人の悪戯ではすみませぬぞ」

家老たちの声を無視して小梅は進む。降り注がれる視線が熱い。気になって背後を振り返る。日笠と童女が仲良く手をつないでいた。於葉が隻眼の老臣の顔を、不思議そうに見上げている。

松之丞は小梅の腰に巻かれた打掛を追いかけるようにして、折れ曲がった廊下を歩く。天竺由来の鳥料理を振る舞われた御料理の間を抜け、金光に切腹を言い渡した評定の間の入口の襖も通り過ぎる。途中、半畳が真ん中にある四畳半の小部屋があったが、きっと切腹の間だろう。真新しい畳や襖が、つい二ヶ月前に何が起こったかを雄弁に物語っている。

「なぜお父上と私を会わせるのです」

館の中を先導する小梅へ声をかけた。

「手紙で書いていたではありませぬか。父の正体がわからぬと」

やがて廊下の最奥部へといたり、小梅は足を止めた。黒ずんだ木の引き戸がある。

「私は、松之丞様に本当の父の姿を見てほしゅうございます」

言いつつ、小梅が静かに戸を開けた。部屋から漏れでてきたのは、まず香の匂いだった。以前、評定の間で嗅いだ時よりも、何倍も濃い。

一歩足を踏み入れると、その香りが剝げかけた遊女の化粧のごとくもろいものだと知る。襖が続いており、この奥に宇喜多直家がいるようだ。小梅は壁にかけてあった般若の面をとった。シミや傷がいくつもあった。そういえば明善寺合戦では、宇喜多直家は般若の面をつけて戦いに挑んだと聞く。もしや、その時のものであろうか。

歯の根から、嫌な味のする唾液が滲み出てきた。今や香よりも腐臭の方が強くなっている。唾を呑み込むと、臓腑《ぞうふ》の底にたまったものがせり上がってくるかと思われた。たまらずに懐紙を取り出して、口元を覆った。視界が滲む。

奥の襖に小梅が手をかけた時、「誰だ」と誰何《すいか》する声が響いた。

「父上の寝所に挨拶なしで来る者が、私以外におりましょうか」

小梅は答えつつ、ゆっくりと襖を開いた。ねっとりとした空気が流れだして、たちまち控えの間の松之丞の足元に沈殿した。

さあ、と目だけで言って、小梅が招く。まるで腐臭に捕らえられるかのようにして、松之丞は小梅に続いて寝所へと入っていった。

宇喜多直家は仰向けに寝ていた。分厚い夜着のせいで、顔が影になってよく見えない。呼吸によってか、かすかに夜着が上下している。鼻と口元を般若の面で隠した小梅が傍に座った。松之丞はこれ以上進むのが躊躇われて、入口で佇む。

「珍しいな。侍女を連れてきたのか」

顔を上に向けたままの状態のせいか、松之丞だとわからなかったようだ。言葉の後に続いた荒い呼吸が、首を動かすのさえ億劫だと言っているように聞こえた。

小梅がこちらを向いて頷いて、座るように目だけで指示をした。戸口を背にするようにして尻をつける。

「於葉は元気か」と、相変わらず天井を見たまま直家は訊ねる。

「はい。最近は剣術の稽古に熱中しています」

「そういえば、掛け声がかすかに聞こえることもある」

「姉様たちが難にあってからは、特に熱心でございます。あの子は父上を憎んでいます」

何気なく発せられた言葉が、腐臭をさらに濃くさせた。

「フフフ」と、何がおかしいのか直家が笑った。狼でも、もう少しましな声を出すだろう。

「小梅だけだな。業病の儂を見舞ってくれるのは。お主は儂が憎くはないのか」

沈黙が流れた。松之丞は小梅の答に耳を澄ます。

「無論のこと、憎うございます」

小梅は、手を直家の額へと当てて口にした。いつのまにか小梅の肩が震えている。顔は俯き、細い首が折れそうになっている。もう一方の手が動いて、持っていた般若の面が顔を完全に覆う。

「憎うございます」

直家の額の上の指が動いた。

「ですが憎くても憎みきれませぬ。業病に苦しむ父上を前にすると、憎いと思う心がしぼむのです」

カリリと音がして、直家の額を小梅の爪がひっかいた。

「私は於葉のように心を割り切れませぬ。それが、とても苦しいのです。張り裂けて気が変になりそうです」

ガリリと、先ほどよりも強く爪が額を掻く。

「ですが、もう限界です。私は父上のもとを離れとうございます」

般若の面から水滴がポタポタと落ちた。

「どういうことだ」

「天神山城へと参りとうございます。遅れていた婚儀を執り行い、松之丞様と一緒に暮しとうございます」

「ほう」と、直家は声をあげた。

「娘の夫婦の誓いを血膿と共に聞かねばならぬとは、面白き人生だ。難《かた》き道と知りつつ歩むのであれば止めん。好きなように生きろ」

言祝《ことほ》ぐというより、呪詛の言葉のように声質は禍々《まがまが》しかった。

「だが、なぜ松之丞様なのじゃ」

「母の貝あわせを覚えていますか」

「ああ、覚えている。今はお主と於葉が持っておろう。確か、柄がひとつ不足していたな」

　小梅が頷いた。

「松之丞様は、天神山城で母の貝あわせで遊んでくださいました」

「それだけか」

「はい。ですが、母が自害した直後でございます。形見は全て捨てるように言われていました。着物も化粧道具も貝あわせも。そんな時、松之丞様がフラリとやってきたのです」

　直家からは、ただ呼吸音だけが聞こえる。

「そして貝あわせに興じて、帰り際に『また来る』と言いました。その一言で、貝あわせだけは捨てずにすんだのです」

　小梅の顔が動いてこちらを向き、般若面の奥の瞳と目があった。

「それにあの方は、父上とよう似ておりまする」

　松之丞は驚いた。一体どこが似ているというのだ。

　鉄が軋むような笑声とともに、夜着が激しく上下する。急激に腐臭が攪拌《かくはん》され、目眩に襲われた。

「似ているか。奇妙なことを言うものよ。だが、確かに松之丞様と儂は、銭の裏表というべき間柄だ」

　松之丞は意味がわからない。

「あの方は犬にかみ殺されそうになっても、矢を射なかった。指を放しさえすれば、危機が去るというのにだ。余人では、とうてい無理だ」

なぜだ。単に臆病なだけではないか。

「儂は羨ましい。もし、儂に松之丞様のような力があれば、あるいはこのような業深き人生を送らずにすんだやもしれん」

以前に直家が言っていた〝呪われた技〟のことを思いだした。命の危機にあっても反撃しない勇気——と言っても、それは松之丞にとってはただの臆病だが——それがあれば、直家は呪縛から解き放たれるのだろうか。松之丞の考えが聞こえたわけではないだろうが、引き取るように直家が呟く。

「絶命の脅威を前にしても刃を抜かぬことこそ、真の勇やもしれん」

直家は溜息をついた。

本当にここは沼城なのか。宇喜多直家の呟きが、現世のものであるとは思えなかった。襖を開ければ、違う世界が広がっているのではないか。地獄にある茶亭の一室と言われれば、納得するかもしれない。

「儂はそんな力が欲しかった」

語尾が湿っているのは気のせいだろうか。

「であれば貫阿弥殿を……、母をこの手で……」

苦しそうに両手を宙へと差し伸べた。虚空にある何かを、必死に摑みとろうとしている。
指先から滴る血と膿汁が、細く線を引いた。

（九）

松之丞と小梅の婚儀が終わった後も、浦上と宇喜多の暗闘は続いた。激化する毛利との戦に、浦上家は宇喜多家を矢面《やおもて》に立たせた。宇喜多直家は何度も毛利を打ち破り、時に備中の奥深くまで進撃するほどであった。この間、浦上家は織田信長に莫大な賄賂を贈り、備前、美作《みまさか》、播磨《はりま》の三ヶ国の朱印状を獲得するための工作をする。いずれ毛利と織田が決裂すると読んでのことだ。

そして日笠次郎兵衛は、未だに松之丞婿入りの計略に固執していた。

積み重なる憎しみとは別に、小梅が来てから天神山城の彩りが増したように松之丞は感じられた。秋になると特別な染料で染めたかのような紅葉、夏になると木々が若返ったかのような新緑が、ふたりの暮らしを楽しませた。

やがて、松之丞は小梅と夫婦になって、三度目の秋を迎えた。

太陽さえも色づいたかのような穏やかな日だまりの中で、小梅と共に歌集を読んでいると、沼城の於葉から手紙が届いた。あの娘も数えで十五になったはずだ。一体、どんな女武辺に育ったのであろうかと、興味をそそられながら妻・小梅の語る書信の内容に耳を傾ける。

新しい貝あわせを買いたいが、柄の足りない古いものは母や姉の形見でもあるから捨てられないと、殊勝なことが書かれてあった。於葉もいずれ嫁ぐであろう。その時、嫁入り道具として持って行って欲しいと小梅は言う。

昨年、東美作の後藤家は毛利家に味方し、浦上家と敵対した。和平となったが、強気の後藤家は傘下に再び入る条件として人質を要求した。日笠らは、宇喜多直家の四女の於葉を花嫁として送りこむ策略を練っている。小梅が妹にどんな思いで貝あわせを託したかを考えると、松之丞の胸が痛んだ。

書信の最後になって、妻が「まあ」と喜色が滲んだ声を上げた。何か良い知らせが書いてあるのかと思い身を乗り出すと、みるみるうちに小梅の顔色が曇っていく。

「どうしたのじゃ」

ゆっくりと小梅は目を上げた。

「父に世継ぎが生まれたそうでございます」

書を持つ手がかすかに震えている。

「義母のお福《ふく》様が男児を生みました」

「嘘であろう」という言葉を、松之丞はなんとか飲み込んだ。

宇喜多直家がお福という後妻を迎えていたことは知っていたが、尻はすという業病を患いながら子をなすとは予想もしていなかった。浦上が宇喜多の間隙をついているのは、ひとえに直家に男児がいないからであった。そこに養子として松之丞をねじこむことで、弟・忠家と重臣たちの内紛をあおることが可能なのだ。だが直家に男児が生まれた今、家中が分裂する理由はない。いや、家中一丸となって蚕食《さんしょく》する浦上勢を排除しようとするだろう。当然、その中に松之丞も含まれている。

ふと見ると、小梅の顔が青ざめている。手に持つ書信が小刻みに揺れていた。鮮やかだった木々の紅葉と黄葉が、たちまち色を失ったかのようにも思えた。激しく傾《かし》ぐ舟の上に座しているかのような不安が襲ってきた。

「案ずるな」と、大きな声を出していた。

「大丈夫だ。心配する必要はない」

そうだ直家も小梅には手をかけないだろう。

妻は首を横に振って「案じているのは、私の身の危険ではありません」と答えつつ、松之丞のことを見つめた。

（十）

宇喜多家には、軍監や付家老として日笠一族や大田原一族らが深く食い込んでいた。今ここで松之丞婿入りの計略を中止することは、彼らを見殺しにするに等しい。あるいは父ならばそうしただろうと思いつつ、浦上宗景が籠る堂の前を通った。

葉を落としきった木々がまばらにあり、それをかいくぐるように木槌の音がかすかに聞こえてくる。ぐひんの鼻から転落した宗景は、あれ以来狂ってしまった。もはや松之丞の顔さえもわからない。時に正気を取り戻すが、数日でまた廃人と化す。今は足軽たちに堂を囲ませて、監禁している状態だ。

何か策はないのか。このまま泥船のような日笠の計略に乗るつもりはなかった。操り人形のように扱われて死ぬくらいなら、流民や乞食となった方がましだ。だが、宇喜多家は松之丞を許さないだろう。きっと地の果てまでも追って、討ちとろうとするはずだ。いや、たとえ追手が放たれなくても、女人のような体格の松之丞がこの乱世に流浪しても野垂れ死ぬだけだ。

「では、どうすればいいのだ」と、声に出していた。

目を瞑り、木槌の音に耳を澄ます。一際大きな音がした。ある考えが閃《ひらめ》く。

――宇喜多〝和泉守〟直家を仕物する。

目を大きく見開く。果たして可能か。きっと十のうち九は失敗する。だが、ひとつ手がある。これを成せるのは己しかいないだろう。かつて、犬追物で矢尻を狂犬に向けた時のように震えていた。首を鋭く振る。宗景が振るう鑿の音から逃れるように早足で歩く。

たちまち息が上がった。

己に刺客が務まるのか。それならば小梅と共に流浪した方が良いのではないか。いや、落ち武者狩りの残酷な百姓たちに襲われることを考えれば……。

風が吹いて、地に溜まった枯葉を舞い上がらせた。松之丞の苦悩を嘲笑うように、木槌の音が天神山に木霊《こだま》している。

（十一）

「ここが小梅たちが住んでいた部屋か」

松之丞は天神山城にある一室を見回した。今は違う家老の娘が住んでいる。続き間がみっつ連なっていて、かなり広い。どの部屋にも壁に意匠の長押《なげし》や付柱が回されている。

「すまぬが一日だけ借りる。なに、お主らを疑っているわけではない。探し物といっても、ただの玩具よ」

松之丞は大げさに笑って、侍女たちを追い出した。不審な顔をする従者の日笠牛介たちも外へ追いやる。

さて、と口にして腰に手をやった。以前に教えてもらった〝探し籤〟だった。探す失せ物は、小梅ら姉妹が幼い頃に失くした川べりで歌を詠む貴人の絵柄の貝あわせだ。失せ物が見つかれば刺客となる、そう心中で呟きつつ松之丞は簞笥《たんす》の隙間へと目をやった。

陽が落ちて、蠟燭に火が灯った時だった。何気なく手を触れた付柱は、壁との接合部に薄い隙間があった。指をいれると、付柱が壁から浮いた。指の腹が硬質な曲線を感知する。大きくなる鼓動を必死に宥める。指を隙間にさらに深く忍びこませた。人差し指と中指が何かに触れる。カチカチと鳴っている。ひっかけるようにして掻きだし、掌中にいれた。

蠟燭を持ってくる。ゆっくりと指を開く。白い艶のある貝だった。震える手で裏返す。

川辺で歌を詠む貴人の絵柄であった。対岸には宴を楽しむ村人の姿もある。

力を籠《こ》めずに優しく指で包む。唇に持っていき、喉、胸へと貝を握る掌を移動させた。松之丞は、浦上宗景の息子として生きる運命を呑み込む。あるいはこの決断こそがかつて舅が言った、他者のための一太刀になるのではないかと思った。

（十二）

あえて松之丞は待った。男児誕生直後は、当然のごとく直家も警戒している。愚直に松之丞婿入りの計略に固執している、そう思わせるための時間が必要だった。そうしているうちに、宇喜多直家は沼城から石山の城へと移った。巨大な城下町に人があふれているという。さらに小梅の妹の於葉も後藤家に嫁入りした。柄足らずの貝あわせを嫁入り道具に携えたと聞く。その時やっと、松之丞は決断した。

すでに二年の月日がたっていた。


春の終わりの日のことだった。天神山城から見下ろす吉井川《よしいがわ》の岸辺に、菜の花の黄色が点々と目に飛び込んでくる。松之丞は、日笠の一族衆である牛介を呼び止めた。武骨な顔が振り向く。

「小梅が和泉守のもとへ見舞いに行くそうだ。駕籠と供の用意をしてくれ」

訝《いぶか》しむ目つきをされた。

「京より手にいれた名物を渡したいそうだ。無論、万が一にも拘束されることのないよう屈強の士を揃えてくれ。まあ、石山の城には軍監もいるゆえ、大丈夫だろうが」

牛介は荒々しく頭を下げて立ち去る。松之丞は素早く襖を閉めた。羽織と袴を脱ぎ捨てて、床に広げていた小梅の小袖を着て、四季の花をあしらった打掛を羽織る。カツラを被り、髪飾りの丈長を結ぶ。最後に翁の面をつけた。後頭部できつく紐を縛りつける。

キリリとこめかみが痛んだ。

「松之丞様、到着しました」

ゆっくりと襖を開けた。

「ぅ、おおぉ、これは奥方様。今日は翁の面でございますか」

牛介が、いかつい顔に驚きの表情を浮かべた。頷いて、己の骨ばった手が袖から見えぬように慎重に歩く。駕籠の扉が開き、逃げ込むように入りこんだ。

駕籠の扉を閉めようとする牛介に、松之丞は小声で話しかける。

「誰にも悟られぬようにしろ。儂じゃ。松之丞だ」

牛介の手が止まった。武骨な従者の体が駕籠の入口を覆っているのを確かめてから、翁の面を半分だけずらす。

「なんと、声をかけられねば奥方様にしか見えませんでした。しかし、なぜ、このような悪戯を」

「お主、手柄が欲しくないか」

牛介の目に光が灯る。

「この姿のまま、和泉守と面会する」と言えば、後の説明は不要だった。

牛介の目に、喜色が濃く滲んだ。

「よくぞ、ご決心なさいました。松之丞様――いや、与次郎様のご決断を全力で補佐させていただきまする」

一瞬、与次郎が誰のことかわからなかった。元服の時につけられた已の名前だったと気付き、苦笑する。

「いいか、他の者には知らせるなよ」

笑みを浮かべたまま、牛介は何度も頷いた。宇喜多直家を仕物するのだ。万が一にも悟られてはならない。あの男は供の者が放つ邪気さえも勘づきそうだ。この謀を知っているのは、ごく少数でよい。

「では、奥方様、扉を閉めまする」

わざとらしい声とともに駕籠が閉じられる。面を取ろうと思ったがやめた。突然、扉が開くかもしれない。面の中に湿気が籠らないように、浅く薄く息を吐く。足りぬ空気を補うかのように、心の臓がせわしなく動きだす。

大丈夫だ。供の者も皆小梅と思っているではないか。絶対にばれることはない。松之丞は震える体に強く言い聞かせる。扉の隙間からは、もう菜の花の鮮やかな黄色は見えなかった。

（十三）

宇喜多直家は続き間の奥にある寝所に、美形の侍とふたりで座っていた。どこかで楽士が小鼓《こつづみ》を奏《かな》でており、直家は脇息《きょうそく》にもたれかかって音に耳を傾けている。襖は開け放たれ、中庭から春の陽気を呼び込んでいた。

直家はまた一段と痩せたようで、深い影が頬だけでなく眼窩《がんか》にもさしている。その横に座す美形の侍は朱の下地に蝶の柄の金襴を刺繍した小袖を着ており、まるで男装する遊女のような雰囲気だ。きっと、岡剛介《ごうすけ》だろう。穝所元常《さいしょもとつね》に男色の技で近づき、仕物して名を馳せた武人だ。

ふたりとも寛いでいるが、腰には二刀をさしていた。まるで二匹の狼が陽だまりで佇んでいるかのような風情である。

「ほう小梅、久しいな」

宇喜多直家は、薄く開けたまぶたから瞳をかすかに動かし語りかけた。面をつけた松之丞は浅く頭を下げて、ゆっくりと近づく。打掛の袖の中には抜刀した脇差を潜ませている。すぐ後ろには、日笠牛介が続く気配がした。

直家の右手が刀の柄へと伸びる。膝の上に乗る猫をあやすかのような動きだった。よくは見えないが、左手は鯉口《こいぐち》を切れる位置にある。

遊女のようにクスリと岡剛介が笑った。直家と素早く視線を絡ませる。

「お館様、その手つきはもしや……」

気味が悪いほどに口角を持ち上げて、剛介は笑みを維持し続ける。

「うむ。不埒《ふらち》な心構えの奴がおるわ」

気づかれたか。いや、直家の眼光は日笠牛介に向けられている。松之丞が害意を持っているとは勘付いていない。

暴れる心臓の音が直家に聞こえるのではないかと不安になる。

「それより、小梅、何用で来たのじゃ」

思わず足が止まった。どうする。答えねば、怪しまれる。

岡剛介が覗き込むような仕草を見せた時だった。

幼子の泣き声が響いた。剛介の視線が声の方へと向く。少し遅れて直家も首をひねった。

「我が子ながら、よう泣くものよ」

いつのまにか、刀にやっていた直家の両手は解けていた。

気合の声を発するかわりに、息を呑んだ。

脇差を袖から抜き放つ。白刃から反射した光が、面越しに眼球を刺した。

松之丞の視界は、信じられないものを捕らえていた。

直家の両腕が動いている。明らかに本人の意志とは無関係に。まるで別の生き物が宿っているかのように左手が鯉口を切り、右手が柄を握り、抜刀しようとしていた。

直家の顔と意識は、まだ幼子の声に向いているというのにだ。

松之丞が脇差を頭上に振り上げた時、直家の刀は、すでに切っ先しか鞘の中になかった。

直家は己の体の異変に気づいたのか、首を激しく振り、向き直る。

顔には驚愕の色が浮かんでいた。

「小梅、正気か」と言葉をぶつけつつ、直家は鞘から刃を抜ききった。

――これが親や子さえも躊躇なく殺す、呪われた技か。

脇差を振り下ろしたが、直家の刃が腹を薙ぐ方が速いことは本能で理解できた。恐怖で目を瞑る。

来るであろう斬撃に耐えるため、無駄と知りつつあらん限りの力で歯を喰いしばった。

衝撃は脇差を握る掌にやってきた。手首が痺れる。奇妙だった。他はどこも痛くない。

ゆっくりとまぶたを上げる。左半面が朱に染まった直家の顔が見えた。松之丞の刀は左のこめかみに当たり、耳を削っていた。直家の反撃を予想して体を強張らせたからか、あるいは技量の未熟さゆえか、刃は厚い頭蓋を割るまでには至っていない。

いや、それよりもなぜ己は両の足で立っているのだ。

目を下へと移す。完全に抜刀された直家の刀があった。だが、白刃は虚空で静止している。

直家の刀を持つ右手首を、何者かが摑んでいた。

——一体、誰が。

宇喜多直家自身の左手だった。

凶器を持つ己の右手首を握っていた。

自身の斬撃を自身で制止している。

「小梅、どうして手元を狂わせた。なぜ、儂を殺さぬのだ。父と思い……」

言いつつも、刀を持つ己の腕を潰さんばかりの勢いで握り続けている。面の隙間から目と目があった。

「貴様、何者だ。小梅ではないな」

松之丞は狂声をあげて、ふたたび脇差を振り上げる。冷気が脇腹に触れた。それはすぐに肌を焼く灼熱に変わる。

横を向くと、岡剛介が刀を松之丞の腹へと突き刺していた。

「狼藉者が。楽に死ねると思うなよ」

包丁でも扱うかのように、ゆっくりと深く刀を差し込む。鉄の薫りが松之丞の腹の底から胸、喉へとせり上がってきた。

頭上で静止していた脇差を意地で振り下ろすが、直家は立ち上がってなんなく避けた。かわりに腹に刺さった剛介の刃が、松之丞の一太刀の余勢で大きく走る。

床に体をしたたかに打ちつけた。

「ちっ、馬鹿が。動けば腹が裂けることもわからぬのか。勝手に死に急ぎおって」

忌々しげな剛介の声が降ってきた。

体の中にある温かいものが、次々と流れだす。下へと落ちるだけでなく、喉からもせり上がってくる。唇をこじ開けた血が、被っていた面を押しのけた。

「ああ……そんな、松之丞様」

日笠牛介の声がした。

「ハハハ、これは意外な刺客の正体ですな」

すでに平静に戻った剛介の声からは、人の温かみは感じられなかった。

呟き込みながら、松之丞は舅を見上げる。サラシをこめかみにあて、もう片方の手には抜き身の刀があった。最後に一太刀と思ったが、すでに脇差は松之丞の手には握られていない。

膝を折り、直家が顔を近づけてきた。まだ左半面は生々しい朱に彩られている。

「もう助からん。臓腑が切り裂かれている。言い残すことはないか」

感情の読み取れぬ声だった。

何事かを言わんとして口を開いたが、ただ血しぶきを撒き散らすだけだった。血のついていない直家の右頬を汚す。

体が冷たくなっていく。言葉を放とうにも、喉に血が詰まりできなかった。力を振り絞り、懐に手をやり中にあるものを握った。言葉のかわりにそれを差し出す。力を失いつつある掌を支えるようにして、直家は受け取った。

松之丞とのちょうど中間の位置で、それをかざし見る。

川辺で歌を詠む貴人が描かれた貝あわせだった。

一瞬だけ直家の瞳が揺れる。石つぶてを投げ込んだ水面のように。

「それにしても間抜けな男だ。これほどの好機に、お館様の皮を削ることしかできぬとはな」

剛介の嘲笑が響いた。

「のう、そう思わんか」

隣で腰を抜かす日笠牛介に刃を突きつける。

「そう思うなら、貴様も笑え」

嘲《あざけ》りと追従《ついしょう》の笑みが重奏した。


――やめてくれ。


「黙れ」

笑いつつ岡剛介が声の主を見た。宇喜多直家だった。

たちまちのうちに剛介は口をつぐむ。怒り以上のものを直家から感じ取ったのか、剛介の顔は青ざめ、日笠牛介は盛大に震えている。

「耳障りだ。黙れ」

松之丞はひとつ大きく咳をして、血を吐いた。急速に力が抜けていく。もう息をすることもできないのに、なぜか心地よかった。

ふと、目の上が温かいことに気づいた。誰かの指の腹が眉と目の間に触れている。もう己の力で動かすことのできないはずのまぶたが、ゆっくりと閉じられた。

五逆の鼓

（一）

どこかで秋祭りでもやっているのだろうか。刈り終わった田んぼの向こうから、太鼓の音が聞こえてきた。少年の江見河原源五郎《えみがわらげんごろう》は目を細めるが、乾いた田んぼの上にある稲むらが風に吹かれているだけで何も見えない。例年よりずっと少ない収穫のせいか、稲むらの数はまばらだ。

それどころではない、と江見河原源五郎は畦道へと戻った。父が上機嫌で歩いている。鼻歌も聞こえてくる。袱紗《ふくさ》に包んだ荷を大事そうに小脇に抱えていた。従者たちからも〝鼓狂い〟と揶揄される父の宝物である。

江見河原源五郎は、父の背中を必死に追いかけた。

「そのように徘徊しては、また母上に叱られますぞ」

振り返った父は渋い顔をしていた。口元にうっすらとある小皺が、縦に長く深くなる。

江見河原の家は室津浦上《むろつうらがみ》家の重臣の家系だ。父は分家から来た婿養子で、祖父や母に全く頭が上がらない。さらに武にも文にも見るべきものがなく、家では従者にさえ陰口を叩かれる始末だった。

「そういうな。屋敷では心ゆくまでこいつが打てぬ」

袱紗を掲げてみせた。中には能で使われる小鼓《こつづみ》が入っている。父の唯一の取り柄で、播磨《はりま》以外の国にも鼓名人として知られるほどだった。

「父上、浦上家家老職としての矜持《きょうじ》を持っているのですか。今は乱世ですぞ。備前《びぜん》の天神山《てんじんやま》に巣食う逆賊を平らげ民に安寧をもたらすために、鉾《ほこ》を磨くべき時と祖父様もおっしゃっていたではないですか」

主君の浦上政宗《まさむね》は、弟宗景《むねかげ》と備前と播磨の国境で熾烈な合戦を繰り広げていた。当初は山陰の尼子《あまご》の援軍で優勢だったが、今は宗景方の島村貫阿弥《しまむらかんあみ》、中山備中《なかやまびっちゅう》、宇喜多直家《うきたなおいえ》らの活躍で苦戦している。劣勢を補うため毎月のように百姓を徴集し戦場へと送っているが、それでも兵が足りぬと祖父は毎晩のように愚痴をこぼしていた。

フンと鼻で父は笑った。

「民に安寧か。野心を美辞麗句で飾れば、大義になると思っているのか。他国の民の食を奪い、自国の民を戦や死役に駆り立てているだけではないか」

祖父と母の言いなりの父とは思えぬほど強い口調だった。驚いて源五郎は立ちすくむ。

「そんな顔をするな。あと、先程口にしたことは誰にも言うなよ」

いつもの婿養子の表情に戻り片眼をつぶった後に、父は再び歩きだす。

「お前も文武の習い事ばかりで疲れておろう。少しは気を休めろ」

「いえ、室津浦上家の家老の嫡男として当然の行いです。苦ではありませぬ」

「嘘をつけ。木刀を振るい、論語を読む時のお前の顔を見ていればわかる」

父の言葉に源五郎は息苦しさを覚えた。

「無理をしているのはようわかる。哀しいかな、お前は儂の子だ」

文でも武でも並みの子より劣ることは、源五郎自身もわかっていた。ただ、祖父と母の過剰な期待ゆえに逃げだせない。鼓狂いの父が、祖父たちから早々に見切りをつけられたのも不幸だった。婿への失望は、そのまま江見河原源五郎への荷となって両肩にのしかかる。

「それより鼓の修練だけは怠るなよ」

先日、初めて父から小鼓を教えてもらった時のことを思い出した。

右肩に鼓を構え、左手の指に音色を調整するしらべ緒《お》を絡ませる。胸を張り、伸ばした右掌で皮を打つ。

ブルリと総身が震えた。鼓と一体化し、己自身が楽器に変じたかのような不思議な心地だった。刀や槍を振り、書物をいくら読んでも得られない何かがあることを、少年の江見河原源五郎の本能は感じとっていた。

「お前は筋がいい」

「私はうつけではありませぬ。己の音が、鼓の名人に遠く及ばぬことは知っております」

噴き出すように父が笑った。

「童のくせに、名人と己を比べる方がおかしいわ。たった一日の稽古で、お前ほどの音が出せる者はおらん」

家にいる時と違い、父の言葉は自信に満ち溢れていた。

「儂でも初めての時は、ほとんど音にはならなかった。だが、お前は違った。間違いなく天賦《てんぷ》の才がある。修練を重ねれば、儂以上の高みへと至ることができるだろう」

「ご冗談を」

「冗談ではない。正直、儂はお前の才に嫉妬しそうになった」

言葉の意味を理解する暇はなかった。言い終わる前に、父は再び背中を見せて歩きだす。大きな歩幅で進む父に置いていかれまいと、江見河原少年は小走りで追いかけた。


やってきたのは、江見河原分家の所領の村だった。つまり、婿養子となるまで父が育った場所である。粗末な服を着た村人たちが広場に集っていた。隻腕や足をひきずった者が多くいるのは、戦で受けた傷のせいだろうか。その中に、明らかに異質な一団がいた。煌《きら》びやかな能衣装をまとっている。

「父上、あれは何者ですか」

「畿内《きない》の金春座《こんぱる》の方々よ」

「まことですか」

金春座とは、大和四座《しざ》のひとつに数えられる能の一大流派だ。どうして一流の能役者たちが、こんな寒村を訪れるのだ。

一座の長《おさ》と思しき者が進み出て、父と対面する。

「遠路はるばるかたじけない」

父のねぎらいの言葉に、長は首を横に振った。

「何をおっしゃいます。天下に十人とおらぬ浅葱《あさぎ》のしらべ緒をお持ちの江見河原様のご依頼、むげにできましょうか」

通常、しらべ緒は橙色《だいだいいろ》と決まっているが、名人と認められた者は浅葱の色を持つことが許された。父は数少ない浅葱のしらべ緒の持ち主として知られている。

「それに厳島《いつくしま》神社への能奉納へ行く途中ゆえ、お気遣いは無用と心得ていただきたい」

「そういっていただけるとありがたい」と言いつつ、父は一座の者たちと親しげに交わった。居場所を見つけられぬ家での父の振舞いと違い、堂々とした貫禄が伝わってくる。

「父上、一体何が始まるのですか」

取り残されそうになった源五郎は大きな声を上げた。

「ほお、こちらはもしやご嫡男ですか」

一座の長が優しい目を向ける。

「ああ、鼓は打ちはじめたばかりだが、なかなかやる。あるいは儂を超えるかもしれん」

父の言葉によって、長の表情が一変した。茶器を見定める茶人のごとき鋭い目つきで、素早く源五郎の体を検分する。

「とはゆうても、まだ手ほどきを受けた程度。あまり期待されるな。何より儂と違って、気ままな身分ではない」

父の自嘲に、固かった長の顔がほぐれた。

「源五郎、今日は村の祭よ。儂の小鼓を村人に披露したいと思ってな。だが音だけでは味気ないと思い、畿内の能役者の方々に無理を言って来てもらったのじゃ」

「つまり道楽ではないですか。祖父様と母上が知れば嘆きましょう」

案外に真剣な顔で、父は首を横に振った。

「戦続きで、田畑は無論のこと人の心も荒れていると聞いた。義父上やご主君の大義の末路がこれでは、むごすぎると思わんか」

父が指さした先には、無人となり荒廃した家屋がいくつもあった。破れた土壁からは、朽ちた竹の骨組が見える。きつい軍役に耐えかねて流民となったり、敵対する勢力によって家人がさらわれたりしたのだ。

「儂は無力じゃ。婿養子ゆえ、村人の腹を満たす米はおろか銭さえも自由にならん。せめて、能舞台で心だけでも癒してやりたいのじゃ」

源五郎が戸惑ったのは、いつも呑気な父の瞳に哀愁が濃く宿っていたからだった。

浅葱のしらべ緒で彩られた鼓を、父は右肩に構えていた。真一文字にした口の横にある皺が、伸ばした糸のように縦に長く深く影をつける。

主役のシテ、脇役のワキ、笛、太鼓、大鼓《おおつづみ》ともに一流の演じ手にもかかわらず、父の一挙一動は秋風が吹きつける舞台を支配していた。父の音がつくる間と機によって、能が進んでいるのが素人目にもわかった。

いや舞台上だけではない。〝重き習い事〟と呼ばれる奥義ともいえる部分の演奏になると、溜息が村人のあちこちから漏れた。

音にあわせ舞うシテの所作にも、艶が乗るのがわかる。

なんと甘い小鼓の音色であろうか。

そう嘆息している自分に気づいた。どうしたことだろうか、辺りには梅を思わせる甘い芳香が漂っている。香でも焚いているのではないかと思い左右を見回すが、そんな様子はなかった。

「さすが播州《ばんしゅう》の鼓名人・江見河原殿じゃ。儂は畿内で観世流《かんぜりゅう》の鼓も聞いたが、これほどではなかった。音色のなんと甘いことか」

後ろに座していたのは、能役者の後をついてきた旅の商人たちだった。

「まことに同感じゃ。小鼓の名人は、極めると音から梅の薫りが匂うというが、江見河原殿の小鼓はまさにその域に達しておる」

さらに強く甘い香りがした。父の小鼓の一打が鳴り響いていた。見ると周りの村人は皆、陶酔の表情を浮かべている。隻腕の男などは、目から涙を流していた。

やがて最後の能が舞い終わった。万雷としか表現のしようのない喝采が沸き起こる。

「生きていてよかった。戦で片腕を失なって以来、死ぬことばかり考えていた。まさか、かような名人の鼓を聞けるとは」

「同感じゃ」

「儂はもう思い残すことはない。いつでも黄泉路《よみじ》を歩める」

傷だらけの村人たちの感想が、源五郎の耳へも届く。

「天下一の名人なーり」

一座の長の掛け声に、さらに強い喝采が応える。その中心にいるのは、浅葱のしらべ緒の小鼓を持つ江見河原源五郎の父親だった。秋の晴れ渡った空に、村人たちの歓声が吸い込まれていく。

（二）

海の見える高台の室津城は、昼かと思うほどに篝火や燭台《しょくだい》、提灯が輝いていた。

「これで室津浦上家は安泰じゃ」

「備前の天神山浦上家など滅ぼしてくれよう」

室津の家老たちが、勇ましい声を上げている。

皆を見下ろすように上座にいるのは、江見河原源五郎の主である浦上政宗だった。燭台の火も霞むような、煌びやかな金襴に彩られた胴服を着ている。その横には嫡男の清《きよ》宗《むね》がおり、貴族風の直垂《ひたたれ》と折烏帽子《おりえぼし》を着込んでいた。

「それにしても明日の婚礼が待ち遠しいのぉ」

太った体軀を揺らして、浦上政宗は笑う。明日は清宗と赤松《あかまつ》家陪臣の小寺官兵衛《こでらかんべえ》（後の黒田《くろだ》〝官兵衛〟孝高《よしたか》）の妹との婚儀が行われる。今宵はその前祝いで、室津浦上家と小寺家の家老たちが集まっているのだ。宴席は庭に面し舞台も設《しつら》えてあり、役者たちが優雅に能を舞っていたが、誰も見向きもしようとしない。

江見河原源五郎は談笑に入ることもできず、舞台の上の役者たちを見つめていた。かつての父の能舞台には遠く及ばぬが、皆なかなかの技量である。

思えば、父は幸運であった。祖父から家督を譲られる前に、流行《はや》り病であっけなく亡くなったのだ。そして江見河原が元服するのを待ち構えるように、祖父も死ぬ。十代の少年の両肩に、斜陽の室津浦上家の家老職がのしかかった。当然、鼓を打つ時間はほとんど与えられなかった。

視線を感じて横を向くと、赤松家陪臣の小寺官兵衛がいた。いや、今この場では花嫁の兄と呼ぶべきだろうか。

「江見河原殿、室津浦上家の若家老ともあろうものが、そのような顔をしていてはご主君の不興《ふきょう》をかいますぞ」

年齢は大して江見河原と変わらぬはずだが、官兵衛のもの言いは年長者のものだった。

「まさか、今回のご婚礼の重要さがわからぬはずもありますまい。浦上家と小寺家が手を組めば、天神山の逆賊などたちまち駆逐できましょう」

自慢気に語る官兵衛の口調が鼻についたのは、きっと正論だからだろう。

天神山にいる弟の浦上宗景に圧倒されていた浦上政宗だったが、主家の赤松家の乗っ取りは順調だった。主君の赤松晴政《はるまさ》を追放し、子の義祐《よしすけ》を擁立したのが六年前。さらに、赤松家陪臣ながら実力者として知られる小寺官兵衛の妹を息子の嫁に迎える。小寺官兵衛の力を借りることにより、浦上政宗は赤松家を完全に掌握することができるだろう。なれば、弟の浦上宗景との力関係も間違いなく逆転する。

江見河原への小寺官兵衛の弁は続く。

「予言しましょう。名門赤松家の家名と室津浦上家の兵、そして我が官兵衛の知略があれば、数年もせぬうちに播磨だけでなく備前、美作《みまさか》をも支配できると」

穏やかな風貌を持ちながら、小寺官兵衛は実は最も危険な男なのではないか。そう思いつつ、江見河原は立ち上がった。

「申し訳ありませぬ。少し悪い酔い方をしたようです。席を外させていただきます」

「それはいけませぬな。明朝の婚儀では、我が妹のために江見河原殿に鼓の技を披露していただきたいと思っておりましたのに」

楽士の体調を気遣うような口調だった。官兵衛からしたら、己など家老のうちにも入らぬのだろう。もっとも、そのことを誰よりも痛感しているのは江見河原だ。間違いなく亡き父の血を濃く継いでおり、文にも武にも秀でていない。

江見河原は足早に宴を抜け出す。室津の城塞から港町にある家老屋敷までの道を、石を蹴飛ばしながら下りた。港まで歩き、潮風にあたり体を冷やす。いつもとは違う匂いが混じっていた。これは火薬か、と思いつつ城塞を振り返る。

煌々《こうこう》と明かりを灯す室津の城塞を、無数の松明が囲んでいた。

目を細めて灯りの正体を確かめようとした瞬間、幾万もの矢叫びの音が夜空を切り裂いた。流星のような火矢が、次々と城塞に向かって射込まれる。

「な、なんだ、何が起こったのだ」

疑問への返答は、火縄の銃声だった。大地が轟《とどろ》き、うねる松明が濁流のごとく城へと押し寄せる。

「敵襲か」

江見河原が叫んだ時には、もう室津の城塞は巨大な炎に包まれていた。

翌日、江見河原源五郎は、急を聞き集まってきた味方の侍たちと共に焼け落ちた城へと向かった。まだ宴の空気がこびりついた襖が燃えている。あちこちに斬死体や焼死体が散乱していた。

金襴の胴服をまとった首なしの骸《むくろ》を見つけ、思わず足を止めた。主である浦上政宗だ。その横の若い首なしの骸は、花婿になるはずであった清宗だろう。血の滲んだ折烏帽子が転がっている。

昨夜、室津の城塞を襲ったのは、龍野《たつの》赤松家の軍勢だった。浦上政宗によって強制的に隠居させられた赤松晴政を庇護しており、その復讐の夜討ちだ。宴に呆けていた室津浦上勢や小寺勢は、瞬く間に蹴散らされた。そればかりでなく婚礼の主役である清宗と父の浦上政宗が、討ちとられてしまったのだ。

目的を達した赤松勢は、城に火を放ち素早く退却した。今頃、龍野の城で浦上政宗と清宗の親子首を肴に、祝杯を上げているだろう。小寺官兵衛とその妹はすんでのところで難を逃れ城を脱出したのが、せめてもの救いだろうか。

燻《くす》ぶる火種が空気を熱していたが、江見河原の心は極寒の湖面のように凍りついていた。これが武家の末路だと思った。一夜にして天上人が、首なしの死体となる。誰が今日の出来事を予想できただろうか。

官兵衛ほどの知略があっても、否、あるがゆえに禍《わざわい》を招くのではないか。官兵衛が知恵者ゆえに龍野赤松家は恐怖し、婚礼の夜襲などという大それたことを思いついたのだ。

焼けた城塞から、江見河原は港を見下ろした。能の役者や囃子方たちが荷を担ぎ、船に乗り込もうとしている。十分ではなかったので、龍野赤松家の侍も見逃したのだろうか。

江見河原は港を去る船を凝視していた。水平線の彼方に姿が消えても、その場に居続けた。足が金縛りにあったように動かなかった。江見河原は能役者たちが向かった海の向こうを、いつまでも見つめる。

（三）

主君が討ち死にした夜襲から三年がたった。室津の城塞は急ごしらえで復興し、次男の浦上誠宗《なりむね》が跡を継ぎ、小寺官兵衛の妹を再び嫁に迎えたが、もはやかつての勢いはない。

城から家老屋敷へと戻る江見河原の体には、じっとりと疲労が染みついていた。存亡の危機にあるというのに、今日の評議も天神山浦上家や龍野赤松家への感情論が唱えられるだけだった。江見河原は、家老として皆を取りまとめることができず、船頭を失った小舟のように、議論は彷徨《さまよ》い続けた。

また四日後に評議があるが、江見河原には不満と諍《いさか》いの種をまく作業にしか思えなかった。どうせ最後は村々への軍役を重くして、天神山浦上家に対抗するという結論に行きつくだけではないか。

通り過ぎた屋敷から、小鼓の音が聞こえてきた。

「ほう、あれは『道成寺《どうじょうじ》』の重き習い事の乱拍子《らんびょうし》ではないですか。こちらの御子息は、なかなかの腕前のようですな」

従者の声に、江見河原は立ち止まり耳を澄ます。悪くない。だが、音色がわずかに狂っている。皮を打つ右手はいいが、音の調子を司るしらべ緒を握る左手が甘い。もっと言えば、皮に湿り気が足りない。乾きすぎている。今すぐ打つのを止め、吐息を吹きかけて皮を湿らせないと、いずれその狂った音が癖になってしまう。調子はずれの音色を、江見河原は笑い飛ばすことができなかった。

自然と鼓を打つ構えをとろうとする両腕を、あわてて制止させた。

「どうされたのですか」と、従者が声をかけてきた。

「いや、何でもない。それより疲れた。早く帰ろう」

音から逃げるように、江見河原は屋敷の前から歩き去る。


一晩寝て朝になっても、昨日の評議の疲れは抜けていなかった。気鬱を抱えたまま、朝餉《あさげ》の席へと向かう。すでに母が座っている。隣に腰を下ろすと、母の髪に灰の薫りが濃く立ち込めているのがわかった。

武家の女の鑑《かがみ》のような母だ。夜寝る時も、必ず枕元に灰の詰まった袋を置いている。狼藉者が侵入した時に投げつける目つぶしだ。

さらに懐刀《ふところがたな》をしっかりと握り仰向けに寝る姿は、まるで死体のようだ。髪から発せられた灰の匂いは、寝返りでも打って目つぶしの上に頭を置いてしまったためだろう。そこに母の体臭も混じり、朝餉にそぐわぬ香りが鼻腔を刺激する。

父が死んだ後、母は江見河原が小鼓に耽溺することを堅く戒めた。形見の浅葱のしらべ緒の小鼓は母の寝室に隠され、江見河原の思うようにならない。もし思う存分小鼓を打てたなら、少しは気も晴れるだろうに。

「源五郎殿、今日のご予定は」

漬物を箸でつまみながら、母が訊いてきた。

「三日後の城での評議に向けての準備と、他家よりの使者の訪問があります」

母の口に近づいていた漬物がピタリと止まる。

「最近、我が屋敷に訪れる使者が多いが、それはいかな用件ですか」

漬物に唾を飛ばしつつ問い詰められた。

「母上、これは浦上家家老としての談合でございます。何らやましいことではございませぬ。まことに恐れながら、女人が口を挟む内容ではございませぬのでご容赦下さい」

こういえば母が引き下がるのは知っていた。

「これは失礼しました。母ともあろうものが。ただ備前訛《なま》りの使者が多いゆえ心配で」

視線を絡ませつつ、母はカリリと漬物を齧ったのだった。


その日の昼過ぎに、江見河原邸を訪れたのはふたりの侍であった。ひとりは、能のシテも務まりそうなほど堂々の所作が印象的な男。渋い檜皮《ひわだ》色の裃《かみしも》が、そそり立つ樹木を連想させた。

もうひとりは、女人と見間違うほどの美貌を持っていた。鈍色《にびいろ》の大紋の衣服は地味だが、袖口や襟からは朱や浅葱の煌びやかな小袖がのぞいている。

「宇喜多七郎兵衛《しちろうべえ》でございます」と、まず裃を着たシテの方が名乗った。

天神山浦上家筆頭家老となった、宇喜多直家の弟、宇喜多〝七郎兵衛〟忠家《ただいえ》だ。病気がちの直家の名代《みょうだい》として時に軍を率い、時に天神山城の評議に参加すると聞いている。今まで天神山浦上家の日笠《ひがさ》、大田原《おおたわら》ら名だたる重臣がやってきたが、宇喜多家の使者は初めてだった。

いまひとりの美貌の侍は「岡剛介《おかごうすけ》でございます」と名乗った。

敵対する武将のもとに男娼として潜りこみ、仕物《しもの》したという刺客だ。なるほど、この容貌ならばそれも頷ける。そして名代と刺客を同時に送り込むところに、あらゆる手段を使って江見河原を調略しようという直家の意志が透けて見えた。

まずは堂々とした口上で、宇喜多忠家が天神山浦上家につく利を説いた。最後に裏切りの報酬として、播州の所領の安堵と備前に新たに五つの村を加増することを約束した。

「五ヶ村の加増は、江見河原殿の力量を考えればいかにも不足なのは承知の上です」

最後にこちらの自尊心を愛撫することも忘れない。今までの使者との格の違いを見せつけるかのようだ。

「加増の村は、天神山浦上家の所領からもらえるのか」

「いえ、我が宇喜多家からでございます」

「では、天神山浦上家の陪臣となるのか」

「はい。直臣になれば家中で妬む輩もでてきましょう。まず宇喜多家の客将として幕下に加わり、いずれ日を見て我が兄が本来の格にふさわしい直臣へと推挙いたします」

用意のいい答弁は、この男の優秀さを物語っているようだった。だが最初から結論は決まっている。否だ。

武家の甘言がどれほど危険かを、亡き主君の嫡男の婚礼で知っている。

「残念ながら、浦上遠江守《とおとうみのかみ》殿から直書《じきしよ》が届いておりまする」

遠江守とは、天神山・浦上宗景の受領名《ずりようめい》である。宇喜多忠家の顔に動揺が走った。

「そこには内応の褒美として、備前半国を与えるとあったが、お断りしました」

忠家が提示した領地よりもはるかに多いし、何より加増される備前半国には間違いなく宇喜多の領地も含まれている。反故《ほご》にされる約束なのは見え透いているが、使者を追い返す効果は絶大だ。実は一年以上前の書状だが、それは敢えて口にしない。

「備前よりの足労を考えると申し訳ないが、期待に沿う返事はできませぬ。せめてもの慰めとして、一曲もてなしをさせていただこう」

手を叩いて従者を呼び、「帰られる使者殿に鼓を打ちたいので、母に言うて来てくれ」と告げた。これが使者を門前払いにせぬ理由だった。

当時、能や連歌《れんが》会など武士が嗜《たしな》んだ遊興文化は、戦とも密接に結びついていた。織田信長や細川藤孝《ほそかわふじたか》などの武将は、小鼓や大鼓の名人として播磨の江見河原らの耳にも届いている。

母は小鼓への耽溺は許さなかったが、使者をもてなす程度の芸の披露は江見河原の家名を上げるものと容認してくれた。逆に言えばこういう時でもなければ、江見河原は父の形見の小鼓に触れることさえできない。

とはいえ、忠家はさすがに顔をしかめた。だが今後の折衝の望みを捨てぬためだろう、「では、喜んで拝聴いたしましょう」と不機嫌さを押し殺して言う。

これも、江見河原にとっては予想通りの答だ。

従者から受け取った袱紗に目つぶしの灰の匂いがかすかにして、顔をしかめた。気を取り直して、分解された鼓を取り出す。表皮《おもてがわ》と裏皮《うらがわ》、そして瓢簞《ひょうたん》のような形をした胴、浅葱のしらべ緒の紐を並べ、組み立てる。

「ほお、そのしらべ緒の色は名人の……」と美形の侍が嘆息しつつ、あごに手をやる。どうやら、この岡剛介という刺客は、芸を見る目があるようだ。

表情を崩さずに作業を続ける。表皮と裏皮を繫ぐしらべ緒のたるみを張り、最後に結わえて父の形見の小鼓が完成した。

顔を天井に向けて、頰で空気の湿り具合を探る。裏皮へ口を近づけて湿気含みの吐息を吐きかける。しっとりと皮が潤うのがわかった。これで準備ができた。

「道成寺の乱拍子を」と言ったのは、昨日、屋敷の前で聞いた曲が忘れられなかったからだ。右手で鼓を打つと同時に、左手の指でしらべ緒をからめて音色を調節する。

弓弦《ゆづる》から放たれた矢の如く、澄んだ音が発せられた。

今度は宇喜多忠家が嘆息をもらすのが聞こえた。

「まことに見事な腕前」

演奏が終わり、重々しく発した忠家の言葉に嘘がないことに満足した。

「のう、剛介もそう思うであろう」

美形の侍は微笑を湛《たた》えつつ、口を開いた。

「はい、心洗われるとはこのこと。ですが……」

小鼓を分解する江見河原の手が止まった。

「少々音の味が薄うございましたな」

思わず、膝に乗せた表皮を取り落しそうになった。

「残念ながら、江見河原様は名人の域には達しておりませぬ。曲の機も間も、まだまだ淡泊でございます。浅葱のしらべ緒を使うには、技量が伴っておりませぬ」

思わず睨みつけたが、反論できなかった。父は万人周知《ばんにんしゅうち》の許しをもらい浅葱のしらべ緒を得たが、江見河原は違う。形見として受け継いだものを使っているだけだ。

が、技量に不足があるなどとは思っていない。

だが、剛介は追い打ちの一言を投げかける。

「失礼ながら武家の素人芸かと」

こめかみの血管が脈打つのが実感できた。刺客風情に何がわかるというのだ。

平静を装って、ひとつ息を吐く。

「これは手厳しい。剛介殿は、よほどの鼓上手なのでありましょうな」

皮肉をぶつけたが、微笑を浮かべる顔に変化はなかった。その泰然とした様子に江見河原は怯《ひる》み、狼狽して口を開いた。

「幼少より父の形見のしらべ緒を使っておるので、それ以外の紐の癖がわからぬのです」

なぜか言い訳を口にしていた。

「それに最近は家老としての働きも忙しく、芸の修練を積む暇もありませぬ」

意志とは反して、次々と弁解の言葉が出てくる。まるで、己の技量が未熟と認めているようではないか。

「ふむ」と剛介が呟いて、やっと江見河原は口を閉じることができた。

「もしや、江見河原様は所領や家禄には興味などないのでは」

心の臓が止まるかと思った。

「実のところ武士や家老という身分にさえも」

「剛介、口を慎め」と忠家が叱るが、今度は刺客の舌が滑らかに動きだし、止まる気配を見せない。

「かといって、無欲ではない。いや、江見河原様、御辺ほどの強欲の顔相も珍しい」

いつのまにか江見河原の体が震えていた。

「鼓を打つ時の顔、実に美しうございましたぞ。まるで天竺で陶酔しているようじゃった。そこから推察するに、江見河原様が望んでいるのは」

江見河原の胸が痛み、呼吸もままならない。剛介はバサリと鈍色の袖をなびかせる。

下に着た朱色の小袖が羽のように翻り、江見河原の目に焼きついた。

「この乱世から距離を置き、都の公家のように鼓や芸能に耽溺する暮しではございますまいか」

心臓を見えぬ手で摑まれたかのように感じた。ひとつ咳き込むと、先程の何倍もの勢いで鼓動が再開される。

「馬鹿なことを」と怒鳴ったつもりが、小声しか出なかった。

「今、おいくつじゃ。もう、二十も過ぎておろう」

「何が言いたいのじゃ」

「惜しいと思いました。音の味は薄うございますが、江見河原様には確かに天賦の才があります」

「世辞《せじ》は結構だ」

今度は大きな声を出すことができたが、剛介の語りは止まらない。

「それほどの腕ならば、自身がよくおわかりでしょう。あと数年、いや一年、この生活を続ければ、浅葱のしらべ緒の高みに一生達することができないことを。それゆえに惜しいと申したのです」

体が凍りついた。もはや若くない。無限の体力と白い紙のような無垢な感性は、過去のものになりつつあった。

剛介は膝立ちになり、江見河原のすぐ側までにじり寄る。襟元からのぞく肌は、十代の女性のように肌理《きめ》が細かかった。不穏な気分になり、江見河原は慌てて目を逸《そ》らす。

「この乱世に、音曲に心奪われるとは業深き御仁よ」

まるで遊女のような声だった。

「だが嫌いではありませぬぞ。逆に羨ましく思います。俸禄や功名よりも、大切なものをお持ちとは」

なぜか剛介の言葉を否定することができない。

「御辺が最も欲するものを差し上げようか」

本能が、申し出を受け入れろと囁いている。

「楽士の身分でございます。鼓の技を極めるための暮らしを、我が宇喜多家は一生保証しましょう」

ゴクリと唾を呑み込んだのを、剛介は了承の印と受け取ったようだ。

「主君の首を持ってきなされ。息子の久松丸《ひさまつまる》も殺るのじゃ」

焼けた城に横たわっていた主の首なしの死体を思い出した。

「首と引き換えに、御辺を乱世のしがらみから解放して差し上げましょう」

江見河原は、視線を膝の上の小鼓へとゆっくりと持っていく。

暫しの間、沈黙が座を支配した。

「本当に楽土の身分をくれるのか」

視界の隅で、刺客が大きく頷くのがわかった。

（四）

震える体を必死に動かし、泳ぐようにして夜の闇の中を江見河原は走った。懐と背に負うふたつの荷が体の動きを邪魔し、何度もよろめいた。しきりに後ろを振り返り、追手が来ていないかを確かめつつ小屋の前へとついた。教えられた通り小石をふたつ戸にぶつけると、灯りが点る。

足を踏み入れると、宇喜多忠家と岡剛介が待っていた。

忠家は眉間をひしゃげるようにして睨み、一方の剛介は艶然とした微笑を湛えている。昼間に着ていた鈍色の礼服は脱ぎ捨てて、蝶の柄の金襴をあしらった朱の小袖姿だった。遊女が客を誘うような口調で尋ねる。

「江見河原殿、ご首尾は」

返答のかわりに、胸に抱いていた荷のひとつを地に置く。剛介が手燭を近づける。美貌の刺客が、白い歯を見せて破顔した。主である浦上誠宗の首であった。

敵を睨みつけるような眼光とともに、忠家が江見河原に問いかける。

「確かに。では子の久松丸はどうしたのじゃ」

なぜ忠家は、仕物を成功させたというのに凄まじい怒気を発しているのだろうか。そうか、親子ふたりを殺せというのが剛介の注文であった。

江見河原は用意していた言葉を諳《そら》んじる。

「久松丸も間違いなく殺った。しかし、首を斬るまでにはいたらなかった」

本当は母である小寺官兵衛の妹の胸で眠る幼子を斬りつけただけで、生死までは確かめていなかったが必死に言い繕《つくろ》う。

不意に、喉が圧迫された。

忠家に襟首を摑みとられていた。たちまち息が苦しくなり、背に負っていたもうひとつの荷が地に落ちる。

「返り忠の外道《げどう》が。幼い子を手にかけたことを誇るか」

睨みつける忠家の目に殺気が宿っている。

「よしなされ。殺せと言われて殺して、この仕打ちでは江見河原殿が可哀そうでござる」

舌打ちとともに、忠家は襟を解放した。

「儂は好かん。こ奴を寝返らせるだけでよかったのじゃ。下劣な仕物など……」

「七郎兵衛様の調略不首尾の折は、それがしの采配に任せるとのお館様の命をお忘れか」

忠家の鼻先に手燭をつきつけて、剛介は笑う。そして視線を地へと転じる。江見河原の父の形見である小鼓の部品が散乱していた。母の寝所から盗み、刺客として仕物し逃げてくるまで、ずっと背に負っていたものだ。

忠家の顔がさらに激しく歪んだ。

「ふん、母の命より、鼓の方が大事か。性根の腐った奴だ」

剛介の差し出す炎から逃れるようにして、忠家は暗闇へと身を隠そうとした。

「は、母の命とは、どういうことでございましょうか」

闇に没しようとしていた忠家の背中が止まった。ゆっくりと振り向く。

「貴様、よもや返り忠をして、身内が無事ですむとでも思っているのか」

「そ、そんな、母は老いておりまする。それを、それを……」

忠家の目が血走る。拳が振り上げられたが、剛介が制止する。

先ほどよりも何倍も激しい震えに襲われた。江見河原は己が決断したことの代償を、ここにきてやっと理解したのだ。返り忠は三族皆殺しが下剋上の定法ということを。

「お、お、お願いでございます。母を、母を助けてやってください。今なら……」

忠家の膝にすがりつくと、剛介の言葉が頭上から落とされた。

「我らは少数の従者しかおりませぬ。屋敷に戻るは、火に飛び込む蛾に等しき愚行ですぞ」

首をひるがえし、声の主を睨む。

「貴様、こうなることを知っていたのだろう。なぜ、教えなんだ」

朱色の袖で口元を隠して、剛介は鼻だけで嘲笑した。

「鼓を母から盗み出すことしか頭が回らん江見河原殿の何と太平楽な。いや、違うか」

口調は徐々に殺気を帯び始めていた。

「御辺、こうなると知っておったのではないか」

敵に問いかけるかのような声質だった。

「知っていて、母を見捨てたのだろう。聞けば御辺ら父子の鼓狂いを、母は大層憎んでいたとか。その母を連れて備前に逃げれば、満足に鼓は打てまい。だから――」

「黙れ。違うっ」

「いや、そうだ。御辺は忘れていたふりをしていただけなのだ。あるいは御辺の業欲が、返り忠は三族皆殺しの乱世の掟を失念させたのじゃ」

「違う、黙れ、しゃべるなっ」

手燭が地に落ちる。いつのまにか、耳を塞ごうとした江見河原の両手は剛介に摑まれていた。

「御辺自身が一番わかっておろう。鼓への業欲が、孝よりもはるかに勝っていることを」

両手首を砕けんばかりに握りつつ、剛介は囁きかける。

「気に入ったぞ、五逆《ごぎやく》(親殺し)の罪を犯しても鼓を極めたいか。帰城の途中に殺そうかとも思っていたが、気が変わった」

岡剛介の声が溶けた鉛のように耳孔から侵入し、江見河原は悲鳴を上げた。

「生かしておいてやる。御辺は我が主に音を捧げるのだ」

足元には炎をこぼす手燭が転がり、分解された小鼓を妖しく照らしていた。

「我が主のように悪名《あくみょう》を背負い、乱世の鼓を打て。五逆の音色を奏でろ。畜生道《ちくしょうどう》の果てにある、夢幻能《むげんのう》の極みを探し当てるのじゃ」

江見河原の叫びに拍子を合わせるように、地で小さな火が踊っている。

「さすれば、父を越えるのも容易《たやす》いだろう」

最後の言葉を発したのは、剛介なのか江見河原の内面なのかは判然としなかった。

手燭の炎が、浅葱のしらべ緒を焦がす。まるで己が焙《あぶ》られているかのように、江見河原は身悶えたのだった。

（五）

備前へと逃げた江見河原のもとに、母の最後の様子が伝えられたのは一ヶ月後のことだった。母は一日一本ずつ手足の指を切断され、二十一日後に磔《はりつけ》にされたという。その余りの悲惨さに、民衆は江見河原を親殺しの大罪を犯した〝五逆の鼓打ち〟と非難した。また、その所業をなじる狂歌が備前中で流行《はや》ったほどであった。

旭川《あさひがわ》はゆるやかな弧を描きつつ、石山城《いしやまじょう》（後の岡山城）のふもとを流れていた。新しい年になっても、いまだ春は遠いようだ。曇った空を映す水面は鉛を連想させた。

江見河原は霜を踏みながら岸へと降り、川を覗きこむ。かつての父とよく似た顔が映っていた。口元にうっすらとできた縦皺は特にそっくりだ。父は皺を引き絞るようにして、鼓を打っていたことを思い出す。このまま年数を重ねれば父とそっくりになるのだろうか、それとも見殺しにした母の面影が濃くなるのだろうか。

川の中の顔が激しく揺れた。石を投げ込まれたのだ。

たちまち、父によく似た顔が破壊される。

——三拍子、そろひてけりな江見河原

——主うち、親うち、鼓さへうつ

母を犠牲にした江見河原の所業を罵る狂歌が背中から聞こえてきた。

耳にするだけで、かつては取り乱すほどの良心の呵責《かしゃく》に襲われた。家老職を捨て、母をむごい目にあわせた己を激しく罵倒した。剛介の誘惑に負けてしまった後悔に、何度も発狂しかけた。

が、あれから十年もたった。

江見河原が仕えていた室津浦上家はおろか、今や天神山浦上家さえない。

四年前、浦上宗景の嫡男・松之丞《まつのじょう》を石山城で暗殺した宇喜多直家は、天神山城を囲んだ。延原弾正《のぶはらだんじょう》や明石飛驒守《あかしひだのかみ》の裏切りで、城はあっけなく陥落する。

そして江見河原はといえば、直家の側に侍して父の形見の鼓を打ち続ける日々を送っていた。もう、心を麻痺させる術は自然と身につき、今は狂歌を聞いても心痛をやりすごすことは難しくない。

江見河原は川辺を歩く。悪童たちはしつこくついてきて、狂歌を騒ぎたてる。追い払おうとすれば、さらに図に乗るのはわかっていた。無視して歩いていると、枯れ木と筵《むしろ》でできた小屋がいくつも現れた。

いつのまにか川辺にある流民の住み処へと来てしまったようだ。

宇喜多直家が石山城に移ってから、中国各地から大量の流民たちがやってきていた。戦災で村を焼かれた者や戦で不具になった者ばかりだ。最初、江見河原は〝悪逆の将〟と恐れられる宇喜多の居城を、流民たちが目指す気持ちがわからなかった。だが、流民たちに聞くと、案外に宇喜多直家の評判は悪くなかった。

敵が少しでも強いとみれば、謀略を駆使し時に仕物も辞さず、それでもなお強大な場合は恥も外聞もなく降伏し、また隙を見て裏切る。武士の風上にも置けぬ男だが、足軽や人夫たちにとっては、何年も無謀な籠城をさせられたり、負け戦に玉砕を命じたりする大将よりよほどましらしい。自分の娘さえ躊躇なく謀略の手駒にする辣腕《らつわん》も、彼らにしてみれば天上人の不幸で実感がわかないと言う。

何より山陽道が新たに東西を横切った石山城の城下町は、流民に生計の望みを与え、彼らを取り込み肥大していっている。

振り返ると、悪童たちとの距離が広がっていた。どうやら、流民たちが怖いようだ。これは好都合と、江見河原はそのまま歩みを進めた。野次とともに狂歌の声が大きくなったのは一瞬だけだった。無宿者たちの巣窟《そうくつ》へと足を踏み入れると、どんどんと悪童たちの声は小さくなる。

寒風と共に鼻をかすめたものを嗅いで、思わず江見河原の体がよろめいた。彷徨《さまよ》うように歩く乞食のひとりと体が当たり、小屋にぶつかり埃が立ち込める。だが体の痛みなど、ささいなことにすぎない。

――なんだ、この臭いは。

鼻にやった手が震える。江見河原は、この臭いをよく知っていた。

――まさか、そんなはずはない。

一瞬にして、体が強張った。鼻腔を刺激するのは、主である宇喜多直家の血膿ではないか。どうして流民たちの巣窟で、この臭いがするのだ。

怖れよりも好奇心の方が勝った。江見河原は唾を呑み込みつつも、流民たちの小屋をすり抜けてゆっくりと奥へと進む。

目の前に現れたのは、ひとりの老婆だった。膝までしかない小袖からは痩せたふくらはぎが見えた。紐のような細い帯をして、被衣《かずき》がわりに破れた筵を羽織っている。灰色の髪は頭頂部で禿げかかっており、皺だらけの首は触れれば折れそうだった。川面に厚く張った氷の隙間に腕をいれて、何かを一心不乱に洗っている。

さらに一歩近づくと、その老婆から血膿の薫りが漂っていることがわかった。江見河原が嗅ぎ間違えるはずのない、直家の尻はすの臭いである。

「おい、あの女は何を洗っているのだ」

流民のひとりを呼び止め、銭を握らせつつ訊いた。悪臭から逃れようとしていた男だったが、掌の中の銭を見て垢だらけの顔を綻ばせる。

「はい。宇喜多和泉守様の寝衣でございます」

何気なく出た返答に、江見河原は絶句した。

「どういうことだ」と問いつつ、水中にあるものを引きあげた老婆に目を向ける。握られているのは、汚れ変色した寝衣だった。

「石山城から、血膿にまみれた寝衣がここに流れついてきます」

宇喜多直家が尻はすを発病すると、一夜にして着衣は血膿まみれになる。サラシなども含めて、侍女たちが毎朝旭川に捨てていたことを思いだした。

異臭の原因は突きとめたが、新たな疑問が生じた。

「なぜ、汚れた寝衣をわざわざ洗うのじゃ」

「あの〝腹裂きの山姥《やまんば》〟が、売り物にするためでございます」

腹裂きの山姥とは、なんと醜悪な異名であろうか。嫌悪感を呑み込みつつ再び尋ねる。

「だが、あれほどの汚物がこびりついた寝衣が売り物になるのか」

「へぇ、確かに。数年前はひと洗いすれば、まだ銭にはなったのですが。最近の血膿はちょっと酷《ひど》くて。手間ばかり食って、大した銭になりませぬ。あの腹裂きの山姥だけでございますよ。道でめぐみを乞う方が、よっぽど実入りがいいってのに」

黄色い歯を見せて、流民は嘲笑した。

「腹裂きの山姥というのは」

さらに銭を催促したので、また握らせる。

「なんでも腹をかっ斬られた状態で、天神山に捨てられていたらしくてね。噂じゃ、ぐひん（天狗）にやられたとか」

江見河原は老婆を見た。何事かを呟きながら、必死に宇喜多直家の寝衣を洗っている。

灰色の髪が、なぜか亡き江見河原の母の姿と重なった。流民を手で追い払い、足音を忍ばせて近づく。老婆が何事かを呟いている。

声に耳を澄ませた。

「八郎、痛かったろう。八郎、苦しかったろう」

何度も同じことを言いながら寝衣を洗っていた。手の皮膚はあかぎれて、あちこちに赤いものが滲んでいる。こびりついた血膿に口を近づけて吸い取る姿を見て、えずきそうになった。やはり、この女は狂っている。

しかし、八郎とは誰のことだ。最初に頭に浮かんだのは、宇喜多直家の世継ぎのことだった。八郎という名前だが、確かあれは誰かの幼名を受け継いだはずだ。

「母のせいで、このような苦しみを背負わせてしまった。私は愚かだった。八郎よ、許しておくれ。お前に腹を斬られるのも当然の報いじゃ」

横顔を見ると、目尻に涙が滲《にじ》んでいた。細い糸を引くようにして、頬を伝う。途中で乾いた皮膚が吸い取り、それはあごにまでは達しなかった。

八郎とは宇喜多直家の幼名ではないか、と思い至る。

では、なぜこの老婆が直家の寝衣を前にして八郎の名を唱えるのだ。しかも己のことを〝母〟と何度も繰り返している。

「これは私がつけた傷ではないか。嗚呼、八郎、八郎……」

穢れた寝衣の左肩の辺りには血膿が盛り上がるようにこびりついており、そこに顔を擦り付けてむせび泣き始めた。

ふと、ある考えが浮かんだ。

――もしや、あの老婆は宇喜多直家の……。

（六）

石山城の廊下を、美貌の男が歩いていた。大勢の取り巻きを引き連れ、ひとりに礼装の裃を持たせている。露わになった朱の小袖にあしらわれた金色の蝶は、そこだけ春が訪れたかのようだった。いや、この男のなした所業を考えると、血のりの上を舞う冬の妖蝶と言われれば納得するだろう。

「剛介様」と、江見河原は声をかけた。

本人より先に反応したのは、従者たちだった。険しい目つきで睨みつけてくる。

岡剛介は今や毛利との国境近くにある忍山城《しのぶやまじょう》を任され、以前と違い取り巻きも多くなっていた。

「ほう、江見河原殿から声をかけてくるとは珍しい」

剛介の返答は柔らかく上品だ。直家と謀を談合する懐刀としての役割も相変わらずだが、部下を持つようになりかつての抜き身の太刀のような狂気は隠すようになっていた。

「ひとつ、お聞きしたいことがあります。お館様の母君のことです」

剛介は目を細めた。すぐに後ろを向いて、従者たちに先に行くように命じる。

廊下でふたりきりになった。それだけで封印されていた剛介の狂気が、漏れ出ている
ような気がする。震えそうになるのをこらえながら、江見河原は尋ねた。

「お館様の母君は、亡くなられたと聞いております。何が原因でしょうか。病ですか」

「妙なことを訊ねられるな」と言いつつも、何が嬉しいのか笑みを湛える剛介。

「昔、お館様が八郎という名で天神山城に奉公されている時、山賊に襲われ誘拐《かどわか》された
のよ。以来、行方知れずよ」

天神山という単語が、江見河原の体を強張らせる。

あの老婆は腹を斬り裂かれて天神山に捨てられていたと、流民は言っていた。

「その時、お館様はどこにおられたのです」

「うむ。その場に居合わせ、母君を助けるために山賊と渡りあったが、左肩に深手を負
い、気を失われたと聞く」

流民の住む川辺で老婆が「これは私がつけた傷ではないか」と口にしていた時、寝衣
の左肩辺りをさすってはいなかったか。では、八郎の母と言う腹裂きの山姥が、若き日
の八郎と呼ばれていた宇喜多直家を傷つけたのか。

背に脂汗が滴り、着衣を濡らした。

「本当に母君は山賊にさらわれたのですか」

思わず零《こぼ》した疑問に、剛介の視線が鋭くなる。

「はう、御辺も人間の業がいかなるものか、少しはわかってきたようだな」

狂気の鯉口《こいぐち》を、剛介が切ったことを悟った。

「御辺の言う通り妙なのよ。難攻不落の天神山城、猜疑心の塊の浦上家にあって、容易く山賊が侵入できたのはおかしい」

剛介が頬をさすりつつ続ける。

「あるいは宇喜多家の仇討ちを恐れる島村家の仕業とも、浦上家自ら手を下したとも、噴飯《ふんぱん》ものだが天神山のぐひんの神隠しとも、他にも噂は様々じゃ」

剛介の言うことが核心に迫りつつも、江見河原の推測から微妙にずれていることを悟る。

「他には、どんな噂があるのですか」

「どんな噂であれば、御辺は満足するのじゃ」

逆に問い返された。

「言うてみよ、母殺しの鼓打ちよ。どんな無礼な考えも、儂の胸の内に秘めてやるゆえ」

剛介は、江見河原が何を言いたいかをわかっているのではないか。

「さあ、五逆の鼓打ちよ、早く申されよ」

やはり、わかっている。

江見河原は、ゆっくりと己の唇をこじ開けた。

「お館様が、母君を手にかけたのではないですか。斬りつけ、山に捨てた」

剛介の両頰が限界まで吊り上った。

「母殺しの大罪を犯した御辺らしい考えだ。確かにそういう噂もある。だがな、どれも確かな証《あか》しはないのじゃ。お館様がそれについて何かを言及するとも思えん」

あの腹裂きの山姥のことを言うべきか迷った。なぜか決心がつかず、今ひとつ気になっていた別のことを訊ねる。

「剛介様、お館様の母君は生きておいでと思いますか」

刺客は、優雅に首を折って暫時考えにふける。

「さあ、どうであろうか。昔は母を名乗る不届きな女は多かった。皆、小銭を稼ぎたい偽者よ。だが最近は、そんな女もいなくなった」

確かに娘でさえ捨て駒のように扱うならば、母も同様だろう。身分を偽れば直家は拘束して、「己の母に相違なし」と嘘を重ね、他家への人質として送りこむはずだ。

「もし、お館様の母と名乗る老婆がいたら」

顔を天井に向けて剛介が笑い飛ばした。

「御辺、面白き問いをするようになったな。宇喜多和泉守が梟雄《きょうゆう》であるのは、皆が知ることだ。なおもって母というなら、その女はただの狂人か、あるいは――」

「あるいは?」

獲物を見つけた狼のように剛介の目がギラリと光る。

「その女はお館様のまことの母君であろう」

（七）

先程の剛介との不穏な問答に胸を圧迫されながらも、江見河原は直家の寝室へと入った。寝具に横たわる男がいる。肉は削《そ》げ、皮が頬骨に張りついているように見える。江見河原が入ってきたというのに、瞼ひとつ動かさない。白いはずの寝衣は、どす黒く変色していた。真新しい血膿がついた部分だけが、染め物のような赤や黄で彩られている。

「曲を打ってくれ」

病床の直家が、呟くように声をかけた。

少し思案して「では姨捨《おばすて》の曲を」と老女物の一番を答えたのは、流民の住み処で会った老婆が頭に浮かんだからだ。小鼓を肩に構える。視界の隅に浅葱のしらべ緒の端部がちらついた時、侍女の声がした。

「七郎兵衛様と剛介様がお見えになりました」

襖越しに人が侍《はべ》る気配がしたが、構わずに曲を打ち続けた。ふたりも江見河原の鼓を聴いているのがわかる。しばしの沈黙の後に、直家が口を開く。

「三木《み》城《きじよう》の別所《べっしょ》が織田を裏切る」

どよめきで襖が揺れた。

「播州は乱れる。この機を逃すな。七郎兵衛」

「はっ」と、宇喜多忠家の小気味よい返事がした。

「我が名代として軍を率いよ。剛介や三家老も連れていけ。上月城《こうづきじょう》を囲め」

鼓を打ちながら、やはりもう直家は陣頭には立てぬのかと思った。

「ですが、今までと違い羽柴筑前守《はしばちくぜんのかみ》が播州におります。少数の我らは不利かと」

「案ずるな。毛利に使者を送った。小早川《こばやかわ》、吉川《きっかわ》が来る」

小早川隆景《たかかげ》と吉川元春《もとはる》は毛利両川《もうりりょうせん》と呼ばれ、毛利家を実質的に采配する実力者だ。

「なんと。しかし、上月城を攻めるということは、備前の道を貸すということですか」

忠家の語気が強くなっていた。

「宇喜多は毛利の属国ではありませぬ。たとえ播州攻めのためとはいえ、軽々しく道を貸すのは道理にあいませぬ。下手をすれば宇喜多の家を蚕食《さんしょく》されます」

襖ににじりよる気配がする。

「構わん」

「しかし」

「儂の言うことが聞けぬのか」

続け様の問答は、忠家があっけなく押し切られた。

「剛介」と、直家は続いて懐刀に声をかけた。

「上月城を無理攻めはするな。七郎兵衛も肝に銘じよ。織田は上月を捨てる。城を守る尼子と山中鹿介《やまなかしかのすけ》は外様だ。遠からず降伏する」

「ほお」と、剛介の嘆息が襖の隙間から侵入した。

「どうやら能の難曲《なんきょく》に匹敵する悪事をお考えのようで」

鍋が煮えるような直家の笑声に、剛介の快笑がかぶさる。

「こたびの戦の目的は、羽柴筑前守の首ではない」

唾を呑む音が襖の向こうからした。きっと宇喜多忠家だろう。剛介ならば舌舐めずりするはずだ。

「吉川、小早川の首だ。上月城が降伏した後、八幡山《はちまんやま》の城で饗応しろ。道を貸した我らをよもや疑うまいし、儂が病床に伏し、七郎兵衛が名代なら尚更よ」

襖の向こうのふたりの対応は対照的だった。ひとりは音にできぬ戸惑いの声を上げ、もうひとりは心地良さげに己の膝を打った。

「宴の場でやるわけですな。毒を盛りますか。あるいは刺客を」

「剛介に任せる」

「有り難き幸せ」

このような謀議の末に、己も主を手にかけることになったのか。背にある襖が氷壁に変じたかのようだ。

「江見河原殿」と、剛介の声で我に返る。

「鼓の音が乱れておりまするぞ。そんなことでお館様のお心を慰められるのか」

穏やかな声だったが、心の臓を鞭打たれたかのような痛みに襲われた。

気づけば、見えるはずもないのに平伏していた。

「浅葱のしらべ緒が泣いておりますぞ」

剛介の声が背にのしかかり、体が床にめりこみそうになる。脳裏によぎったのは、父の鼓の音だ。臭覚さえも刺激する甘い音色。楽士の身分となり表面の技量は上がったが、内面は父に遠く及ばない。

「申し訳ありませぬ」

言いつつ、江見河原は額を痛いほどに強く床に擦り付ける。

（八）

約半年にわたる上月城の合戦は、宇喜多直家が予言したように羽柴〝筑前守〟秀吉が兵を退いて終幕した。しかし、岡剛介による毛利両川の吉川・小早川暗殺計画は、密告者が出て頓挫《とんざ》する。

小早川は海路から、吉川は美作の山路から、逃げるようにして軍を引き返していった。今や宇喜多は織田と結び、織田中国方面軍の羽柴秀吉の尖兵として、美作備前の全域で毛利と合戦を繰り広げていた。毛利の反撃も鋭く、剛介の守る忍山城が落とされるほどであった。

そんな中でも、宇喜多直家の謀は続いている。

ついには四女・於葉《およう》の嫁いだ後藤家を滅ぼし、次女・楓《かえで》が嫁いだ伊賀久隆《いがひさたか》を毒殺に追いやった。

宇喜多直家の病状はさらに悪化し、もはや生きているのも不思議なほどであった。常に側に控える江見河原の目には、時に骸《むくろ》が伏していると勘違いすることもあった。

江見河原は、鼓を打ちながら流民の住み処で見た腹裂きの山姥のことを思いだす。だが、あえて老婆とはかかわらないようにした。このまま直家が腐り果てれば、自身でも理解し難い老婆への執心も朽ち果てるだろうと思っていた。

ただ、あることが起こった時にだけ、江見河原は流民の巣窟へと足を運び、できるだけ遠くから老婆の嘆きを聞くことにしていた。

もうすぐ一年が終わろうかという師走のある日のことだった。あてがわれた屋敷の部屋に、江見河原はひとりいた。自分の荷物と火鉢を置けば、後は布団を敷く空間がわずかに残る程度の広さだ。江見河原は火鉢の横に座って、小鼓を組み立てた。

背筋を伸ばして右肩の上に構える。浅葱のしらべ緒を左手に絡みつかせ、右の指先を小太刀のように伸ばして表皮を打つ。

会心の一打にもかかわらず、音は出なかった。かわりに細長いものが数本ポトリと床に落ちた。恐る恐る膝の辺りを見ると、己の右手の指が五本散らばっていた。

悲鳴とともに立ち上がろうとすると、浅葱のしらべ緒が鋭利な刃物に変じた。左手の指も一本、二本、三本と落ちる。

「源五郎殿」と、背後から声をかけられた。すり足で寄ってくる音がする。眼つぶしの灰の香りが濃く立ち込めた。

後を向けない。幼き頃から耳に馴染んだ女人の声だった。

背中により添うようにいる。手が動き、江見河原の腰から背、肩へと這う。何かが変だ。首から頰へと移動する女人の手を見る。指が全て切り落とされ、巾着袋《きんちゃくぶくろ》のような掌だった。

背後の人物が頰を擦り寄せる。

女人の髪にこびりついていた灰の残骸が落ち、江見河原の目の前で舞った。

悲鳴を上げたが、声が出ない。下を見ると、切り取られた己の指が芋虫のように蠢動《しゅんどう》しつつ、体を這い上がっていた。

夢から覚めて、江見河原はまず己の指を確かめた。当り前だが、ある。

指の感触を確かめるように、掌の中に顔を埋めた。凍えた指の冷気が頰から伝わってくる。指が十分に暖まってから、身支度を整えて旭川へと向かった。

母の夢を見た時に、必ず訪れる場所だった。

あの流民の老婆に会いに行くのだ。

冷たい川の水に皺《しわ》だらけの腕を浸す、腹裂きの山姥がいた。

「八郎、辛かったろう。今日もこんなに血膿を流して。母が代わってやることができれば」

語尾を詰まらせつつ、しきりに手を動かしていた。江見河原は息をひとつ長く吐く。水面から現れた寝衣は、使いこんだ布巾のように背後の風景が透けて見えた。これでは売り物にならない。

――やはり、この女、狂っているのか。

洗い終わった寝衣を丁寧に畳む姿を見ながら、そう呟いた。だが、ぼろ雑巾のような生地にもかかわらず、血や膿だけは綺麗に拭いとられていた。生地は陽光を照り返し白く輝き、江見河原の瞳を射す。

「ヒヒヒ、旦那、久し振りでございますね」

あの時の流民が、黄色い歯を見せながらやってきた。

「あの寝衣では、売り物になるまい」

「へい、実際には端切れとしての価値もありません」

「どうやって生計をたてているのだ」

差し出された掌の上に銭を置きつつ訊く。

「不思議なことに二年ほど前から、その寝衣を買い求める奇特な御仁がございまして」

「一体、誰だ。そ奴は」

「さあ、なりは老僧……のできそこない。身のこなしから見るに、昔はかなりの武芸者だったようでございます」

　両手を出して、さらに銭をせびられた。

「どうも、さる高貴な尼僧の使いとして、買い求めているようでございます」

　追加された銭の枚数を勘定しつつ、流民が説明する。

「来るようになったのは二年前というのは確かか」

　流民は大きく頷いた。二年前といえば、東美作の後藤勝基《かつもと》が滅ぼされた直後だ。何か老婆と関係があるのだろうか。

「気にかかりますか。であれば、もうしばらくお待ちあれば老僧とも出会えるでしょう。ほら、噂をすれば」

　一人の僧形の男が歩いているのが見えた。眉は雪のように白く目を中心に老木の樹皮を思わせる皺が寄っているが、動きは若々しい。演じ始めたばかりの能のシテのように活力が溢れている。刀は差しておらず、太い杖を手にしている。歩行のためではなく、護身用の得物《えもの》であるのは一目瞭然だった。

　江見河原が知る限りの杖術の達人を思い浮かべるが、老僧と一致しなかった。

　だが、どこかで会ったことがある。室津浦上家でか、いや違う。では、天神山浦上家か、それも違う。備前の侍でも播磨の侍でもない。では、あと江見河原にとって縁の深い土地は、美作しかない。室津浦上家に帰属する豪族も多く、城にはよく使者が訪れていた。

声が届く距離に来た時、老僧がこちらを見た。

脳裡に、ある名前が閃《ひらめ》く。

――奴は、井上山兵衛《やまべえ》だ。

二年前に滅ぼされた東美作・後藤家の重臣である。隣国にも鳴り響く豪傑で、年の離れた弟とともに〝井上の老兄《ろうけい》、若弟《じゃくてい》〟という仇名で呼ばれていた。使者として、室津の城へも何度か来たことがある。

後藤家が宇喜多家に滅ぼされた三星城《みつぼしじょう》の合戦では、直家の四女・於葉とともに、攻め手に内通した安東相馬《あんどうそうま》を成敗する活躍を見せた。一説には安東相馬は反間《はんかん》の計による偽りの内通だったとも言われるが、事実は判然としない。

三星城落城後は、井上山兵衛は於葉とともに行方知れずになったと聞いている。

砂利《じゃり》を強く踏む音で我に返った。井上山兵衛の呼吸が聞こえるほどの間合いにいた。一瞥するだけで、通りすぎる。どうやら江見河原のことには気づかなかったようだ。

井上山兵衛は老婆のそばへ立ち、懐から過分な銭を出し、擦り切れた寝衣を取り上げた。帰る時は江見河原を一顧だにせずに、足を速めて通り過ぎる。

「ご覧下さい。あの凶暴そうな容貌。本願寺の僧兵でももっとましな顔でございますよ」

流民は揉み手で、江見河原に語りかけるのだった。

（九）

年を越せないだろうという周囲の予想を嘲笑うかのように、宇喜多直家は膿まみれの体のまま正月を迎えた。延命の代償として、血膿が寝衣だけでなく寝具さえも汚すほどだった。まさに生きながら腐るとはこのことか。

この部屋だけは新春とは程遠いなと思いつつ、江見河原はいつものように部屋の隅に座った。袱紗から取り出した小鼓を組み立て始める。空気が乾いており、体のあらゆる部分の皮膚が突張っていた。こういう日は鼓の調子も悪いことが多い。

何日か前に出会った老婆と井上山兵衛の姿を思い返す。さる高貴な尼の使いだと言っていた。誰であろうか。思いつくのは、井上山兵衛と共に行方知れずとなった直家の四女の於葉しかいなかった。

では、なぜ於葉は売り物にならぬ直家の寝衣を、人をやって買い求めるのか。

しばし、浅葱のしらべ緒を結う手が止まった。あるいは、膿混じりの寝衣の有無で、直家の生死を判断しているのではないか。これならば間者を城中に放つ必要はない。

組み立てが進むうちに、考えも整理された。

もし、腹裂きの山姥のうわ言と剛介から聞いた噂が本当ならば――。

老婆は直家の母で、事情はわからぬが直家を殺そうとして左肩に斬りつけた。

チラリと直家を見る。左肩に巻かれたサラシが変色して盛り上がっている。

直家から視線を引き剝がし、また考えに没頭する。

左肩に手負いを受けた直家だが、反撃し母の腹を斬り裂いた。瀕死の母は山へ捨てられたが、奇跡的に一命をとりとめた。年月がかつての激情を洗い流し、今は直家の寝衣から血膿を拭うことを生き甲斐としている。まるで我が子の肌の穢《けが》れを清めるように。

そして、於葉だ。

父への内通者である安東相馬を斬った後、行方知れずになった。同行していた井上山兵衛の姿を見ると、寺にでも匿《かくま》われたのだろうか。父を憎む気持ちはあれど、仇討までは考えていないような気がする。ただ父の臨終を見届けることで、全ての怨讐に決着を付けようとしているのではないか。

そこまで考えて苦笑した。まるで、琵琶法師が語る平家物語の一話ではないか。

だが、親子三代の縁を思わずにはいられない。於葉は知らず知らずのうちに、寝衣を買うことで己の祖母を助け、ふたり揃って直家の臨終を見届けようとしているのだ。

考えごとをしたせいか、いつもよりずっと時間がかかって小鼓が組み上がった。今日は正月の挨拶で、何人もの家臣が訪れる。腐臭を吹き飛ばすのは不可能だが、せめて次の間に漂う香の邪魔をせぬ小鼓を打ちたかった。

裏皮に吐息を優しく吹きかける。が、どうしたことだろうか、今日は皮がなかなか湿らない。その間、家老たちが入れ替わり立ち替わりやってきて、挨拶を襖越しに述べる。直家の途切れ途切れの声と家老たちの乾いた返礼が、江見河原の焦りを加速させた。

揃って訪れた三家老が退室し、新たな家老がひとり入室し座した時、やっと皮が潤った。慎重に右肩に担ごうとすると、直家が声を発した。

「剛介か」

しばしの沈黙の後、「はっ」という答があった。

感情を故意に削ぎ落した声を聞き、江見河原は戦慄《せんりつ》した。思わず小鼓をとり落しそうになる。

「羽柴筑前めは、中国へ兵を発するか」

「はい、先日の軍議では姫路城《ひめじじよう》から山陽道を通り、春から夏にかけて高松城《たかまつじよう》を攻める手はずにございます」

襖から発せられた報告に、隠しきれぬ邪気が滲んでいた。

「うむ、では剛介、儂の謀を聞かす」

「はい、喜んで」

明らかに偽りに満ちた言葉だが、直家は気づかないのか。

「筑前めは高松の城を水攻めにするはずじゃ」

「水攻め？」

「うむ、近頃の奴めの戦さを見ればわかる。力攻めはせん」

「確かに〝干し殺しの筑前〟というふたつ名で呼ばれつつあります。七郎兵衛様も力攻めはないだろうと言うておりました」

盗人猛々しいとは、このことか。

「筑前の軍師を気取る黒田官兵衛も好みそうな策よ」

かつて小寺官兵衛と呼ばれた男の名を聞き、江見河原の胸に郷愁のようなものがよぎる。

「だが、高松城の足守川《あしもりがわ》を堰《せ》き止めるのは、龍を討つに等しい難事。織田家中の知恵者でも容易ではない。黒田官兵衛でも無理よ」

「では画餅《がべい》にございますな」

声には少し喜色が混じっているように感じられた。

「いや、ひとり、それをなせる者がいる。千原九右衛門《ちはらきゅうえもん》だ」

土の声を聞くことができる、と言われた宇喜多家中の土木工事の名人である。実際に高松城の水攻めでは築堤《ちくてい》奉行を担当し、わずか十数日で完成させた。

「黒田官兵衛は敵としても味方としても、我が家中のことを知り尽くしている。きっと泣きついてくる。その時は助けてやれ」

「ならば高松城の水攻めは盤石《ばんじゃく》」

ふたりの謀議を聞いて、江見河原は息が詰まりそうになった。だが、今、己がここに座していると知られてはいけない。

「いや、そこまで上手くはいかぬ。毛利は小早川と吉川が後詰にくるはずだ。そうなれば羽柴筑前めは攻めあぐねる。そして織田弾正忠《だんじょうのちゅう》へ援軍を求めるはずだ」

「弾正忠……前右大臣《さきのうだいじん》でございますな」

襖の向こうの人物が唾を飲む音がした。織田信長は四年前に右大臣を辞して無官の身になっており、直家が口にしたのはかつての受領名だった。

「織田弾正忠がやってくるかどうかは賭けだ。だが、少なくとも筆頭家老の明智日向守《あけちひゅうがのかみ》は寄こすはずだ」

「あるいは織田弾正忠、明智のふたりが来るやもしれませぬな」

そうなれば、高松の地に織田信長、羽柴秀吉、明智光秀、小早川隆景、吉川元春の天下に鳴り響く英雄が集うことになる。

ククククと、直家は嬉しそうに笑みを零した。

「数寄者揃いの織田家のこと、到着すれば必ず堤を見物する」

「その時は万事粗相なくもてなしまする」

「違う。堤を切るのだ。見物の織田弾正忠以下を濁流に飲み込ませ、溺死させろ」

織田信長を仕物すれば、天下の一大変事ではないか。衝撃が渦潮のごとき目眩《めまい》に変じた。

「そ、そのような細工は可能でしょうか」

褌の向こうの人物は、地金を露わすかのように狼狽している。

「案ずるな。千原九右衛門なら可能だ」

実際に本能寺の変後、羽柴秀吉は毛利の追撃を防ぐために堤防を決壊させており、何らかの仕掛けがあったことを窺わせている。

さらに直家は、多方面に分散した織田家の状況を説明した。驚くほど畿内が手薄になっているではないか。

「織田弾正忠を仕物した後は、毛利と手を結び、畿内へと兵を進めろ」

信長や羽柴秀吉らが亡き後なら、無人の野を行くがごとき進撃となるであろう。

「し、しかし、毛利はかつて裏切った我らを容易く許すでしょうか」

褌のすぐ側から、すがりつくような声がした。

「七郎兵衛めに折衝させよ」

宇喜多忠家の名前がでて、褌が揺れるほどの動揺が伝わってきた。

「奴は裏で毛利と通じておる。吉川、小早川の仕物が失敗したのも、奴が密告したからよ」

「ま、まことでございますか」

声には恐怖が濃く滲んでいた。

「毛利は七郎兵衛に恩義を感じておる。奴が使者になれば同盟も容易い」

質問は無視して直家は言葉を継ぐ。まるで迫っている死を前に、想いを言い尽くそうとしているかのようだった。

「ゆけ、剛介。これは、きっと儂の最後の謀となる。遺言がわりだ。舞台に立てぬ儂のかわりに、思う存分に舞え」

足音に明らかに狼狽を感じさせながら、襖の向こうの人物が立ち去る。

江見河原は、夏の日のように汗をかいていた。寒さとは違う種類の震えに囚われる。どうやら次に続く謁見《えっけん》はないようで、人の気配が遠い。迷った末に「お館様」と声をかけた。

「なんだ、江見河原、いたのか」

寝言のような頼りない返事だった。

「先程の方は剛介様ではございませぬ」

しばらくの沈黙の後に「どういうことだ」と掠れた声で呟いた。

「剛介様は、三年前に忍山城が落城した時、行方知れずとなってしまったではないですか」

そして昨年、岡家は捜索を諦めて、葬儀を執り行ったではないか。それさえも理解できぬほどに、直家は衰弱しているのか。

「では……誰だったのじゃ」

なぜか目が熱くなる。

「弟君の七郎兵衛様ではございませぬか」

沈黙が耳を刺すようだった。そう、先程まで控えの間にいたのは、剛介を騙《かた》る宇喜多忠家だったのだ。

「ですが、七郎兵衛様も知勇兼備の名将。お館様のご意志を見事達成されるでしょう」

再び、静寂が訪れる。

「いや」

直家は絞り出すように言う。

「奴は儂の謀をことごとく潰してきた。宇喜多の家が畜生道に落ちぬように、密かに儂に逆らい続けた。儂の娘の嫁入りに、いつも反対するのも奴だった」

なぜか、口調には敵意や害意は籠っていなかった。

「では、先程の謀議を、それがしめの口から三家老にお伝えすることもできますが」

「よい。毛利との同盟あっての謀。七郎兵衛の協力なくば不可能。奴は良き家臣ではなかったが、あるいは良き弟だったかもしれん。娘たちもよく懐いていた」

直家の目尻から、血膿が細い糸を引いて流れる。

「江見河原、一曲たのむ」

返事はできなかったが、肩に小鼓を担ぐ。背筋を伸ばし、右手を表皮に打ちつけた。

小気味よい音が、部屋に波紋を描くように広がった。

だが、邪念があった。

曲に集中できない。

流民の住む川辺にいた老婆のことが頭にこびりついていた。一体、どんな気持ちで寝衣を洗っていたのだろう。今、生きながら腐る直家を見れば、老婆はなんと言うだろう。あるいは血膿を口で吸うかもしれない。

胸骨が潰れんばかりに、想いが大きくなった。

「不思議だ」と、直家が呟いた。

手を止めずに視線だけを動かし、主を見る。

「梅の香りがする。そうか、誰かが梅の花を持ってきてくれたのか」

おかしい。梅はまだ蕾で咲いてはいない。

一旦、手を止める。襖を開けて侍女に聞くが、やはり梅は咲いていないという。ふと気づいた。まさか、いや、それしか考えられない。

浅葱のしらべ緒を握り直した。紐の弾力が心地いい。かつてない感触だ。

心を落ち着け、気を静め、丹田に集中し、鼓を打った。

――『道成寺』、重き習い事、乱拍子。

体全体が鼓に変じたかのようだ。音が体内に入り反響し、気づけば部屋全体が共鳴している。未だかつてない境地だった。

ひと際大きく打つと、江見河原の鼻腔に梅の香りが心地よく爆《は》ぜた。

侍女の嘆息が江見河原の背中を撫でる。梅園でまどろむような心地だった。

直家も柔らかい吐息をかすかに漏らす。


曲が終わると、腐臭が薄まっていた。

気のせいではない。徐々に空気が澄んできている。

生きながら腐る直家の体臭が消えようとしていた。その意味するところを悟り、江見河原は目頭を腕で乱暴にこすった。

立ち上がり、直家の枕元に跪《ひざまず》く。

血膿さえも流さなくなった骸を、しばらく見つめる。ゆっくりと手を主の顔へと近づけ、目尻から糸を引いていた一滴の血膿を拭ってやった。


天正十年、一月一日、宇喜多〝和泉守〟直家死去。

死は三家老と宇喜多忠家によって秘され、八日後の一月九日に密葬が行われた。

（十）

夜明けの旭川の川辺を、江見河原は歩いていた。寒風が身を斬るように冷たい。吐く息は白く、薄まりつつある闇を洗っているかのようだ。

やがて、ひとりの老僧が杖をつき歩いているのが見えた。逞しい足取りは、井上山兵衛だ。なぜか、ふたり並んで歩く。無言で足を進めると、流民たちの住み処が見えてきた。

まだ、誰も起きてはいないようだ。

「山兵衛殿、もう寝衣は流れてこないぞ」

眼球だけを動かして睨まれた。

「どういうことだ」

「それ以上は言えん」し、説明するのは蛇足が過ぎる。

また井上山兵衛の視線が、流民の住み処へと戻る。いつのまにか、川辺に痩せた人影がひとつ現れていた。

腹裂きの山姥だ。

「なあ、山兵衛殿よ、これは儂の妄想ゆえ答えずともいい。ただの独り言だ」

聴いているのかいないのか、老僧の顔から判断はつかなかったが、かまわず言葉を続けた。

「於葉殿は、これからどうされるのじゃ」

あるいは杖を振り上げられるかと思い、後ずさった。しかし、井上山兵衛の体からは害意は放たれない。

「儂ごときにはわからん」

井上山兵衛の顔に刻まれた皺が、より深くなった。視線の先には、酷寒に身をさらしながら何かを待つ老婆の姿がある。

「あるいは命を絶つやもしれんし、あるいは供養の余生を選ぶやもしれん」

「山兵衛殿は、どちらだと思う」

とても苦しそうに首を振った。

「わからんと言っておろう。だが儂は……」

突風が会話を中断させた。まるで尖った氷片に斬りつけられたように体が痛い。井上山兵衛とふたりで、たまらず顔を腕で覆った。

腕の隙間から、老婆が蹲《うずくま》りそうになる体軀を必死に支えているのが目に入った。水面に筵《むしろ》が浮かんでいるのを見て、水沫を上げて川に分け入る。冷水に腰まで浸かりつつ、腕をちぎれんばかりに伸ばし筵を拾い上げた。遠目でわかるほどに、肩を落とす。細い体を震わせつつ、また岸辺へと戻る。

井上山兵衛は、老婆を凝視しながら口を開く。

「儂は、於葉様に生き抜いて欲しい」

美作に武名を轟かせた男とは思えぬほど、弱々しい声だった。

「きっと、左衛門尉《さえもんのじょう》様もそれを望んでいる」

於葉の夫である後藤〝左衛門尉〟勝基のことだ。三星城落城後は妻や女たちを逃し、自害したと聞いている。

後は、ふたり無言で陽が昇りきるのを待った。いつもは騒然としている流民の住み処も、新春の今日ばかりは静かで人影はない。

ただひとりの老婆が、寒風冷水に身を浸しつつ佇んでいるだけだった。

もう永遠に流れてこない寝衣を、母が待ち続けている。

参考文献

『新釈　美作太平記』　三好基之編著／山陽新聞社
『新釈　備前軍記』　柴田一編著／山陽新聞社
『備前　浦上氏』　渡邊大門／戎光祥出版
『備前浦上氏の研究』　浦上元／新人物往来社

特別収録
ルポ

高校生直木賞全国大会

伊藤氏貴
（高校生直木賞実行委員会・代表）

今から百年と少し前、「結婚と文学は滅びる」と予言した者がいた。迷亭《めいてい》と号する男だが、『吾輩は猫である』に登場するこの美学者の言は、ほぼ漱石自身の思想を映していたのではないかと思われる。

滅亡の原因はかかって「個性」にあるという。人がそれぞれの個性をどこまでも伸長させていけば、互いの理解も不可能になる。夫や妻という他人と暮らすことも、詩や小説を書いて他人に理解してもらうこともできなくなる。夫と妻、作者と読者との懸隔は越えがたく広がり、かくて夫婦も文学も衰亡するのだ、と。漱石、もとい迷亭は、文学滅亡の予兆を早くもジェイムズやメレディスに見ていたのだが、百年を経た現在の日本の文学状況を目にしたら、果たしてなんと思っただろうか。

結婚の方は着実に衰えている。草食男子とは、自分の個性を傷つけられないために、他人の個性にも手を伸ばそうとしない者たちの謂《いい》ではないのか。そしてある種の文学もまた、個性に走るあまり読者を置き去りにしているのではないか。

読書離れは日本だけの問題ではない。同様の危機を感じたフランスの中等教育の教師たちは、生徒たちによき現代文学を読ませたいと思ったが、ただ教師が上から薦めるのは効果的でないことはわかっていた。そこで考えたのが、読んだ複数の作品に関して議論させて、自分たちの一位を決めさせる、という方法だった。教師は一切口を挟まず、自分たちだけで好きなように議論させる。これなら主体性をもって取り組めるのではないか。

どの作品を読ませるべきか。教師が選ぶべきか、生徒たち自身が候補を出すべきか。前者はやはり上からの押しつけととられかねないし、後者では質が保証できない。それなら、名高いゴンクール賞の候補作を読ませて、自分たちのゴンクール賞を選ばせてみるのはどうだろう。

ゴンクール・アカデミーが、こうしてはじまった高校現場での取り組みに「高校生ゴンクール賞」の名を冠することを許した理由は、「このままでは読書が死んでしまう」と言った当時の会長、エドモンド・シャルル゠ルーのことばに集約されている。「高校生ゴンクール賞」とは、年に一度の「ゴンクール賞」の候補作を、フランス中の高校生約二千人が読み、議論を重ねて、自分たちだけで一作を選ぶ賞で、既に四半世紀以上続いている。

その日本版を、ということで六年ほど前から少しずつ広げてきたのが「高校生直木賞」という試みで、昨年から全国大会を開き、そして今年は初めて全国の高校に公募をかけて、十二校から代表各一名に東京に集まってもらい、本選会を開くことができた。「高校生ゴンクール賞」をモデルにしているとはいえ、彼我《ひが》の状況差には埋めがたいところもある。最大の違いは、直木賞は年に二回だということだ。本賞に合わせて年二回というのは、高校のスケジュールにとってはなかなか難しい。そこでまず、十二校を二グループに分け、それぞれ第一五一回と第一五二回の候補作で選考をしてもらった。その結果、一五一回は二作、一五二回は三作に評価が集中し、この五作が全国大会の候補となった。各校では、自分たちが担当していなかった回から上がった候補作も含め、この五作を再び選考してもらう。ここまでが学校予選である。

こうしてそれぞれの高校での選考結果を携えて、代表者計十二名が五月五日に東京、文藝春秋本社に集まった。北は函館から南は福岡まで、公立・私立・男子校・女子校・共学校入り混じるなかで、ただしかし、男子は二名にすぎなかった。理由はわからない。圧倒的に女子が多数だったことが選考になんらか影響を及ぼしたのかもわからない。議論の途中「女の子ならではの共感」が話題にのぼることはあったが、結果を見れば、それが決め手にならなかったことは明らかだろう。『宇喜多の捨て嫁』という「女の子らしさ」とは対極にあると言っていい歴史小説が選ばれた。

しかも、生々しい描写を含み、権謀術数を尽くす人間の悪を描いた作品である。これを一番強く推したのも女子だった。

もちろん、作品とのはじめの出会いにおいて受け取る印象は重要だろう。しかし、再読し、他者との議論を経るうちに、第一印象や「女子として」という次元を超えた「読み」の世界が広がることを体験する。自分勝手な「個性」的な読みを超えた世界がたしかにあることを知る。

漱石、いや迷亭の危惧した〈個性の伸長による文学の消滅〉にわずかながらでも抵抗する契機がここにあるのではないか。「高校生ゴンクール賞」が「このままでは読書が死んでしまう」ことに抗おうとしたとき、会長の頭にあったのも、たんに多くの高校生が候補作を読む、という次元にとどまらず、徹底的に議論するなかで、彼らがよりよい読者になることへの期待だったのではないだろうか。一位を決めるための議論はもちろん一種の闘いではあるが、それは他者を切り捨てるためではなく、むしろ他者とより深く繋がるための闘いなのだ。それぞれがそれぞれの読みの「個性」をかざしつつも、そのなかで通じ合うものを互いに探し出そうとするものだ。それが〈文学の滅亡〉に歯止めをかける。

さて、ではわが「高校生直木賞」の審査員たちはどうであったか。彼らは、作者と自分、また読者としての他者と自分とを繋ぎ、作品の「個性」と自分たちそれぞれの「個性」の生み出す懸隔に架橋することができただろうか。

それは直接、彼らの議論の内容からたしかめてほしい。以下は、ほんの一部ではあるが、白熱した議論からの抜粋である。

万城目学『悟浄出立』

A　原作の『三国志』や『西遊記』を知っていると面白い。漢文の授業で学んだ作品の行間を知ることができました。

B　高校でちょうど四面楚歌を勉強した後だったので、虞姫《ぐき》の話はよかった。

C　それは原作の面白さでは？　とくに（「悟浄出世」や「悟浄歎異」を書いた）中島敦の存在は大きいと思う。

D　中島敦、読んでみました。でも万城目さんは、中島敦の描いていない、隙間の猪《ちょ》八戒《はっかい》をあえてクローズアップしていると感じました。

E　脇役にも人生があるってことだ。

F　ただ、『ワンピース』の例を見ても、脇役は主役を支えてこそ映えるものじゃないだろうか。

G　みんなが知っている話の視点を変える、という発想がいいと思う。

米澤穂信『満願』

A　淡々と語っていく中で緊張感が高まる書き方ですよね。非現実的でありながら、人間は追い詰められるとここまでやってしまうのではないかというリアリティもある。

D　静かな狂気に満ちてますね。

H　私の学校では、もう読めないと思うくらい怖いという意見もありました。

G　私は米澤ファンなんですが、これは中毒性のあるパターン。わかっていても作者の罠にはまってしまう。犯行の意味のその背後にまた別の意味がある。最後の一文も鋭い。人間を描こうとしている。短編の掲載順もよく、重たいものと軽いものと、交互に楽しめました。

F　ミステリー好きかどうかで評価が変わる。テクニックは凄い。視点人物の感情をあまり描かないスタイルが、終盤のサプライズにつながっていく。

B　この賞は「ミステリーとしてよいかどうか」という基準で選ぶものではないんじゃない？

I　帯にミステリーと書いているからそういう話になるんだろうけど、この本は普通のミステリーとは違うと思う。人間を描いている。バラバラの短編集だけれど、通底するテーマが「満願」なんじゃないかな。

J　私は「高校生に勧めたいか」という観点で見たい。そうするとちょっと勧めづらい気がするけど、「柘榴」は女子の人気が高かった。

I　私も「柘榴」が好き。本当に怖いのは人間なんだ、ということがわかる。

柚木麻子『本屋さんのダイアナ』

I　本来ならダイアナだけで話になるのに、もうひとり主人公を立てたところがよいと思いました。

J　主人公ふたりのどちらにも共感できた。作者の好きなものが詰め込まれていて、本全体から愛を感じるよね。

F　後半、主人公ふたりがひとり立ちして、別々の話になってしまった気がする。対極的なふたりがもっと連動してもよかったと思うんだけど……。

D　たしかに別々にはなるけど、離れている間もふたりは内面ではお互いを意識していると思う。女子としても、本好きとしても純粋に共感できました。

K　私は、友人がそれぞれ互いにないものを求め合うというところにすごく共感しました。表紙もめちゃくちゃかわいい。ただ、男子は電車で読むのが恥ずかしいかもしれないね。

B　私の学校にダイアナというミドルネームをもつ女子がいて（一同驚く）、彼女はこの本と運命の出会いをした、主人公たちに共感できたと言っていた。こういう出会いはいいなと羨ましく思ったけれど、私はそこまでではなかった。

F　主人公がサガン好きだが、僕も実は『悲しみよこんにちは』を鞄に入れてて、運命の出会いだと思った（笑）。しかし、主人公たちの心理が単純化されすぎているよ。「悩み」はもう少し複雑なものじゃないかな。

H　読後感がとてもいい。高校生として選ぶならこれがいい。

西加奈子『サラバ！』

L　未来も大切だが、未来のためには過去が必要だということを伝えている。主人公を生まれた時点から辿っていくことで、現在の心情がわかりやすい。

J　「こういう人いる！」という〈小学生あるある〉から読者をつかむ。主人公が禿げてそれによって挫折するリアリティにはメッセージ性がある。

G　よい評価しかありません。ただ、下巻は高校生にはわからない苦労が描かれている。きっと大人は下巻からが面白いと言うだろう。だから大人になってもう一度読んで感動したい。

F　後半が長いと思うかもしれないけど、このまとまりのなさこそがリアル。僕は『サラバ！』はヘッセの『デミアン』と共通するものがあると思うので、『デミアン』の冒頭部分を少し紹介します。

——私の物語を話すために、私はずっと前のほうから始めなければならない。できることなら、もっとずっと先まで、私の幼年時代の最初のころ、いやそれを越えて私の血統のはるか遠いところまでさかのぼらなければならないだろう。

（中略）私の物語は、ある作家にとって彼の物語が重大である以上に、私にとって重大なのだ。なぜなら、それは私自身の物語、ひとりの人間の物語であって——考え出された、ありうるかもしれない、理想の、あるいはなんらかの存在しない人間の物語ではなく、現実の、ただ一度きりの、生きている人間の物語であるからだ。（以上、朗読。高

橋健二訳）
　これが小説だ。『サラバ！』も同じく作者の人生が注ぎこまれた物語なので、年齢によって印象が変わる。だからいいんです。そのことを知るためにも、いま読んでおく必要がある。
B　上巻のエジプトでヤコブと歩《あゆむ》の出会う場面が好きです。ふたりの子供が言葉もわからずに通じあい、ひとつの言葉で繋がっていられる。不思議だけれど、人間にはこういうことがある、と思いました。何かを信じるということについて、すごく考えたし、時間はかかっても信じることができたらいい、と思えた。
A　モラルとか常識が変わっていく世の中で、自分の信じるものを持っている人が強いんだなと思った。
D　歩が嫌なやつすぎてイライラするけど、何度か読み返して、「信じる」という重いテーマでところどころ笑わせるのはすごいと感じた。「信じる」というのはすごく純粋な行為。入れ墨のおばちゃんと心を通わせる場面は、神話のようでドキドキした。そんなこともあるのかな、と思わせる力がある。
C　『ダイアナ』とは対極的で、重い。日本に帰ってきてからがジメジメしすぎじゃないかな。中東では許されたお姉さんも、日本ではおかしな人。姉が変化するにつれて魅力が減じる。
F　実は、歩も姉も根はいい人だった。そういういい人たちが自分の人生を生きにくいということを描いているんだと思う。

C　なんで禿げさせるのか疑問だ。歩が受動的すぎるのでは。

F　その受動性から主体性を獲得するのがテーマなんじゃない？

G　友達に勧めたら果たして読んでもらえるかな？　最後まで読みとおせるかな？　内容も重い。私たちが大人の気持ちを無理に理解する必要はあるんだろうか。大人ぶる必要はない。

C　私自身は心にずしんときた。人に勧めるなら『サラバ！』だよ。

E　正直、人に勧めるには分厚すぎるんじゃないかと思います。

J　でも、私は読んでいて「まだ（残りのページが）こんなにある」と思って嬉しかったな。きっと読書に興味を持ってもらえる一冊だと思う。私は中学生のころ中村航を読んで音楽を聴くようになったし、読書の幅が広がった。感化されやすい時期にこそ読んでほしい。

L　歩とヤコブの少年時代に出てくる「白い生物」がよくわからなかったんですけど、みなさんこれはどう読みましたか？

B　「白い生物」は幻覚だろうけど、すごくインパクトがあり、最後まで頭の中に残っていた。わからないけれど、必ずしも納得できなくていい。それは子供時代の記憶で、曖昧なものだし、子供はわけのわからないことを考えるものでしょう？　「白い生物」は、心象としてあっていいと思う。

F　ベースが現実的な話の中に「白い生物」を入れることで、信じるものは自分で決める、というメッセージ性が強まるのでは。人に勧めても、読む人は読むし、読まない人は読まない。よいものは遠慮せず勧めるべきだ。他に映画や漫画があり、本を読むくらいなら最初からそっちに行く人が多い。だから、もし本を読むのなら、本物の本を読んでほしい。その意味では、『サラバ！』がいい。

木下昌輝『宇喜多の捨て嫁』

A　歴史小説は苦手だけど読めた。まず悪者として主人公が登場するのは『悟浄出立』と似ていて、人間ドラマとして楽しめました。戦っているシーンが目の前に立ちあがってくる。この本がとっかかりになって歴史小説を好きになれる。

J　設定がすごいし、主人公が変わると地の文まで変わるのもすごい。指を切られるところの芋虫の比喩が、物語のイメージにも合っている。

C　宇喜多の既成の人物像を変える一冊だと思う。ミステリーの要素が強く、戦いの描写は省略している。人間のやりとりに重点を置いている印象を持ちました。

D　腐臭から梅の香に至るまで、嗅覚を刺激する描写にも驚いた。

I　リアルだし、知識がなくても読める。しかも短編集なのに、登場人物が繋がっている。

L　みんな繋がっていて、パズルのピースがはまるように伏線が回収されていく。一つの無駄もない。一度目に読んで母子の別れに感動し、二度目に読むとあえて宇喜多が残虐を演じているくだりなど、また別のところに感動できた。『ハリー・ポッター』みたいに、たくさん登場人物がいるところが物語に厚みを与えているんじゃないかな。

B　私も二度読んで、やっとよさがわかった。よいところは、複数の人間の目を通して宇喜多が語られることと、彼の死によって物語が完結することの二点だと思います。以前『村上海賊の娘』（和田竜著）を読んだときには、百人以上人が死んで、歴史小説はこんなにも命を大切にしないのかとびっくりしましたが、こちらは二回読むと、むしろ命を大切にした上で死を描いているとわかる。当初、直家はすごくクズな父親だと思ったが、二話目では少年時代の純粋であどけない直家が描かれていて、一気に引き込まれる。二話目は語り手が直家自身で、孤独を感じる。人間には多面性があり、ただ怖いだけの話ではない。一話目で死んだと紹介される人たちも、のちの話で丁寧に語られる。ひとつひとつの死に解決がついて、心の中で納得できました。

E　見方次第で人物像が変わる。それに描写がよくも悪くもリアルですね。

K　私はグロテスクすぎて読むのがちょっとつらかった。高校生直木賞としてはどうかな？

H　グロテスクなのは描写の上手さだと思う。

F　「グロテスク」はこの作品にとっては褒め言葉でしょ。歴史は苦手だが、楽しめた。最後まで読んで、また最初の話に戻るつくりなど、完成度が高い。

G　直家さんかっこいい！　よい意味で裏切られた。歴史そのものではなく人間を描いている。丁寧にその時代を描き、一方で、作者が歩み寄って現代にも通じるものを描いている。人間にはいろんな面がある。このことをいちばんきちんと書いている小説だ。

C　完全なる悪役はおらず、悪役に見える人でも、その裏に何があるかはわからない母―子―娘のつながりを描いていて、最後には涙が流れるほど感動しました。

D　うちの学校の議論では、宗景＝悪役、でストップしていた。よくよく読んでみると、あえて悪役に描いているけれど、もしかして本当は……と思えてくる。この本のよさだ。

ここまで、一切の休みなく三時間超。一度休憩を入れ、『サラバ！』と『宇喜多の捨て嫁』の二作に絞って最終的に議論することにした。

J　『サラバ！』の歩くんの考え方になじめなかったという人がいたけど、本には「いま、ここ」とは違う世界がある。自分とは違う人間になれる。それが読書の意味だと思う。

D　『サラバ！』には分量的にも読者を選ぶところがあるが、いまの私たちが読んでおく意味はある。わからなくても読んでおけば、大人になってまた読み返して、そのとき必ず新たな発見があると思う。

L　ただ、どうしても理解できず立ち止まるところもある。楽しくて、もっともっと読みたいと思えることが大事なら『宇喜多』でしょう。

F　『宇喜多』は歴史を土台にして作られているが、『サラバ！』は何もないところから生みだされている。

H　「何もないところから」と言うけれど、『サラバ！』は作者自身の経験にもとづいており、西さんとともにある小説だと思う。重いと感じるのは西さんの経験が乗りうっているからでは？

F　「何もないところから」と言ったのは、ベースになる歴史があるわけでない、まさに西さん個人の中から生まれた小説、というプラスの意味です。僕が将来禿げたら必ず読み返すと思うし（笑）、就活が辛くても読み返す。また思い出す日が必ずくる小説だ。

B　決めきれないなー。多くの人が読んでよかったと思える本を選ぶべきだと思う。私は『サラバ！』を重たいとは思わなかった。自分とはまったく違う人生が描かれているから。一方、『宇喜多』はグロいのが苦手な人は楽しめないかもしれない。だから正直、迷っています。

L　一冊の本を何度も読むのはよいことだと思う。だけど、高校生直木賞はみんなが本に親しむきっかけづくりになればいいんじゃないかな。『宇喜多』は時代小説にしては読みやすいので、この本をきっかけに時代小説への苦手意識をなくしてほしいと思う。私も、これを読んで、『竜馬がゆく』(司馬遼太郎著)を全巻買った。自分の世界が横に広がることがいい。だから、私は『宇喜多』を推します。

ここで最終的な決をとった。結果は『宇喜多の捨て嫁』に軍配が上がったが、七対五の僅差だった。

昨年も最終的に選ばれたのは歴史小説だったが、高校生たちが、舞台設定や主人公の年齢などに関して自分たちに近いものを選ぶのではないか、という予想は全く見当はずれだということがこれで証明された。時代物はもちろん読みやすくはないだろう。しかし、はじめの抵抗感を乗り越えてしまえば、遠くの世界へ自分たちを連れ去ってくれる物語を彼らは愛するのだ。

今回に限らず、彼らの議論がぶつかる困難は、候補作を比較するときに、物差しとなる軸をどこに据えればいいかがわからない、ということだ。生徒たちから尋ねられることもしばしばあった。「何を基準に選んだらいいんですか」、と。

しかし、あらかじめ定められた基準などもちろんない。そんなものがあるのなら、そもそも議論など必要なく、たとえばフィギュアスケートの審査のように、それぞれの審査員がそれぞれの評価項目に点数を入れて、総合点を出せばよい。わざわざ遠方から足を運んでまで一堂に会す意味もなく、参加者の出した点数を集計さえすればよい。それでも一位を決めることはできるだろう。ただし、数字の交換だけでは各人がほんとうに繋がったかどうかはわからない。それぞれの「個性」が何をどのように評価したのか、互いに見えないままだからだ。選考会の議論において最も重要なのは、議論のための共通の「物差し」を作り出すことだ。それはあらかじめ与えられるものではない。そのときの候補作によって、また参加者によってその場で形成されていくものだ。

今回も、登場人物の魅力やリアリティの有無から、読みやすさ、表紙のきれいさまで、さまざまな「物差し」が提案されたが、最終的に皆が問題としたのは、「今は読み切れなくとも、将来に読み返し、そのたびに自分の人生に示唆を与えるかどうか」と「今の自分の世界を広げ、外に目を向けさせてくれるかどうか」という二点であった。前者の物差しでは『サラバ!』が、後者では『宇喜多の捨て嫁』がそれぞれ一位ということになったが、結局は後者の物差しの方を重視したということになるだろう。

もちろんこれが唯一の正解というわけではない。そもそも、世の中に一位を決める正解など存在しない。それでも、われわれは日々さまざまな選択を迫られる。そこで自分の「個性」の赴くままに無考えの決定を下すのでなく、他者とことばを交わしながらよりよい結論を目指す。全く評価の軸を与えられないままに自分たちの一作を決めるための議論は、そのためのリハーサルを行っているのだと考えてもよい。

彼らが将来、よき妻よき夫となり、弱りかけた夫婦制度を立て直すかどうかはわからないが、よき読者として文学を支えてくれることは期待できそうだ。なかには、議論を終えて、帰ってすぐまた同じ作品を読み返した、という者もいた。「何度も読み返す」という一方の「物差し」は生きつづけている。こうした本に高校生のときに出会えるのは幸せなことだろうと思う。

来年以降もこの取り組みを継続していきたいと思っており、そのために今回から「高校生直木賞実行委員会」を設け、この取り組みに対する経済的支援も仰ぐことにした。最後になったが、御協力をいただいた賛助会員の各社に心から感謝申し上げる次第である。

（「オール讀物」二〇一五年七月号）

文春文庫

宇喜多《うきた》の捨《す》て嫁《よめ》

定価はカバーに
表示してあります

2017年4月10日　第1刷
2017年11月20日　第5刷

著　者　木下《きのした》昌輝《まさき》
発行者　飯窪成幸
発行所　株式会社 文藝春秋

東京都千代田区紀尾井町 3-23　〒102-8008
TEL 03・3265・1211㈹
文藝春秋ホームページ　http://www.bunshun.co.jp

落丁、乱丁本は、お手数ですが小社製作部宛お送り下さい。送料小社負担でお取替致します。

印刷・凸版印刷　製本・加藤製本
Printed in Japan
ISBN978-4-16-790826-3